台灣當代傳記文學研究

鄭尊仁 著

序

本書得以順利完成，首先要感謝我的指導教授田博元老師，以及口試時用心點撥的四位教授。

研究傳記文學，最擔心的就是與史實有所牽連，造成研究者、傳主、作者等三方面各說各話的情況。對研究者而言，一旦陷入考證生平的漩渦之中，將永遠無法抽身，更別提文學的研究了。因此本書的前提便是，不討論書中史實的真假，只談文學技巧的優劣。

最後要感謝坤城老友和秀威出版，若不是他們的鼎力相助，本書將無法問世。

目次

第一章 緒論

第一節 台灣當代傳記文學研究的急迫性

我國有相當悠久的傳記寫作傳統，若將司馬遷稱為中國傳記文學的鼻祖，是絕對當之無愧的。因為自《史記》以來，傳記幾乎已經成為中國史書的主要部分。之後的各代史家，也無不殫精竭慮，創造出不少動人的篇章。然而，當我們沈湎於過去之時，卻沒有想到自二十世紀以來，由於白話文盛行，使得傳記寫作不論在形式上或內容上，都已產生了極大的改變。而由於傳記文學源遠流長，以白話文寫作的傳記又成熟較晚，所以它能夠融合中西傳統，吸收各種寫作技巧，展現完全不同的風貌。在台灣地區，自政府播遷來台後，傳記一直呈現穩定的成長。解嚴之後，更由於禁忌的消失，使傳記如雨後春筍般蓬勃發展。然而中文學界對白話傳記文學，卻始終未給予應有的重視。長久以來，中文學界花了許多時間與精神在研究古代傳記，可是對現代的新體傳記漠不關心，使得這方面的研究幾乎是一片空白，而以白話文寫作的傳記文學也就成為一片有待深入開展的領域。

由於傳記本身的內涵十分複雜，因此史學、大眾傳播學、社會學、人類學、教育學、心理學、外國文學等各個不同學科，都可以在其中找到研究材料而加以發揮，並發表各種論文，而他們的研究對象也大都以白話傳記為主。其他學科對白話傳記這片領域的積極探索，以及中文學界本身的輕忽，導致目前幾乎看不到以「中國文學」為出發點的白話傳記研究，反而是其他學科的看法漸漸成為主流觀點。例如自從王明珂先生發表了「台灣民眾集體記憶資料蒐集與分析計劃」之後，目前「集體記憶」幾乎已經成為解讀傳記的新標準。又如外文學界引介了羅蘭巴特、傅珂等人的學說，又徹底顛覆了「真實」這個流傳已久的作傳準則。而中文學界面對其他學科豐富的研究成果，不僅沒有開始對白話傳記展開研究，反而是不斷以《史記》為例，強調其文筆之優美，態度之謹嚴，令人有固步自封的感覺[註一]。也由於這個原因，使得中國「文學」，傳記「文學」，這個「文學」屬性漸漸地成為其他學科嘲弄與鄙夷的對象。例如歷史學者張玉法認為：

文學先史學而存在，故先有傳記文學後有傳記史學。惟寫傳記的人迄今多抱持文學家的態度，創造多采多姿的傳記文學，而不願本著治史的態度，寫嚴謹的傳記史學。傳記文學與傳記史學的區別是：

一、傳記文學是感情的，傳記史學是理智的。
二、傳記文學是抱著崇拜英雄的心理而寫的，傳記史學是抱著研究歷史人物的言行而寫的。
三、傳記文學的歌頌與批評具說教式，傳記史學則不作主觀的價值論斷。
四、傳記文學是誇張的、揚惡的、溢美的，傳記史學是平實的、不揚惡也不溢美。
五、傳記文學是就人論人的，要「為聖者隱、為賢者諱」；傳記史學是就事論事的，不因人廢事，不因事廢人。
六、傳記文學是不重視資料的，傳記史學是依據資料說話的。

註一　例如蔡信發所發表的〈傳記文學的三準則：真、精、深〉一文，相對於同一期刊登的其他文章，便是個極明顯的例子。（台北：《文訊雜誌》，民國八十二年十二月，革新五十九期），頁十六——十七。

七、傳記文學是抱著教育的立場而寫的，傳記史學是抱著學術的立場而寫的。

八、傳記文學注重人的道德，傳記史學注重人的行為。

九、傳記文學凡能文者皆能寫，傳記史學非受過史學訓練的人不能寫。

我所舉出的這些區別，目下不一定會有多少人同意。可喜的現象是：目下正有許多歷史學者，逐漸擺脫了文學的羈絆，以嚴肅的治學態度，建立傳記史學。[註二]

很明顯可以看出，他將學術分類與學術評價混為一談，造成最糟的傳記史學也優於最好的傳記文學的推論。他認為傳記「文學」是落伍而要不得的東西，只有傳記「史學」才是今後傳記作家所該走的康莊大道。尤其是最後一項，「傳記文學凡能文者皆能寫，傳記史學非受過史學訓練的人不能寫。」更是將文學鄙薄得無以復加。

史學界之所以會出現這樣的看法，歷代照抄家傳行狀了事的傳記應該負最大的責任，許多傳記翻開來便先是做官的履歷，然後略述一下行誼，強調其人格之偉大，便草草結束，這樣的東西怎麼不令受過嚴謹訓練的史學家感到無法接受呢？但是，清末民初的西學東漸，不但影響了現代文學的出現，也同時影響了傳記的寫作方式。尤其是白話文的使用，更讓傳記一下子掙脫了束縛許久的文言格式，展現出向長篇挑戰的氣魄，人物的刻劃也藉由白話的應用而更加活潑生動。傳記的重點是「人」，傳記作家的任務也就是如何將一個活生生的人以文

註二 張玉法：〈從傳記文學到傳記史學——評介李雲漢先生近著三種〉，收於《歷史學的新領域》，（台北：聯經出版事業公司，民國六十七年十二月初版），頁二一七—二二一。

字重現在讀者面前。而白話文的應用使得這項任務變得更加可行。因此，現代的白話傳記已經與傳統的傳狀類古文有很大的不同，而且白話傳記經過了數十年的發展，也已經累積了相當數量的作品。在當前各種學科競相在傳記研究上發言，爭取自己在學術界的地位之時，中文學界也應該開始了解目前實際的傳記寫作現況。

另一方面來說，我們除了要面對來自其他學科的壓力之外，還必須正視台灣在國際上的發言權問題。翻開國外研究傳記的學術刊物，例如美國夏威夷大學所發行的《傳記》研究季刊，會發現只要提到中國現代的白話傳記，便完全以大陸的觀點為主。例如傳記發展的社會背景，傳記的作家與作品等。而台灣地區則似乎毫無疑義地屬於「中國」這個大範圍，並且理所當然地隸屬於同一個發展系統之中，但實際上絕非如此。我們並沒有三反五反，也沒有文化大革命。可是我們有日據時代、有二二八事變、有總統選舉。我們有自己的發展軌跡，與大陸完全不可以混為一談。可是國外學者並不了解，其原因便是中國大陸的學者較早留心於此，而且在國際上發表論文。反觀台灣卻一直沒有起步，目前就算是史學界也還沒有人在台灣的白話傳記發展上做過研究。而連我們自己都不重視的東西，又怎麼能要求別人重視呢？因此，儘早開始本地的白話傳記文學研究，以便為台灣本土的白話傳記文學史建立基礎，乃是目前的當務之急。

第二節　傳記文學的特性

如前所述，近代傳記文學之所以乏人研究，是由於其屬性特殊所致。這主要表現在三個方面，一是邊緣性，二是開放性，三是侷限性。茲分述如下：

一、邊緣性：傳記文學處於文學的邊緣地帶，與史學有著密不可分的關係。相對於小說、詩歌等定位明確的文類，傳記文學始終與文學保持若即若離的關係。但是史學與文學兩方面，似乎都不願接納它。劉紹唐說：

> 按傳統，文史在中國一向是不分家的，所以有人說傳記文學就是史學的一部份。可是，在現代的歷史學家眼中，傳記文學未必是史學，至少，並不是真正的史學。
>
> 另一方面，傳記文學因為有「文學」兩個字，所以很多人認為它先天上應該屬於文學，可是真正從事文學工作的人卻不以為然。他們不承認傳記文學是真正的文學，因為他們認為偉大的文學作品不可能是寫真人真事的傳記文學。[註三]

因此，我們試翻閱中港台各地所出版的中國現代或當代文學史，除了一九九九年出版的《中國近百年文學體式流變史》之外，沒有任何一本將數量龐大的現代白話傳記文學列入討論篇幅。這是一種刻意的忽視，而且還是所有中國文人意見一致的忽視。一出版便銷售數十萬本的傳記不能放進文學史，反而是早已成為小眾文化的話劇，往往能夠堂而皇之地佔據四分之一的篇幅。聽來很不可思議，但事實就是如此。

若是因為傳記文學的屬性特殊，不適合與其他文體並列於文學史中討論，那就應該為這類書籍單獨立史。可是直到目前為止，我們也還沒有見到過一本專屬於傳記文學的「現代傳記文學史」或「當代傳記文學史」出

註三 王鴻仁：〈訪劉紹唐先生談傳記文學〉，（台北：《書評書目》，民國六十六年十一月，五十五期），頁八—十二。

現在書架上。正當武俠文學、甚至更等而下之的情色文學都被拿來熱烈討論之時，例如武俠文學便開過多次國際學術研討會，唯獨光明正大存在了幾千年的傳記文學備受冷落，實在令人感到遺憾。

此外，若想研究任何一本傳記作品，也難免會招致他人以各種角度質疑的眼光。例如此書符不符合史實？傳主與作者抱持何種政治立場？這些問題有時根本與文學是毫無關係的。所造成的結果就是，為了避免麻煩，沒有人願意研究傳記文學。也使得今天白話傳記文學的研究論文十分稀少。

二、開放性：傳記文學的開放性表現在三個方面，一是作者的選擇十分自由；二是包含內容多樣；三是研究角度廣泛。在第一點上，任何人都可能是傳記作者，只要他對傳主夠熟悉。若是不熟悉傳主，只要手邊有資料，還是可以寫。甚至是既不熟悉傳主，手邊也沒有資料，照樣能寫一本傳記。寫小說，必須要有天分，必須要有市場，方有出版的可能。可是只要有資料，即使是一個沒有寫作天分的人，仍然可以寫考據型的傳記。不論其內容與文筆如何，只要這位傳主是社會上有名的公眾人物，此書一出版，必定會有市場。[註四]

在第二點上，則具體地呈現出傳記文學之複雜。單篇文章暫且不論，僅僅以傳為名的書籍，其數量與種類便十分龐大駁雜。若是將記錄實際人生為主題的書籍，都包含在傳記的範疇之內，那麼作品的數量將會更多。

第三點，研究角度的廣泛，也使得傳記成為各學科競相挖掘的寶藏。

三、侷限性：筆者以為，「傳記文學」之所以被視為文學的邊緣族群，雖然它擁有廣大的讀者，但是卻很少有人研究。其主要原因在於，任何研究都不免要和真不真實扯上關係。而文學乃是馳騁想像、恣意揮灑的靈性

註四　漆高儒《蔣經國評傳——我是台灣人》也說：「寫傳記不一定要與所傳之人相識，即使從未見面也可以寫，但憑資料蒐集齊全，用流暢的文筆以完成之，可以成為洛陽紙貴的專書。」（台北：正中書局，一九九八年一月台初版），頁五。

表露；如果受限於客觀性、公正性等史學要求，作者或研究者都會有縛手縛腳，施展不開的感覺。再加上一篇傳記精不精采，往往視主人翁的遭遇而定，不像小說可以任憑作者自由發揮，隨意添加各種匪夷所思的情節；所以一位開國英雄的傳記，就不是一位小學老師的傳記所能夠與之相比的，這又和文學注重作者個人想像力的傳統背道而馳，研究者也很難有置喙之處。不過傳記既然是在寫人，自然就可以由人物描寫的角度來著手，觀察傳記作者如何將一位實際上存在的人寫得活靈活現，如在目前，本論文便是由文學的角度來檢視現有的傳記，試圖為臺灣的現代傳記文學史建立雛形，喚起中文學術界對它的注意。

第三節 傳記文學的定義與批評標準

一 傳記文學的定義

傳記文學是一種語言藝術，作者透過文字，以某人的一生為素材，進行再現的活動。在此作品中，傳主一生的事蹟必須真實無誤，但是形式與敘事方式卻十分自由多變。也就是說，作者除了題材受限之外，其餘的部份如體式、組織結構、登場人物的取捨與描繪、背景與事件的處理、情節安排等，都沒有任何規則可以約束。

有部份學者將傳記文學中的「文學」與「想像」劃上等號，並進而推論傳記文學就是史實加上部份想像的片段，這是絕對錯誤的。傳記文學這個名詞既然將「傳記」置於「文學」之上，那就表示它必須先符合史實，不可妄加杜撰。況且文學二字本身就是個含義複雜的詞語，並不能單純地以想像來代換。傳記文學中的文學二字，包含了文學品味的要求，包含了作者文筆的要求，包含了傳記之所以感動人的審美因素，這些都不是想像二字所能一語帶過。因此傳記文學乃是一個更高的標準，它比單純的傳記要求更多，也更難寫，其價值也更高。

傳記與傳記文學的不同，在於傳記只是個通稱，泛指所有記敘人生的文字。然而傳記文學卻是一個標準。它不只要求如實記載傳主的一生，更要求寫出傳主的性格。法國傳記學者安得烈・莫洛亞曾說：

> 追求歷史的真理是學者的工作；追求個性的表現則是藝術家的工作。註五

傳記文學的作者不僅要追求歷史的真理，也要同時兼顧個性的表現。他們身兼學者及藝術家兩種身分，試圖將歷史的真與文學的美融合在一起。其挑戰是艱鉅的，其成就也因而格外地珍貴。

至於那些放入了想像片段的傳記，應該給予一個新的名稱，叫做「文學傳記」。將文學置於傳記之上，以示史實考證在其中乃是第二順位的考量，或許較為恰當。

二　傳記文學的批評標準

（一）真實

真實乃是傳記文學的最高標準，作者必須以信實可靠為前提，不得任意杜撰情節，甚至篡改史實。任何傳記只要加入了想像，其評價便立刻降低。因為其中有部份地方不是事實，是作者的創造。

註五　安得烈・莫洛亞著，陳蒼多譯：《傳記面面觀》，（台北：台灣商務印書館，民國七十五年初版），頁二八。

在實際的運用上，雖然我們無法知道書中記載的每一件事是否合乎史實，但是至少我們了解「人性的真實」。就如之前所言，傳記文學乃是關於人的文學，其重點在描述與記載傳主的性格。不需要心理學家的提醒，我們也知道人性是十分複雜的，也就是說，沒有一個人是絕對的好或絕對的壞。以此為標準來看待傳記作品，便可將歌功頌德的正面作品與批判抹黑的反面作品挑出，給予較低的評價。

（二）品味

傳記文學必須要有品味，所謂品味，指的是作者在處理傳主的生平資料時，必須把持住重點。雖然傳主或許有不為人知的醜事，但是不要把書寫成毫無格調可言的八卦雜誌。畢竟一位大人物之所以能在芸芸眾生中脫穎而出，功成名就，靠的不是私生活的不檢點，而是必有其過人之處。

文學經典作品之所以流傳千古，乃是因為它表達了人類共同的情感，使得千萬讀者們即使身處不同時空，也能夠感同身受，一掬同情之淚，或深受感動而淬勵奮發。傳記作者必須掌握住這個原則，以文學經典為模範，使自己的作品有流傳後世的價值。而不是貪圖一時之利，追趕新聞熱潮，倉促完成一些內容聳動的扒糞之作。

（三）文筆

筆者在論文中反覆闡明，傳記「文學」的文學屬性，並不是指想像的片段，因為那會與傳記的第一要義「真實」相抵觸。所謂的文學，包含了對作者文筆的要求，也就是其書要有可讀性。在一本傳記之中，作者可以運用各種文學技巧，使讀者開卷後便欲罷不能，甚至拍案叫絕，進而深深為傳主的事蹟所感動。之前也提過，作者除了要處理歷史的「真」，還要同時處理文學的「美」。這是傳記文學易寫難工的關鍵所在。其實一件事物只要描摹的真，它本身就是一種美。而就如同未受過訓練的人很難畫得好素描一般，一個文筆拙劣的作者，也不可能將一個活生生的人寫得真、說得像。

一個合格的傳記作者，除了要符合最基本的文從字順的要求之外。還要有熔鑄材料的能力，不能將讀者淹沒在連篇累牘的原始文件之中。他也要知道各種敘述事件與描寫人物的手法，還要能妥善安排章節、處理時代背景、運用瑣事軼聞。甚至藉由敘事的推展，重現人生的高潮。

（四）以人為本

傳記文學的重點是人，而不是歷史，不是事件，不是工作履歷。這些事情乃是因傳主而存在，不是傳主因歷史事件而存在。作者若不能掌握這個原則，便會寫出充滿近代史片段或是工作履歷的傳記。要知道，傳主的履歷必須和他的人格與個性描寫相結合，要能透過履歷將傳主的個性呈現出來，才算成功。若是本末倒置，充其量只能稱之為傳記，而不能稱為傳記文學。

劉紹唐曾提出，「一位優秀的傳記家不僅可使讀者們知道傳主生平大小事蹟的發生順序。還可使他們瞭解傳主行為的主要模式。」[註六]所謂主要行為模式，就是傳主的性格。他遇到橫逆時，會採取什麼態度因應？遇到順境時，又會有什麼表現？這是在描寫生平大小事件之時，所應表達的重點。換言之，作者不是將事件敘述完畢便可交差了事，他應該盡力藉由這些事件，傳達傳主的喜怒哀樂，並使讀者能夠感同身受。而傳主的性格，又使他在遭遇某些事件之時，必會採取某些特定的應對模式，因此而造成他的成功或失敗。這乃是傳記文學之所

註六　同註三。

以會有文學價值的重要關鍵。

本論文將以這四項作為貫串全書的標準，對不同的形式與內容特點做出評價。

第四節 取材範圍

由於傳記作品的數量龐大，以一人的財力與精力，要想作全面的研究，是不可能的。這必須申請國科會的專題研究計畫，有金錢補助，又要多位助理幫忙，方能分年完成。為了能夠實際可行，又要兼顧資料的全面性、時代意義與地方特色。因此將範圍限定如下：

在傳主方面，以中國近代人物為對象，外籍人士的傳記不列入討論。所謂的近代乃是依據前中央圖書館所編輯的《中國近代人物傳記資料索引》的標準，以出生於一八四〇年為底限。而中國人有些難以界定，比如有些人擁有雙重國籍，或者根本就拿外國護照，但從不對外承認。筆者也只有從寬處理了。由此也帶出了另一個問題，即本論文並不打算評論傳記內容的真假，畢竟在傳主、作者、出版檢查機關各有考量的情況下，這個問題還是留給歷史學家來處理較為妥當。

在書籍方面，出版時間上，本論文以一九四五至一九九九年出版者為主，是因為一九四五年之前屬於日據時代，主要的語言是日文，因此不列入討論。而出版地是在台灣，以書本形態非單篇文章出版，並且以白話文寫作的個人傳記為對象。

目前從事這方面的研究會遇到三個難題：首先是沒有一本現代傳記的書目。筆者目前所能找到的現代傳記書目只有二份，一是前中央圖書館所編的《中國近代人物傳記資料索引》[註七]；一是中央研究院歷史語言研究所副研究員王明珂所主持的國科會研究計劃「台灣民眾集體記憶資料蒐集與分析計劃」中所附的《近五十年在台出版的自傳、當代人物傳記與口述歷史（1945—1994）》[註八]。然而在實際閱讀每一本傳記的內容後發現，這兩份書目並不完善。第一份書目所收資料在時間上只至民國五十八年止，內容上也不大嚴謹，例如有《恭祝 總統蔣公七十大慶特輯》之類與傳記毫無關係的書。而第二份書目較為完備，將傳記類的書籍分為自傳、傳記、回憶錄三種，並分別依出版日期著錄。雖然比較上此份書目較為完整，但是仍然有一些書見於圖書館架上，可是卻不在書單上，或是將日記也放進書目的情況。因此這兩份書目都不能直接拿來當作論文的依據，必須仔細核對過每一本書，才能做出判斷。而圖書館的藏書情況也很混亂，有些書看似傳記，但實際翻閱之後才知道完全不是那麼一回事。例如葉俊傑著的《雄星壯志——媒體巨人邱復生》[註九]，雖然在圖書編目中歸在傳記類，但實際上是 TVBS 電視公司的發展歷史。又如艾思明編著《名將孫立人》[註十]也同樣放在傳記類，其內容卻是一本頗為雜亂的文集，大部分是對孫立人案的分析，也有朋友對孫立人的回憶。因此筆者將以前兩份書目為基礎，參以各大圖書館的藏書目錄，試圖將傳記資料建立起來，以作為研究的基礎。在論文的最後原有一份附錄，將筆者所蒐羅的傳記做出提要，然因篇幅甚長，於出版時已全部取下。

[註七] 前國立中央圖書館編：《中國近代人物傳記資料索引》，（台北：中華叢書編審委員會印行，民國六十二年五月，國立中央圖書館目錄叢刊第十二輯。）

[註八] 王明珂：〈台灣民眾集體歷史記憶資料蒐集與分析計畫〉，（行政院國科會，編號 NSC 83-0301-H001-068）。

[註九] 葉俊傑：《雄星壯志——媒體巨人邱復生》，（台北：福爾摩沙出版社，一九九七年三月修訂二版。）

[註十] 艾思明：《名將孫立人》，（台北：群倫出版社，民國七十七年二月二版。）

第二個難題是，由於之前所提傳記寫作的開放性，使得每一個人都可以寫傳記，傳記作者分布在社會各個角落之中，哪些人是值得一提的傳記作家？沒有人知道。再加上品評現代傳記文學的標準並沒有建立，哪些作品是好作品？由於長期以來的忽視或是不願意碰觸這個問題，所以別說是有公認的優秀作品，我們甚至連眾說紛紜的階段都還沒有達到。因此很難像傳統的文學史一般提出著名作家及作品來加以分類並組織章節。以上這兩個原因不僅對筆者造成困擾，也造成了目前傳記研究論文的稀少。

第三個難題是，在種類方面，由於傳記類書籍數量龐大，以筆者一人之力，若要做全面的考察乃是不切實際的，必須分門別類一項項來做才有可能完成。而在傳記類書籍的基本書目都尚未確定之前，若只挑其中一種性別或職業的傳記來研究，如女性傳記或政治人物傳記，又似乎顯得不踏實。為了兼顧資料的全面性與處理上的可行性，本論文將以第三人稱的傳記為研究範圍。剔除了自傳、畫傳、二人以上合傳、外文翻譯作品、許多人對某一人的回憶文章合集、名人錄、哀思錄、紀念文集、日記、年譜、單篇文章、大陸地區出版品等。單就以中文所寫，在台灣地區出版以書本形態發行的中國近代人物的個人傳記為主要對象。另外有許多兒童讀物是以傳記的形式呈現[註十一]，本文也暫不列入討論。

這樣的區分主要考慮到以下幾點，首先，日記、哀思錄、紀念文集、許多人對某一人的回憶文章合集等，都只能算是作傳的材料，而不能算是傳記。其地位就和信件、訪談記錄一樣，必須經過作者重新整理、編排，與其他材料融合之後，以整體的方式呈現，方能稱為傳記。有了這個認識為基礎，方能往下談到傳記的評價問

註十一 這方面的討論，可參考應平書：〈兒童文學中的傳記性〉，《歷史月刊》主辦「傳記文學研討會」論文。或見廖卓成〈論台灣的兒童傳記〉收於《敘事論集——傳記、故事與兒童文學》。

題，若一本傳記只是事實的堆砌，作者不作任何的剪裁安插，這樣的傳記或許有史學上的價值，但在文學上卻是毫無價值可言的。在這樣的原則之下，有一些議題是不得不放棄的，如外文翻譯作品對我國傳記寫作的影響、傳記雜誌的影響、合傳與雜傳的發展、大陸地區傳記寫作與發展狀況、海外中文傳記寫作、自費印刷不對外販售的傳記等，雖然對台灣地區的傳記發展都有或多或少的影響，但限於人力物力，也只能等待將來慢慢處理了。

傳記文學寫作牽涉到相當多的問題，在文中將會一一呈現出來。

第二章 白話傳記文學理論的發展

在開始實際研究工作之前，首先必須對前賢已獲致之研究成果有所了解。據筆者蒐集到的資料顯示，傳記文學的理論文章有兩項共通特點，一是單篇文章佔多數；二是多採宏觀的探討。

在第一點方面，由於之前所提過的諸多困難，使得願意留心於傳記文學理論研究的學者並不多，因此所發表的相關論文數量也就相對不豐，不論是在質或量的方面，與小說或詩歌均不可相提並論。而且多半散見於各報章雜誌之中，以單篇文章的形態出現。不過經過數十年的時間，畢竟也累積了不少見解，有些見解並且確實曾影響過傳記寫作的走向。本章將先探討學者們在這方面所獲致的成果，並以此為基礎，在以後的章節中與實際作品互相驗證及比較。

在第二點上，由於近代白話傳記文學的發展，乃是理論先於作品。學者們接觸了西方的傳記作品之後，興起改革中國傳記作品的雄心，因而提出西方傳記的優點，及中國古代傳狀文的缺點，兩相比較之後，融合出改革的方向。在理論出現之後，加上白話文運動的推波助瀾，白話傳記作品才開始逐漸增加。在這樣的情況下，由於學者們手邊沒有多少作品可以作細微的研究，自然會採取宏觀的角度，以鳥瞰的姿態，對傳記文學提出看法。

此外，本章所討論的範圍僅限於專書或單篇論文。但是有許多傳記作者在寫書之時發現了一些問題，或者有自己的見解，多半不會發表在期刊之上，而是將其寫進該本傳記的序言跋語之中。這方面的資料由於十分雜亂，因此筆者將在之後的論文進行中，遇到相關論題時再個別提出一併討論。

將白話傳記文學理論予以整理之後，可以歸納出三個階段；在一九四九年之前，學者們接觸到外國傳記文學，於是興起改革中國傳記的想法，此階段可算是中國白話傳記文學理論的萌芽期。一九四九年之後，中國大陸的白話傳記文學理論陷入停頓，但台灣地區則承襲了前一階段的成果而有進一步的深入探討，此期可稱為發展期。一九九〇年後，台灣地區有了新的研究方向，而大陸地區則開始整理近數十年來的傳記文學作品，此期可稱為轉變期。以下即依此分期，分別探討其特點與成就。

第一節　萌芽期——一九四九年以前

本世紀初中國的知識份子在受到了西方文化的衝擊後，無不積極地想要以所知所學來改變傳統社會。傳記在當時也受到時代風潮的影響，開始由傳統的傳狀類古文逐漸轉型為現代文學中的一支。在轉型之初，必有領導提倡的先行先覺者，梁啟超便是這樣一個人物。他以理論與作品並行的姿態，引領了傳記踏出轉型的第一步。他總結了自己實際創作的經驗[註一]，對照西方的形式，發展出自己的一套傳記理論。在他的《中國歷史研究法補編》一書中，曾經分出五種專史，其中有「人物專史」一項，內又分為「列傳、年譜、專傳、合傳、傳記圖表」

[註一] 梁啟超共寫了五十一篇，共七十五萬字的傳記。見廖卓成：《梁啟超的傳記學》，（國立台灣大學中國文學研究所碩士論文，民國七十六年七月），頁二九。

五種。這中間以「專傳」最為特殊，乃是梁氏所獨創。他主張將中國的歷史分為三個領域，即文化、政治與藝術。在這三個領域中各選擇一百人為之撰寫專傳，倘若選擇得當，則這一百人便可顯示出中國的歷史。[註二]因此對梁啟超來說，傳記只是歷史的一部份，並不具有獨立的價值。此外，他也曾在〈作文教學法〉一文中，強調要寫出傳主的性格[註三]，這一點已經和現代傳記文學的理論相近了。梁氏雖然曾為中國的新體傳記盡過心力，但是真正大力提倡以白話文寫傳記的人卻是胡適。

近代學人中像胡適這樣熱心推動傳記文學的可說是絕無僅有，他不但到處鼓動朋友寫自傳，並且在民國二十四年於北京大學研究院開設「傳記實習」的課，實際教導青年學生寫傳記。[註四]

胡適於一九一四年首先提出了「傳記文學」這個名詞，當時他正在美國留學，在九月廿三日的日記就題為〈傳記文學〉，其中有云：

> 昨與人談東西文體之異。至傳記一門，而其差異益不可掩。余以為吾國之傳記，惟以傳其人之人格（character）。而西方之傳記，則不獨傳此人格已也，又傳此人格進化之歷史（the development of a character）。東方傳記之體例（大概）：

註二 見梁啟超：《中國歷史研究法補編》，（台北：台灣商務印書館，民國七十九年十一月台八版）。

註三 見梁啟超：《作文教學法・書法指導》，（台北：中華書局，民國四十九年一月台一版），頁十八。

註四 見朱文長：《史可法傳》序，（台北：台灣商務印書館，民國六十三年四月增訂初版），頁一。這可能是唯一的一篇記載胡適曾經開班授徒的文章，此事並沒有任何人談過，胡適自己也從來不提，而本書作者在序中說，這本《史可法傳》乃是他當年在北大研究院時，選修胡適之先生的「傳記實習」課的作業。

一、其人生平事略。
二、一二小節（incidents），以寫其人品。（如「項羽傳」「垓下之圍」，項王悲歌起舞一節。）
西方傳記之體例：
一、家世。二、時勢。三、教育（少時閱歷）。四、朋友。五、一生之變遷。六、著述（文人），事業（政治家、大將，……）。七、瑣事（無數，以詳為貴）。八、其人之影響。[註五]

至於東西方傳記的優缺點則是：

東方短傳之佳處：一、只此已足見其人人格之一斑。二、節省讀者目力。
西方長傳之佳處：一、可見其人格進退之次第，及其進退之動力。二、瑣事多而詳，讀之者如親見其人，親聆其談論。
西方長傳之短處：一、太繁；只可供專家之研究，而不可為恆人之觀覽。人生能讀得幾部《約翰生傳》耶？二、於生平瑣事取裁無節，或失之濫。東方短傳之短處：一、太略。所擇之小節數事或不足見其真。二、做傳太易。作者大抵率爾操觚，不深知所傳之人。史官一人須做傳數百，安得有佳傳？三、所據多本官書，不足徵信。四、傳記大抵靜而不動。何謂靜而不動？（靜static，動dynamic。）但寫其人為誰某，而

註五　胡適：《胡適留學日記（二）》，（台北：遠流出版事業股份有限公司，一九八六年六月），頁一六五。

不寫其人之何以得成誰某是也。[註六]

胡氏回國之後，開始探討中西傳記的差異，並試圖找出原因所在，民國十八年的〈南通張季直先生傳記序〉中，他提出了三點原因：

> 傳記是中國文學裡最不發達的一門，這大概有三種原因：第一是沒有崇拜偉大人物的風氣，第二是多忌諱，第三是文字的障礙。[註七]

認為「傳記起于紀念偉大的英雄豪傑。」而中國崇拜英雄的風氣不發達，「無論多麼偉大的人物，死後要求一篇傳記碑誌，只好出重價向那些專做諛墓文章的書生去購買！傳記的文章不出於愛敬崇拜，而出於金錢的買賣，如何會有真切感人的作品呢？」[註八]他認為必須出於崇拜的動機去寫才會有好作品，這點證之於後來的傳記作品，會發現並不一定如此。第二點則認為中國的文人，「對於政治有忌諱，對於時人有忌諱，對於死者本人也有忌諱。聖人作史，尚且有什麼為尊者諱，為親者諱，為賢者諱的謬例，何況後代的諛墓小儒呢！」[註九]「後來的碑傳文章，忌諱更多，阿諛更甚，只有歌頌之辭，從無失德可記。偶有毀謗，又多出於仇敵之口，如宋儒誣王安石，甚至於偽作〈辯姦論〉，這種小人的行為，其弊等於隱惡而揚善。故幾千年的傳記文章，不失於諛

註六 同上註。

註七 見張孝若著：《南通張季直先生傳記》，（台北：台灣學生書局，民國六十三年五月），頁一。

註八 同上註。

註九 同註七，頁二。

頌，便失於詆誣，同為忌諱，同是不能紀實傳信。」[註十]至於第三點，將對文言與白話的看法引用到傳記文學上來：

> 傳記寫所傳的人最要能寫出他的實在身分，實在神情，實在口吻，要使讀者如見其人，要使讀者感覺真可以尚友其人，但中國的死文字卻不能擔負這種傳神寫生的工作。我近年研究佛教史料，讀了六朝唐人的無數和尚碑傳，其中百分之九十八九都是滿紙駢儷對偶，讀了不知道說的是什麼東西。直到李華獨孤及以下，始稍稍有可讀的碑傳。但後來的「古文」家又中了「義法」之說的遺毒，講求字句之古，而不注重事實之真，往往寧可犧牲事實以求某句某字之似韓似歐！硬把活跳的人裝進死板板的古文義法的爛套裡去，於是只有爛古文，而決沒有活傳記了。[註十一]

到了民國四十二年，他在台灣省立師範學院（今國立台灣師範大學）演講，仍然不斷強調這一點，他認為，「好的傳記文字，就是用白話把一言一行老老實實寫下來的。」[註十二]在這場演講中，大半的時間還是在強調白話的重要，就這一點來說，胡適已經有些落伍了，因為新一代的作家，已經沒有能力再用文言文寫東西。不僅是作者不會寫，在讀者方面也沒有辦法讀了。

在這場演講中，他並提及我們的傳記文學不發達的原因，「第一，傳記文學寫得好，必須能夠沒有忌諱：

註十 同上註。

註十一 同註七，頁一。

註十二 胡適：〈傳記文學〉，收於《胡適演講集（一）》，（台北：遠流出版事業股份有限公司，一九八六（民七十五）年十月遠流二版），頁二〇二。

忌諱太多，顧慮太多，就沒有法子寫可靠的生動的傳記了。」[註十三]「第二個原因，是我們缺乏保存史料的公共機關。從前我們沒有很多的圖書館——公家保存文獻的機關，一旦遇到變亂的時候，許多材料都不免毀去。」[註十四]「還有第三個原因是因為文字的關係。我覺得中國話是世界上最容易懂的話。但文字的確是困難的。以這樣的文字來記錄活的語言，確有困難。所以傳記文學遂不免吃了大虧。」[註十五]可以看出，經過了幾十年，胡適的看法並沒有太大的變動。只多了一項缺乏保存史料的機關的看法而已。

除了胡適以外，郁達夫也曾於一九三三年九月及一九三五年七月分別發表〈傳記文學〉與〈什麼是傳記文學〉兩篇文章，強調：

> 新的傳記，是在記述一個活潑潑的人的一生，記述他的思想與言行，記述他與時代的關係。他的美點，自然應當寫出，但他的缺點與特點，因為要傳述一個活潑潑而且整個的人，尤其不可不書。[註十六]

並且還進一步提到文學價值的問題：

> 所以若要寫新的有文學價值的傳記，我們應當將他外面的起伏事實與內心的變革過程同時抒寫出來，長處

註十三　同上註，頁二〇六。
註十四　同註十二，頁二〇八。
註十五　同上註。
註十六　郁達夫：〈什麼是傳記文學〉，收於《郁達夫全集（第六卷）》，（杭州：浙江文藝出版社，一九九二年出版），頁二二一。

短處，公生活與私生活，一顰一笑，一死一生，擇其要者，盡量來寫，才可以見得真，說得像。註十七

民國三十二年，許群發表〈論傳記文學〉一文，將傳記文字分為（一）為他人作傳，（二）自傳，（三）年譜，（四）評傳，（五）人物介紹等五種。並且援引西方尤其是英國傳記的例子，以說明傳記文字的寫法。最後他認為：

傳他人也需要獨到的手法，不能忽略歷史和政治的背景，同時也不能抹殺一般所最珍視的英雄本色，不能妄加牽強附會之詞。然而一個史家不一定能有靈活的文筆，一位小說家也難有政治的眼光和社會學的智識，一本好的傳記之難於產生，其理由在此。

無可懷疑地傳記文學是在向著一條嶄新的路線上走：離歷史的邊緣更遠，距小說的核心愈近；同時全是日常生活，不使被傳者迷失本性。這是文學的新局面，也非常適應時代的要求。相信這一個趨勢會影響到以後幾個世紀的文學。註十八

但是中國傳記並沒有如他所說的完全改頭換面。他在當時也曾指出：「年譜評傳甚至人物介紹在中國文壇上非常流行（尤其近年新文學大興以後），唯獨長篇傳記不曾有人做過試驗，這原因是大費疑猜的。」註十九可見當時

註十七 同上註。
註十八 許群：〈論傳記文學〉，（台北：《東方雜誌》，三十九卷三號，民國三十二年三月），頁五二。
註十九 同上註。

長篇傳記尚未流行。

同樣在民國三十二年，正中書局出版了一本《傳記與文學》，此書注明由顧一樵主編，孫毓棠編著，似乎兩人都不是作者。書中由多篇文章結集而成，前兩篇與傳記有關，分別為〈論新傳記〉及〈傳記的真實性和方法〉。在第一篇文章中，作者分析以往傳記不發達的原因，接著提出新傳記應注意的幾點要求，除了忠於史實之外，還要能「用美麗的文筆，以時代與社會的描寫為背景，來烘托出人物的性格再加以心理的分析」[註二十]。而在史料的空隙之中，則可以加入一些「合乎邏輯的」幻想。另一篇文章則在討論傳記的真實問題，並提出傳記對真實的追求只能做到「大概如此」的地步，並說「『大概如此』總帶有『雖不中亦不遠』的意思。『雖不中亦不遠』總勝過完全不知。」[註二十一]「傳記家也不必妄求獲得『個人的事蹟之真實』，他應該只求以現存的關於此個人的記錄為材料，以探討其性格與精神。為將此性格與精神描寫出來，解釋給一般讀者知道，他不得不主觀地減裁材料，合理地以推測或合乎邏輯的幻想來彌補知識之空隙。」[註二十二]

湯鍾琰發表於民國三十七年八月的〈論傳記文學〉，則是以英國的傳記文學為主要的論述對象。對於中國，則認為「除了史記漢書而外，我們是難得找到更好的傳記了。」[註二十三]

此外，目前所能見到的傳記學專著當以牧童出版社於民國六十六年翻印的《傳記學》為最早，作者為王元[註

註二十 顧一樵主編，孫毓棠編著：《傳記與文學》，（重慶：正中書局，民國三十二年），頁七。

註二十一 同上註，頁十九。

註二十二 同註二十，頁二十五。

註二十三 湯鍾琰：〈論傳記文學〉，（台北：《東方雜誌》，四十四卷八號，民國三十七年八月），頁五一。

[二十四]。此書初版於民國三十七年，是作者「在廣東省文理學院，及中山大學文學院五六年中任課時的講稿。」[註二十五]而自從台灣翻印之後，在很長一段時間之中，它是台灣唯一以「傳記學」為名的專書。雖然如此，但是其書「雖然在篳路藍縷時期有介紹之功；但書中也頗有不妥當之處，這是閱讀時應該注意的。」[註二十六]例如書中提到可以用面相來斷定此人是不是大人物；或者認為內科醫學、神經學、精神病學、解剖學等，都與傳記學有極密切關係等。都是需要再加商榷的。

此時期的論述大致有兩個重點，一是談傳記的改革，並感嘆中國傳記文學的不發達，如胡適、郁達夫等；二是談傳記文學的本質，如許群、顧一樵、湯鐘琰等。由於他們的努力，為以後的學者們奠定了進一步探討的基礎與方向。

第二節　發展期——一九五〇年至一九八九年

此時期大體上承繼了前一階段，將一些問題做更深入地探討。而由於政府遷台，有些事情又重新說了一遍。

註二十四　據廖卓成：〈論王元的《傳記學》〉一文所述，作者應為王名元。見《傳記、敘事與兒童文學》，（台北：大安出版社，民國八十九年一版），頁一九五。又李家祺於〈談中國的傳記〉一文中曾提及：「民國卅七年，纔有王名元的傳記學一書，由廣州天成印務局出版，總共八十六頁。自政府遷台以後，再也未見有關傳記學這方面的書問世。」證之時地，應該是同一本書。

註二十五　王元：《傳記學》，（台北：牧童出版社，民國六十六年二月初版），頁二。

註二十六　同註二十四。

例如民國四十三年陳紀瀅發表〈論傳記文學〉，感嘆「我們的傳記文學太不發達了。」[註二十七]同年朱介凡也發表〈談人物傳記〉[註二十八]，文中詳細地列舉了早年傳記出版的情形，並提出了十三點意見，詳細說明閱讀傳記的重要，以及寫傳記的方向等。

民國四十七年杜維運在〈傳記學〉一文中提到一篇好的傳記應具備以下五個條件：「一、仔細而無成見的分析、釐訂一切史料，以重建（recreate）被傳記的人物的生平。二、將一般歷史所不容許細述的『心理上的真理』，儘量暴白揭露。三、發掘人物的內在靈魂（inner soul），最低限度要將其個性（Personality）刻劃出來。四、使人物與歷史的時代發生關係，看看他在大時代的洪流中，所佔的地位與發生的影響。五、有學術價值，也有文學上的美；清新的體例，流暢的筆鋒，雋永的新神韻，與純粹文學具有同樣的磁性魔力。」[註二十九]

民國五十四年，方祖燊曾寫過兩篇論傳記作法的文字，分別為〈怎樣蒐集處理傳記的材料〉[註三十]及〈軼事的寫法〉[註三十一]。不過內容過於簡略，所提論點並沒有超出前人範圍。作者另有一篇〈傳記的產生與演變〉[註三十二]，也是概論性質的文章，沒有對問題作深入的探討，也沒有新的創見。

民國五十六年杜呈祥〈傳記與傳記文學〉一文，分析傳記與傳記文學之不同：「『傳記』是屬於史學方面

註二十七 陳紀瀅：〈論傳記文學〉，（《聯合報》，民國四十三年一月十四日），第六版。
註二十八 朱介凡：〈談人物傳記〉，（《晨光月刊》，民國四十三年八至九月，二卷六至七期）。
註二十九 杜維運：〈傳記學〉，（香港九龍：《大學生活》，民國四十七年十月，四卷六期）。
註三十 方祖燊：〈怎樣蒐集處理傳記的材料〉，（《中國語文》，民國五十四年七月，十七卷一期），頁四一—四四。
註三十一 方祖燊：〈軼事的寫法〉，（《中國語文》，民國五十四年十月，十七卷四期），頁九九—一〇二。
註三十二 方祖燊：〈傳記的產生與演變〉，（《中國語文》，民國五十四年六月，十六卷六期），頁四九—五一。

的，『傳記文學』是屬於文學方面的一個名詞。傳記僅是記述一個人的行動；傳記文學便須描寫一個人在完成這一行動時所表現的神態。所以傳記給讀者的印象是靜的、是死的；傳記文學給讀者的印象是動的、是活的。這是一般的傳記和傳記文學作品最重要的不同之處。」若詳細的分析，還有下列不同之點：

（一）傳記多半只敘記一個人的公生活，如事功、主張、節操、學術造詣等。傳記文學作品便必須兼顧到一個人的私生活，大而男女關係，小而生活習慣，都要讓讀者曉得。因為傳記文學作家所要呈現給讀者的是傳記主人翁的整個人格，而且是一幅活的生活圖像。

（二）傳記多半只是從個人敘述個人，傳記文學作品便必須注意到書中主人翁的時代和環境的描述。一個偉人好比一棵參天大樹或美麗花朵，但世界上的大樹和美花，都不是天上掉下來或者是懸空生成的，是由適當的土壤和氣候培育而成的。傳記家只敘述一個人的偉大或罪惡，傳記文學家便必須告訴讀者造成這偉大或罪惡的時代環境是什麼。

（三）傳記多半只是概括地敘記一個人的思想主張和對人的關係，傳記文學家便注意引用書中主人翁表達思想主張的說話和對人交往的原始文件。因此在傳記裡面，對話很少，原件也很少，傳記文學作品便充分利用對話和原件。[註三十三]

杜氏的看法已經跨出了很大的一步，他企圖將傳記與傳記文學區分開來。反觀在胡適的文章中，傳記和傳記文

[註三十三] 杜呈祥：〈傳記與傳記文學〉，收於《什麼是傳記文學》，（台北：傳記文學出版社，民國五十六年一月初版），頁二〇。

學基本上是混為一談的。而杜氏則將這二者分開，並且提高傳記文學這個名詞的地位，使之成為一種標準。由其文章可知，杜氏將樸實無文的單純史料記載稱為傳記。而傳記文學乃是由這廣大的傳記作品中，所選出較為出色且突出的佳作。它必須符合作者所提的三項原則，如第一點，要呈現主人翁的全人格；第二，時代與環境的描寫必須注重；第三，充分利用對話和原件。

而文中第一段話為「公生活」與「私生活」各下了定義，這在別處尚未見到，卻是個極重要的觀念。

民國五十六年程滄波在〈論傳記文學〉中說：

> 新傳記家與畫像家的原則是相同的。他們的任務，同是面對著一個已定的真實。在現代的材料中，要造成線與色的調和。他們要選擇，要淘鍊。在模型的面部上，不能多加一條線紋。用壓抑，用集中的各種手法，使觀者一望而得著畫像的重要印象。這個原則，正是傳記家同樣應該注意的。傳記家與畫像家，不能對描畫的人，於其真相，主觀的有所發明。他們對其手中的模型—畫像或傳記，要忘記自己，不要以意為之，妄自發明。[註三十四]

此處正是對文筆的要求，若能使讀者一望即得對某人的重要印象，這樣的傳記自然有資格稱為傳記文學。若達不到這樣的要求，便只能是傳記而已。

新傳記家還應該注意幾件事：

註三十四 程滄波：〈論傳記文學〉，收於《什麼是傳記文學》，（台北：傳記文學出版社，民國五十六年一月初版），頁三〇。

第一：應該注意年月時序。

第二：新傳記家應該避免偏重於道德性的批評。

第三：新傳記家對於材料，應有嚴密的選擇剪裁。

同年李辰冬寫〈傳記與文學〉：

傳記文學裡所寫的，並不是枯燥無味的瑣碎事實，而是一種情趣；這種情趣是一個人在追求理想時所感觸到的事事物物。一個人之所以能成大功，立大業，都由一種理想情趣作為原動力；在寫傳記的時候，最好能追出這種原動力，由此線索將他的一生事蹟聯繫起來。讀者在他的事蹟裡感到了共鳴或同情時，也就產生了美感。這樣，傳記才能算是文學，而達到了文學的目的。[註三十五]

此處深入探討傳記之所以能成為文學的內在原因，即讀者感到共鳴而產生美感。此外他也認為書中必須要有一個中心思想，全書才不會散亂。而作者該如何在傳主身上尋找這種美感呢？李氏說：

就意識的因素—理想與實踐，來談傳記文學裡所要寫的是什麼？

第一：理想愈大，則自私的成份愈少。

英雄與偉人是為了人類而生存，為人類而奮鬥，所以人類在他們的事蹟裡感到了共鳴或同情。他們所代表

註三十五　李辰冬：〈傳記與文學〉，收於《什麼是傳記文學》，（台北：傳記文學出版社，民國五十六年一月初版），頁四〇。

的階級愈廣泛，則所感到共鳴或同情的人也愈多。

第二：實踐愈力，則個性愈鮮明。

一個人物之有無個性，就是看他追求理想時的是否始終如一。

第三：實踐愈力，則毅力愈強。

假如那裡所寫的是平淡無奇的生活，就引不起人們的興趣。人們不願自己去奮鬥，可是願意看到別人的奮鬥。

第四：實踐愈力，則所達到的人生境界亦愈高。[註三十六]

以下談到真與美的融合，方可構成傳記文學：

傳記的材料，只限於固定的某一個人；文學的材料，則可由作者的想像而自由創造。當作者將這種意識恰當地表現出來後，讀者透過了表現而感到同樣的意識，於是產生了美感，因而傳記的真與文學的美相溝通，構成了傳記文學。傳記與文學的關係由此可以了解。[註三十七]

李家祺曾經在民國五十七至五十九年間連續發表了七篇文章，分別為

五十七年三月：〈傳記歷史乎?文學乎?〉

註三十六 同上註。

註三十七 同註三十五，頁四三。

五十七年六月：〈傳記的敘述方法〉
五十八年一月：〈談中國的傳記〉
五十八年四月：〈論傳記學的過去與展望〉
五十八年八月：〈梁啟超與中國傳記學〉
五十八年九月：〈胡適之論傳記與避諱〉
五十九年二月：〈新傳記學的特點：婚姻與健康〉

由其文章的數量與內容來看，似乎有意發展他所謂的傳記學，但可惜並沒有繼續這方面的研究。〈傳記歷史乎?文學乎?〉是他的第一篇著作，他指出：「早在鄭樵時代，編書目錄就不知該將傳記歸分何類，鄭氏將古今編書所不能分者五，其一曰傳記。章學誠也認為傳記最繁雜。」[註三十八]由於傳記歸於史學或文學都不對，而「以往許多附屬於文學和史學的學科獲得了獨立的地位，像民俗學、文化學、人類學、言語學等。」[註三十九]因此他主張讓傳記獲得獨立的地位，稱為「傳記學」。〈傳記的敘述方法〉[註四十]則條列出他認為作傳時應該要寫到的部份，分別為，一、姓名、字號、籍貫、生卒年月日；二、出身、家世、環境；三、教育；四、配偶、子女；五、病歷與健康情形；六、特殊習慣；七、朋友；八、才華、品德（立德）；九、事業（立功）；十、著述（立言）；十一、遺囑；十二、影響；十三、評

註三十八　李家祺：〈傳記歷史乎?文學乎?〉，（台北：《東方雜誌》，民國五十七年三月，復刊一卷九期），頁六七。
註三十九　同上註。
註四十　李家祺：〈傳記的敘述方法〉，（台北：《東方雜誌》，民國五十七年六月，復刊一卷十二期。）

價。

〈論傳記學的過去與展望〉一文，共分為六個大段落。首先他綜合了中外各家說法，歸納出十八點中國傳記之所以不夠興盛的原因：

一、不肯說老實話，且要故意作偽，以混亂他人耳目。
二、顧慮太多，又要避忌諱，又怕得罪人。
三、缺乏寫作自傳的風氣，怠惰亦是一因。
四、保持自己的尊嚴，常有掩密之事。
五、缺乏保存史料的公共機關，故散佚的資料不易搜集。
六、由於中國死文字的關係，寫不出鮮活的事蹟。
七、隱惡揚善的習俗，成了只褒不貶的墓誌銘。
八、對於人的認識太重情感，不能擺脫立場。
九、缺乏客觀，諸多牽制，均受限囿。
十、尊敬聖賢太偶像化與神話化，失真實感。
十一、知識階級責備賢者態度之失當。
十二、社會上對人的意見常是極端的對應，不是好人，就是壞人，不是親人，就是敵人，尖銳的結果，塑造不出新個性的人物。

十三、編年史的枯燥而無人的氣息，毫無生動可言。
十四、傳記成為頌揚的作品，篇篇都是讚美詞。
十五、缺漏社會群體的人物，忽略了社會與經濟的因素。
十六、傳記體例的相沿，不曾改變，沒有長篇鉅製。
十七、很少作心理上的分析。
十八、無人願傾數十年精力，去為一個人寫一篇詳細的傳記。註四十一

這裡面大部分都是眾人耳熟能詳的缺點，但從來也沒有改進過。比較特殊的是第十一：「知識階級責備賢者態度之失當。」與第十五：「缺漏社會群體的人物，忽略了社會與經濟的因素。」由於作者沒有舉例，故不知所指為何？

「再則。有關討論傳記寫作的方法、要領、態度、條件、內容等等，這一方面的理論文字太少，一種學科缺乏理論，即無法建立起有系統的科學。」作者似乎胸有成竹，準備提出理論。

而他提出的主要理論觀念是，傳記始終是歷史的一環，不論將來傳記如何發展，「絕對無法與史學訣別」。因此，「要想使傳記有好的發展，必先求歷史有好的發展。」「一部好的傳記，我們只厚望於史家的手筆，不敢寄求於文人的伎倆。」註四十二作者很明顯認為傳記文學受制於史學，試看他在文章後半所談傳記寫作應抱持的

註四十一　李家祺：〈論傳記學的過去與展望〉，（《現代學苑》，民國五十八年四月，六卷四期），頁一三五。
註四十二　同上註，頁一三六。

態度：

一、科學的研究，二、客觀的敘述，三、誠實的著筆，四、銳利的眼光，五、遠大的理想，六、努力的實踐，七、嚴密的剪裁，八、時代的刻劃。[註四十三]

僅是要求史家要有文筆而已。與之前杜呈祥、程滄波、李辰冬等人的文章相比，李家祺對傳記文學的理解顯然還不夠深入。

他另外的幾篇文章，〈梁啟超與中國傳記學〉以及〈胡適之論傳記與避諱〉，僅是介紹二人對傳記的一些看法。〈談中國的傳記〉一文則是強調建立「傳記學」的重要，而「我們要把中國的傳記建立成一個完整有體系的學科，該是所有的傳記作家以著科學的方法去整理史書中的紀傳資料」[註四十四]。〈新傳記學的特點：婚姻與健康〉，則是較為特殊的一篇，他認為：

一個人婚姻之失敗與成功，可以說是決定其一生行為的指針。我們不要忽略了這種比任何改變都迅捷的因素，也不必認為婚姻為私人生活而躊躇。所以說「愛情」在傳記中具有一種潛藏的妙用。[註四十五]

除了強調婚姻的重要之外，他也提到「傳主的病歷，也是以往史家所不顧及的」，「我們不能以畫像去說明健

註四十三 同註四十一，頁一三七。
註四十四 李家祺：〈談中國的傳記〉，（《大華晚報》，民國五十八年一月二十日），第八版。
註四十五 李家祺：〈新傳記學的特點：婚姻與健康〉，（《大華晚報》，民國五十九年二月二十三日），第八版。

康狀況，而應當要以健康的情形去造出畫像的真實面目。」[註四十六]

民國六十一年周憶孚於〈談傳記文學〉一文中說：「傳記文學是以傳記為領域的一種文學，任何與傳記有關的文字與資料，都是傳記文學的作品，任何有關個人的活動記錄與思想見解的材料，都屬於傳記文學的範疇。」[註四十七]似乎又將傳記與傳記文學等同，造成混淆。

同年徐訏發表〈談現代傳記文學之素質〉：

> 我們自然可以說一個人年輕時傾向內向，年紀大了慢慢傾向外向，但其轉變的關節則非常重要。否則在小說上是人物不統一，在傳記上則就是性格不完整。
>
> 我想文學性的真實與歷史性的真實不同，也許就在前者是有完整的要求，後者則只有片段的要求。因為文學要求完整的真實，材料不確的必須用想像補充之；而歷史的真實往往滿足於片斷的真實，材料不確的用考證的方法校正之。[註四十八]

他由另一個角度切入，以人物性格的完整性而論，歷史是比不上文學的。

民國六十六年，劉紹唐認為，「中國一向沒有寫傳記的風氣，」[註四十九]在他看來，這個現象的成因有三：第一、中國人不喜翻案。凡是社會上已有公論的人物，即使有新材料或新學說出現，也沒有人敢輕易提出

註四十六 同上註。

註四十七 周憶孚：〈談傳記文學〉，（《自立晚報》，民國六十一年一月二十三日），星期文藝版。

註四十八 徐訏：〈談現代傳記文學之素質〉，（《自立晚報》，民國六十一年三月五日），星期文藝版。

註四十九 王鴻仁：〈訪劉紹唐先生談傳記文學〉，（台北：《書評書目》，民國六十六年十一月，五十五期），頁八—十二。

新的見解或解釋。

第二、由於種種原因（民族性、傳統或人情關係等），有些人喜歡隱惡揚善。有些人不願揭發別人的隱私，怕引起別人不便，可是又不願說違心之論，所以乾脆就不寫傳記性的文章。有些人修養好，不喜歡捧別人，也不願讓別人標榜自己。有些人則閱世深，為避免各種嫌疑及麻煩，既不願談別人，也不願談自己。

第三、中國人沒有保存資料的習慣，因此每隔一段時間，或遭逢一次變亂，就會失落或毀損大批第一手資料。

換句話說，在新形式的傳記出現之前（十九世紀末），中國的傳記始終是歷史的附庸。而這些傳記儘管數量極豐，卻無法滿足後世史學家的要求—尤其是受過新式訓練的史學家。這個現象劉先生認為可以從幾個方面加以解釋：

第一、文體的限制。這類傳記在傳記學上的分類屬「簡傳」（charactersketches），相當受字數的限制。此外，在中國，這類傳記的寫作十分講究文章的章法和體例。有時為了求文章的典雅，不惜刪削本來就已經十分貧乏的史實，使得傳主生平中的一些事件顯得破碎，或變得難以了解。

第二、沒有史料觀念。過去中國的傳記家既沒有保存史料的習慣，也沒有利用史料的訓練；同時，對時間根本就不重視，不僅傳主的大事沒有年月，甚至連生卒日期都付諸闕如。這些缺乏史學訓練的文人所寫的傳記，對於後世史家的參考價值是極為有限的。

正史以外的傳記，如壽序、行狀、墓誌銘、神道碑等，也沒有多大的史料價值，因為「其中混雜了大量的受酬之作」。接受酬勞而寫的，自然多是一些歌功頌德的文章。

他並且分析傳記文學和史學的關係：

「傳記文學和史學不僅是親戚，而且是至親。」劉先生認為。歷史通常是以概括的方式研究一個時代、一個時代中的一群人或一種制度等等，而傳記則是探討一個人的生平大小事蹟。可是，傳記和史學都是以「過去」為研究的對象，而且，在資料的搜集、研判及取捨上，兩者所用的方法十分相近。對傳記文學及史學而言，信實可靠（authenticity）不僅是最高的鵠的，也是最起碼的要求。

若史學僅是骸骨，傳記文學為其添上血肉，此處將傳記文學的價值提升到比史學還高的地位上。史學僅是負責為傳記文學搜集資料，擔任馬前卒的工作。

其次，傳記文學和文學有什麼關係呢？他說：

傳記文學的目的是要使傳主的一生栩栩如生地重現在讀者的腦海中，因此一位傳記家的工作除了資料的搜集、研判及取捨之外，還要設法使那堆平淡無奇的資料變得生動有趣。然而，不管如何，他都必須謹守「信實可靠」的前提，不得妄加杜撰或篡改史實。在這樣的條件下，要寫出一部優秀的傳記確實需要高度的文學技巧。一位優秀的傳記家不僅可使讀者們知道傳主生平大小事蹟的發生順序。還可使他們瞭解傳主行為的主要模式。後面這點是相當重要的，因為唯有透過傳主的主要行為模式，讀者才能真正瞭解他的一生，並對他有一明確的看法。

此處提出一個新鮮的概念，即「傳主的主要行為模式」。讀者透過這個行為模式，便可真正了解傳主。

以下談到傳記文學的三種限制：

> 史料便是大問題。為古人立傳者常感資料不足，加以所有的關係人都已去世，欲考訂資料的真偽是極為困難的。為今人立傳則遭遇材料過鉅的困難。如美國傳記家富利鐸（Frank Friedel）為小羅斯福總統立傳時，便必須在將近四十噸重的文獻中找尋他所需要的材料。
>
> 第二個問題更為複雜。傳記家在撰寫某一個人的傳記時，必須同時考慮到這部傳記可能對社會產生什麼後果。由於「傳記道德」迄無一個公認的標準，因此，傳記家自訂的標準經常引起爭論。
>
> 第三個問題是：一個傳記家在撰寫某一個人的傳記時，難免會帶有一種主觀的色彩。在撰寫今人的傳記時，這個傾向尤為明顯。
>
> 從上述三個問題中，我們可以導出一個結論：一位具有時代意義的人物應該有多本傳記。這樣，人們才能從各種角度去看他、瞭解他。

同年，林文月認為：

> 傳記文學，可以說是比較嚴謹的小說。[註五十]

她的看法與顧一樵是相承的，即認為傳記文學的文學屬性就是想像。

註五十 吳橋：〈人性與同情──與林文月教授談「傳記文學」〉，（台北：《書評書目》，民國六十六年十一月，五十五期），頁十三──十七。

對於傳記作者的心理好惡與主客觀角度不同的問題，林文月說：

作傳，要完全的客觀，似乎是不可能的。人人都有屬於自己，非常個別的價值判斷，好惡憎愛。褒貶抑揚，是很難統一的。

至於我，我把「人性」和「同情」，作為我觀察事物的兩個方針。人性，是多樣的，是很難完美的。我不願完全刻劃個人超越凡俗的一面，塑造一個矯揉似偽的假聖人。我也願意發掘他感性、軟弱的一面，不是去為了翻案污蔑，而是找到他人性裡的親切。同樣的，我也不願尖銳地，強調一個人的缺點，因為缺陷是人類共有的，我們應該同情缺陷的傷痛，和祈求它的痊癒。

民國六十六年何懷碩發表〈傳記、勸學、風義〉一文：

一般人不瞭解「傳記」廣闊的含意，也不體認它巨大的價值與豐富多采的寫作方法，以為僅為「年譜」那樣刻板的記錄才是傳記；以為限於偉人或某方面大人物才值得有傳記；以為傳記必是流水帳式的記載才是「正宗」。事實上，傳記既是歷史，也是文學；有著重歷史的傳記，也有偏於文學的傳記。當然，文史並茂，既美又真的傳記，更其可貴。而且，偉人固應有傳記，普通人若有此可能，其傳記也一樣有價值（歷史的與文學的價值）。廣義的傳記寫法，可以是寫史的形式，更可以是文學創作的形式；可以第一人稱，

第二、三人稱；可以不寫「全傳」，只選人生的片段……。[註五十一]

此處的觀念已經更進一步，認為傳記的形式應該多樣化。而傳記的寫作可以用各種人稱來嘗試，這個觀念似乎有點太前衛了，第一、三人稱還有可能，第二人稱該如何寫？當然理論上是可以作這樣的推導，但至今尚未看到有人嘗試過。

民國六十七年墨人所著〈談傳記書籍——兼介英國劍橋國際傳記中心〉[註五十二]則是感嘆國內沒有像英國劍橋國際傳記中心一般的學術研究與出版機構。

民國六十八年陳玉燕的〈略談傳記文學〉則對傳記的存在基礎提出看法：

人類的興趣和努力的每一方面，都是傳記的園地；也可以說，傳記是這一切興趣和努力的鎖鑰，在政治裡面，在工商業裡面，在教育裡面，在一切工作和遊戲裡面，每一樣事情的本源都是個人，而傳記的職能，就是要把個人加以顯露和解釋。

除了人性的基本一致之外，其表面的差別也自有其引人入勝之處。如果所有的人都是不同的，我們便不會去研究旁人；如果所有的人都是絕對相同的，我們也不會有興趣去研究旁人。[註五十三]

此處將傳記存在的基本原因闡明。之後更對文字的可信度提出根本的質疑：

註五十一 何懷碩：〈傳記、勸學、風義〉，（《聯合報》，民國六十六年十一月六日），第十二版。

註五十二 墨人：〈談傳記書籍——兼介英國劍橋國際傳記中心〉，（《中央日報》，民國六十七年十一月二十三日），第十一版。

註五十三 陳玉燕：〈略談傳記文學〉，（《自立晚報》，民國六十八年五月十一日），第三版。

作傳記者必須有資料，才能寫作。他很少直接認識他的主人公。既然不認識，只有靠旁人的報告，或旁人的文字記載，或主人公本人的文字記載。只有一個曾經花費很多時間和精力來處理這種間接記載的人，才會徹底體會到它們是如何的不可靠。即使作傳者得到主人公的許多文字記載，也會遭遇一些難於置信的困難。那些文字不一定都是真誠的，而且往往是有意作出的。註五十四

她並且認為：「個人的熟識和密切的親誼，實在都是傳記寫作工作之中的嚴重障礙，卻常常被視為主要的有利條件，這類人往往用最大的善意破壞了一些很觀眾要的傳記寫作工作。」此外，「在結構和題材方面，最能看出一個寫作者的本領，」她說：

拙劣的作者往往認為只需蒐集事實資料，平鋪直敘地寫出來就可以了。但是有技巧的作者在動筆之前，卻要對於他的題材的處理作長時間的思索。對於所要敘述的人物的性格，那個人物對於整個社會所具有的意義，各個軼事的漸進高潮的效果，他的各種特性的調諧，都要作深切的觀察。傳記作者對於材料要極其審慎地加以選擇和揚棄，他只能選用那些與主題有關的材料，絕不可用瑣屑無關的資料來破壞讀者的耐性。註五十五

傳記之所以具有教育的功能，其根本的原因在於：

註五十四 同上註。
註五十五 同註五十三。

一般人所最感興趣的，莫過於其他的人們的行為和感情生活。對於文學、科學、和哲學的研究，如果能多有一些人文主義的氣氛，則其意義必將為之倍增。而傳記文學所要向各階層知識份子報導的，卻正是這種人文主義的成份。所以傳記文學實在應該是各級學校培養青年心性的最良好教材。[註五十六]

本文雖然文句不大通順，但是卻提出了許多新的想法。

同一年陳蒼多〈談傳記文學的翻譯出版〉[註五十七]則感嘆國內翻譯外國傳記的風氣不盛，即使譯了，出版商為了顧及成本以及銷路，會採用節譯的方式出版。

王夢鷗〈傳記・小說・文學〉中則說：

在過去，傳記之為文學，常被譬喻作繪畫藝術中之肖像畫。當然，肖像畫之在製作與鑑賞兩方面都頗有其特殊的性質。在製作方面，它要充分傳達那「被寫體」之「神」，不然便要減損其藝術的價值。在鑑賞方面，它所具有的紀念性又要大於純粹的美感。由這紀念性的特質，肖像畫之寫實的要求本來要高於一切。但在事實上卻不盡然。因為紀念性往往會硬化成為圖騰作用。到了那作用一經成立，則其象徵性又代替了寫實性。[註五十八]

註五十六 同註五十三。

註五十七 陳蒼多：〈談傳記文學的翻譯出版〉，（《中央日報》，民國六十七年十一月二十三日），第十一版。

註五十八 王夢鷗：〈傳記・小說・文學〉，收於《什麼是傳記文學》，（台北：傳記文學出版社，民國五十六年一月初版），頁七八。

民國六十七年張玉法發表題為〈從傳記文學到傳記史學──評介李雲漢先生近著三種〉[註五十九]，其論點已在第一章中加以引用與說明。主要是說傳記文學是落伍且要不得的，必須要改進成傳記史學才行。進一步來看，張玉法的論點實際上只停留在作傳的態度上，但是對「可讀性」則不予考慮，更別提寫作技巧了。因此如果死板地依照這個原則寫傳記，勢必會寫出一部枯燥乏味的史料，讀者必須抱著研究學問的熱情與毅力才有可能讀得下去。

張瑞德〈心理學理論應用於中國傳記研究的一些問題〉提出中國歷史人物的心理傳記不甚理想的原因：第一、傳記未能和歷史相連；第二、未能將傳主和同時代的其他人作比較；第三、傳記資料的缺陷。但是之後又說

> 中國傳記的不注重人格和個性的描寫，除了上述個人主義不發達的原因之外，中國沒有像西方一樣可以促進傳記發展的文學背景，以及中國傳記的長期附屬於史學均值得作深入的探討。[註六十]

似乎又和上面所提未能和歷史相連相矛盾。

至此有關傳記的研究論文便不再出現，我們可以看得出來，這方面的研究已經到達一個瓶頸階段，很難再有什麼突破。此時期的傳記文學理論研究發展出了幾個重要觀念，一是將傳記與傳記文學分開，將傳記文學視

註五十九　張玉法：〈從傳記文學到傳記史學──評介李雲漢先生近著三種〉，收於《歷史學的新領域》，（台北：聯經出版事業公司，民國六十七年十二月初版），頁二一七──二二一。

註六十　張瑞德：〈心理學理論應用於中國傳記研究的一些問題〉，（《國立台灣師範大學歷史學報》，第九期），頁三。

為一種更高的標準，並提出所應的具備條件；如杜呈祥、程滄波、劉紹唐等人的文章均屬此類。二是提出傳記文學的作法；如李家祺、陳玉燕等。三是探討傳記文學使人感動的內在原因，深入到美學的領域。如李辰冬、陳玉燕等。

第三節　轉變期——一九九〇年以後

一　台灣地區

由以上二節的分析可知，對於傳記文學的本質、功能、寫法等論題，都已經有學者做過詳細的探討，後來的學者很難再有置喙之處。因此傳記文學理論的探討沈寂了一段時間。但九〇年代以來，隨著傳記作品不斷出現，加上文學批評觀念的演變，學界也開始以更開放的視野來看待傳記。尤其是最近流行的文化批評，不論是女性主義、後殖民、族群、政治批評、文化霸權等議題，都有人發現傳記可以在其中佔有一席之地。因此傳記在現代的學術研究中，逐漸成為一種中介角色，任何學科都可在其中找到他們所想要的例子，來為自己服務。

九〇年代之後的傳記研究大致可分為兩個部份：

一是從書寫本身著手，顛覆傳記的「真實」訴求，認為沒有一項書寫過程不是經由作者的主觀選擇與取捨而成。因此我們習知的傳記甚至歷史，都是別人製造出來並強迫我們接受的。由這個思考路徑便進而談論到傳記的詮釋，或是由語藝觀點來看傳記的修辭策略。而在女性主義當紅之時，傳記也藉由女性的自傳或傳記搭上順風車，忽然在批評界亮眼了起來。

另一個角度則是採取大眾傳播的觀點，由當前賣得最好的政治傳記入手，探討背後所蘊含的流行文化與大眾傳播的意義。這是以新聞專業的眼光，探討這股傳記熱的成因。在這裡看不到以前的學者常掛在嘴邊的對傳記的要求，如要真實、要文筆、要表現時代精神等。取而代之的是行銷、名人、成本、記者與傳主的交情、通路等議題。

在第一個角度上，有以下這幾位學者曾提出看法。一九九〇年李有成發表〈論自傳〉一文，由西方文論的角度出發，探討「自傳」在西方學界日益受到重視的原因。第一，「由於文學系統的變遷，我們不得不開始認真接受某些過去視之為缺乏文學性的書寫作為文學研究的合法對象。」他所指的是傳記由於太近史學，因此一直得不到文學界認同的這個事實。第二、「在不同的文學系統或不同的時代裡，某些文類成份會從原先隱僻或被壓抑的狀態，逐漸被凸顯為主導的成份。」[註六十一]也就是說，隨著時代改變，現在文學界已經將傳記的地位提高，不再避而不談。相類似的論文還有藍玉婷《論個人式寫作：重建弱勢團體女性自傳之主體》[註六十二]，以及陳玉玲《現代中國女性自傳的主體性研究》[註六十三]，陳香玟《女性自傳中的婚姻與自我：女性主義觀點的語藝批評》

註六十一 李有成：〈論自傳〉，（《當代》，一九九〇年十一月，五十五期），頁二三。李有成於民國七十四年的碩士論文《自傳主體的呈現：描述、敘述、論述》，便已提出了對自傳的全新觀點，此論文「說明了自傳主體原本就是詮釋，虛構之後的文字構成」，「而自傳中所呈現的人生其實是自傳作者依其計劃，然後選擇，重整過後的人生，大抵是詮釋策略與詮釋活動的結果，因此注定是片斷而不完整的。」

註六十二 藍玉婷：《論個人式寫作：重建弱勢團體女性自傳之主體》，（國立台灣大學外國語文研究所博士論文，民國八十一年）。

註六十三 陳玉玲：《現代中國女性自傳的主體性研究》，（香港大學中文研究所博士論文，民國八十五年）。本論文研究現代中國女性的自傳，分為童年、父權制的家園、女性的身體與物化、女英雄的崛起等，大致上是以女性成長的階段來分別探討。

[註六十四]等。

同年張漢良〈傳記的幾個詮釋問題〉則說：

> 近年研究傳記的學者，尤其是女性主義者，特別關注那些中間人物。如果說歷史人物構成我們的部份知識，這些史料人物可以分成兩類。第一類是顯赫人物，傳記家理所當然的對象，他們的私生活（命）被傳記家處理後，成為閱讀大眾的公生活，也就是我們的歷史知識。第二類是張三李四王五趙六，這些芸芸眾生雖然無顯赫事功可資頌傳，但也非完全沒有價值，他們構成社會學家、語言學家、歷史家的材料。……至於介乎將軍和萬骨之間的是什麼人？一人得道，雞犬昇天。名人身旁的雞犬自然有異於尋常雞犬。他們身居光明與幽暗之間，卻與名人歷史有關，他們的生命是所謂的半隱私（semiprivate）性的。[註六十五]
>
> 另外，傳記到底是不是文學作品？
>
> 在四十年前，這些問題的答案彷彿是自明的。在文學自主論的前提之下，文學自然與歷史畛域，傳記自然不算「純」文學，因為那不是虛構的。勉強沾上文學邊的是文學傳記，或更確切地說，是文學家的傳記，因為它「或」能有助於我們對文學家創作的瞭解。但是這種研究與歷史研究沒有什麼差別，史料的研判？

註六十四 本論文選擇九本女性自傳為對象，首先以敘事學的角度，分析其角色塑造、情節、場景、主題詮釋。其次以女性主義的觀點，分析自傳中的兩性行為模式、性別權力關係與婚姻中的自我追尋。

註六十五 張漢良：〈傳記的幾個詮釋問題〉，（《當代》，一九九〇年十一月，五十五期），頁三一。

證據的收集、作者的編年——這一切都屬於歷史問題，而非文學問題。[註六十六]

假如說一位還不夠有名，一般人對其生平資料並不清楚，那麼「傳記家應當先把他的私生命變成公生命，在這個基礎之上，傳記家才有資格玩弄暗喻式的、非直線式敘述。」因為讀者對傳記是有所預期以及成見的，對一位不熟悉的人物，他們要求「傳記需要詳盡的資料；需要敘述（最好是編年式的、成長式的、目的論的）；需要忠於史實，包括歷史社會背景等事實，因為這些事實和作者的創作有必然的、衍生的關係。一但讀者看到的是非傳統式的敘述，便難以接受。」[註六十七]

但是「假如某一位傳記主人翁經常被人作傳，他的私生命已經成為公共財，讀者可能便會有另外的預期了」。[註六十八]他們會「以資料的完整即新穎與否為判斷的圭臬。」

傳記作者有他（她）的詮釋視域，一切史料都經過這詮釋視域的過濾，他（她）的敘述，描寫已然是有成見的了，唯有透過這詮釋視域，他（她）才能與被頌傳的對象同步（synchronized），否則任何敘述都是不可能的。也唯有如此，一個對象才會有無數的傳記出現。但是一般半票傳記讀者及誤導讀者的書評家未有這種認識。[註六十九]

註六十六 同上註。

註六十七 同註六十五，頁三三。

註六十八 同註六十五。

註六十九 同註六十五，頁三四。

他把這種作者的定見稱之為「傳記書寫的必要之惡」。

一九九四年王明珂發表〈台灣民眾集體歷史記憶資料蒐集與分析計畫〉，此計畫的基本理念，對後來的許多學者都產生或多或少的影響。他在前言提到：

長久以來，歷史學者常將歷史研究當作是發掘「過去事實」的理智活動。近二十年來，許多學者漸相信「標準歷史」常常是被創造出來的，以維護一種認同，以及此認同下的人群共同利益。在此研究取向下，歷史被視為一種人們的「集體記憶」。因此，歷史應有許多不同的「聲音」。不同族群、不同社會階層、不同性別、不同世代的人，對於「過去」可能有不同的歷史記憶；在特定的社會情況下，人們以選擇、重組與重建「過去」，以強化某一人群的認同。因此，歷史學者開始專注於研究「為什麼個人或社會特別記得某些人或事」。註七十

對於傳記方面，他認為：

傳記做為一種文學形式，它也是以一個人的生命史為主要內容。它與自傳的不同之處在於，作者不是傳記中的主體（傳主）。作者對傳主的描述，不是自我描述。但是，傳主的自述，常成為傳記寫作的主要材料之一。事實上，有些傳記在寫作過程中，經常得以採訪傳主，以及與傳主有關的當代人物，或由傳主及他人提供私人書信資料。因此，在資料結構上，當代人物傳記經常結合了「自傳」與「口述歷史」等資料。

註七十 王明珂：〈台灣民眾集體歷史記憶資料蒐集與分析計畫〉，（行政院國科會，編號 NSC 83-0301-H001-068），頁 I。

除此之外，寫作傳記的材料，主要賴大量已出版與未出版的文獻資料。這些文獻資料，可說是一種被社會或個人以文字形式保存的記憶。它們被社會認為是重要的，而被保存與流傳。傳記的寫作，是將這所有的資料集結起來，以組織與修辭賦予它們新的意義，如此將原本靜態的社會記憶（檔案、文獻），活化成動態的社會記憶（被閱讀、談論的書籍）。

對傳記作者來說，「自傳」與「口述歷史」資料，與其它文獻資料形成多重的可互相驗證，互相補足的資料來源。因為不是完全採用「自傳」與「口述歷史」資料，而是在比較其它文獻後，在這些資料中篩選「事實」。因此，傳記作者宣稱他的著作是「客觀的」、可靠的。但是，從另一個角度來看，傳記作者在這多重資料中，可有更多的選擇，使他更容易組織資料來支持心中既有的定見。由此而言，傳記作者不比自傳作者更客觀。

傳記作者對傳主的定見，是他選擇、組織與解釋資料的基礎。無論是採用何種資料，作者是資料的主動蒐集者與組織者。在資料的蒐集與閱讀中，作者對傳主有進一步的認識，也可能這認識徹底改變他對傳主的看法。但是，通常在蒐集與組織材料時，作者對傳主已有既定評價。這種對傳主的評價，又深受其所處的社會的影響。這種社會價值定見，影響他選擇、判斷哪些是「事實」，以及對「事實」的解釋。因此，「事實」雖然是構成傳記的重要成份，但如學者所指出的，它不是結論，也不是寫作的目的，而是經常被利用、被改變、被誤用，以支持一種解釋、一種性格描述的工具。

而且，一個成功的傳記作家不只是陳述事實而已。經由選擇、安排這些「過去的事實」，加上修辭、隱喻，傳記作家常常重新創造一個偉人，賦予一個人物新的時代意義。由這一點來說，傳記作家的工作幾乎類似小說創作者；它們都創造偉人。一但傳記寫成出版，與自傳一樣，它也成為一種社會記憶。甚至於，傳記成為比自傳更強有力的社會記憶。因為它的觀點被宣稱是「客觀的」，它的資料被認為是全面的，它對人物價值得詮釋經常符合當代社會潮流。因此，做為一種社會記憶，它選擇性的、虛構性的一面，經常被忽略。[註七十一]

民國八十四年藍如瑛〈九〇年代台灣人物傳記出版生態初探〉一文則是由大眾傳播的角度來研究，她認為，到了九〇年代，傳記已成為出版界的新寵。而「一般將此股熱潮歸於民國八十一年年底，周玉蔻所著的《李登輝的一千天》，在市場上銷售極佳所引起。」[註七十二]但據她的研究，「這股風潮的起始可追溯至民國七十八年，天下雜誌所出版的《孫運璿傳》。」[註七十三]在傳記的作者方面，「不少新聞從業人員投身其中，形成一類極為風行的記者書。」

各種不同類型的人物傳記之間的關係為何？就整個出版生態而言，不同類型的名人傳記之間，雖然仍有為爭奪有限的整體市場購買力的競爭情形存在；但也因個別清楚的定位，等於做了市場的區隔（如，政治人

註七十一 同註七十，頁四。
註七十二 藍如瑛：〈九〇年代台灣人物傳記出版生態初探〉，（《新聞鏡週刊》，三六三期）。
註七十三 同上註。

物與運動員就是不同的市場區隔），將這樣的競爭情形沖淡，並將這樣的競爭戰場延展到單本人物傳記身上。（如，同時期出版李登輝、林洋港、呂明賜三人的傳記，李登輝和林洋港之間的競爭情形，就較林洋港和呂明賜，或李登輝和呂明賜激烈，因它們共同爭奪對政治人物傳記感興趣的人口。）[註七十四]

作者並研究以全國有四十二家連鎖店的金石堂書店，七十九年一月至八十四年七月的暢銷書排行榜，發現政治人物傳記超過總數的一半。

筆者以為值得注意的是，這份排行榜乃是依據實際銷售數量而來，也就是說，讀者比較想看的還是政治人物傳記。即使其他職業的傳主也有傳記問世，如運動員、企業家等，但就是賣得沒有政治人物的傳記好。在戒嚴時期，我們可以說政治人物佔了傳記的大部分是因為政治力的介入，因為有許多為政治服務的傳記出現。但是解嚴以後，讀者所自願掏腰包購買的還是政治人物傳記，這就很值得深思了。或許是因為當年政治人物傳記出版得多，但不表示閱讀人口也有這麼多，或是說大家沒有選擇，不得不看。而現今因為政治開放，民眾對於當年神祕莫測的政壇高層人物的好奇，正可以藉由新出版的百無禁忌的傳記來獲得滿足，因此也造成同樣的結果，即政治人物的傳記銷售量居高不下。

至於同屬人物傳記，有的締造銷售奇蹟，有的卻名不見經傳。據藍如瑛的研究，其原因不外乎兩點，一是人物，二是時機。在人物方面，「一定要是知名的人物」，而且光是名人還不夠，「在這個名人身上必須有『賣點』或『故事性』」。若再結合到前述的銷售數字來分析，便可以了解，政治人物當然是名人，而且在他們身

註七十四 藍如瑛：〈九〇年代台灣人物傳記出版生態初探〉，（《新聞鏡週刊》，三六四期），頁四〇。

上也容易找到許多賣點。

根據商周文化社長何飛鵬表示，站在出版社的經營立場，書沒有可出或不可出。只有出書的投入成本與產出效益的問題。名人找出版社出書，對出版社而言，省卻找名人、收尋題材等成本，在成本低的情況下，就會出書。[註七十五]

可見也有傳主自己找出版社出書的情形。

另外「時機的考量相當的重要，讀者通常會在某一時機下對特定人物特別關注。此外，以時機來選取人物或人物的賣點也是一種策略。」

當各種人物傳記爭奪有限空間內的資源（有限的市場購買力），且當人物傳記密度過大的情況下，競爭將會越來越激烈。在這樣的情況下，要贏得競爭的優勢，勢必在人物的選取、時機的掌握上要更敏銳。此外，隨著這樣的生態轉變，行銷有可能從非生存條件，漸漸成為生存的條件。

目前人物傳記大行其道，可以說是一種迷信『卡司』[註七十六]，彰顯一種偶像崇拜的意義。『知名度』也成為一種販售的商品。

註七十五 同上註，頁四二。

註七十六 即 cast，指演員陣容。

> 人物傳記這類書籍的行銷手法，大體上和其他書籍並沒有太大不同，包括：一、廣告，二、媒體公關，三、通路結合。但重要的一點是：『人物』可以配合造勢，使媒體容易配合炒作，亦引起讀者注意，造成優勢，如此使得行銷做起來事半功倍。[註七十七]

也有學位論文專門作這方面的研究，如黃明賞《從新聞寫作到傳記寫作：記者角色的一個時代性觀察》[註七十八]以及吳蕙芬《候選人形象研究：以八十三年與八十七年台北市長候選人陳水扁為例》[註七十九]這兩本碩士論文均是。

在黃明賞的論文中，將近幾年記者所寫的傳記做了詳細的表列，並且斷言「選舉改變了台灣政治傳記的出版風貌」，而記者由於主跑某位特定政治人物因而寫其傳記，在選舉時也自然會選邊站，此時新聞記者最重視的公正客觀便成為被質疑的焦點。

九〇年代的發展大略有如上述，我們可以發現一項事實，晚近所出現的論文，可看出逐漸由傳記的作法，轉向為對傳記的解釋。這樣的轉變是十分合乎情理的，畢竟作品若看得不多，僅依據前人的研究就妄下定論，所提出的觀點難免落入前人的窠臼。但若是專注在某一主題上，就比較有發揮的餘地。

註七十七 同註七十四。

註七十八 黃明賞：《從新聞寫作到傳記寫作：記者角色的一個時代性觀察》，（國立台灣大學新聞研究所碩士論文，民國八十八年六月）。

註七十九 吳蕙芬：《候選人形象研究：以八十三年與八十七年台北市長候選人陳水扁為例》，（國立政治大學新聞研究所碩士論文，民國八十八年十月）。由學位論文的分布可以看出，其他科系對現代白話傳記的關心遠超過中國文學系，而且已經逐漸建立了在傳記研究上的發言權與解釋權。

而正如筆者所言，這幾十年來的傳記理論，多是站在宏觀的鳥瞰角度，少有微觀的探討作品中的形式與內容。在胡適的時代，由於白話傳記出版的不多，自然可以做純理論的推演。但到了當代，傳記作品汗牛充棟，琳琅滿目。若未經全面閱讀，便加以批評，則未免流於空虛之弊。更糟的是，若還以數十年前的論點來指導現在的作者，則完全忽略了現實，與實際情形完全脫節。

但也由於作品甚多，要想全面了解，必須耗費相當長的時間。因此，目前還未有學者作這方面的嘗試。但筆者以為，若要使傳記文學理論有進一步的發展，微觀的探討是勢在必行的。

而雖然有這樣多的學者專家討論傳記的寫作，社會上也出現了數以千計的新的傳記作品，但是傳統傳記體裁卻不受任何影響，仍然存在於某些特定的區域。民國八十三年（一九九四），國史館館長瞿韶華先生在為國史館出版的《民國人物傳記叢書》所作的序中便提到：

本館的職責是纂修國史，對於人物傳記的編撰，承傳統史學的體裁，採新史學的方法，重視實證，以見是非。舉凡人物，其事蹟足以影響國家社會者，無分善惡、忠奸、黨派、種族、性別，均廣為蒐集史料，以憑立傳。在分類上，則分專傳、類傳、合傳、附傳等。凡傳主學問、事業見重當時，影響後世者，為立專傳；如有一藝之精、一節之奇、一行之善，或僨事之惡者，為立類傳；專傳、類傳中，凡學問、事業、影響相埒均等者，為立合傳；與專傳、類傳傳主有連帶關係而不若之著者，則立附傳。傳目則有忠烈、孝義

、儒林、循良、卓行、事功、碩學、文苑、藝術、財經、大眾傳播、華僑、外僑、奸偽等。註八十

這樣的寫作計畫很明顯是依循傳統傳記的體例，可見無論外界如何改變，某些特殊的機構仍然不受影響，因為他們是政府機關，不會有倒閉的疑慮。這樣的傳目分類在傳統傳記上自然沒有問題，可是若仔細審視，便會發現有許多地方值得商榷，例如忠烈、孝義、奸偽乃是道德範疇，而大眾傳播、財經又是職業類別，華僑則是居住地點，分類本身便不統一。更不要提目前社會上的職業有上千上百種，又豈是這寥寥數種可以包括的？更有問題的是，何謂忠烈？何謂奸偽？以目前市面上出版的蔣介石傳為例，大陸和台灣便有完全不同的說法。將來如果兩岸統一，那些當年投共的將領又要分在哪一類呢？由此也可以看出，即使理論研究已經走到相當高的成就，但實際作品卻與理論存在著極大的落差。也更加凸顯就作品本身來研究傳記文學理論，已經是刻不容緩的要求。

二　大陸地區

大陸地區自從四九年之後，因為過於強調文學為政治服務，導致所有文藝理論與作品，均一面倒地以領袖的講話為最高標準。加上接連不斷的各種運動，學者專家為了避免禍從口出，紛紛採取明哲保身的態度。而原本即不易著手的傳記文學理論，也就更加乏人問津。九〇年代之前，幾乎找不到研究現代白話傳記文學理論的文字。隨著八〇年代的改革開放，傳記作品開始大量出現，在九〇年代之後，大陸上才開始有探討現代白話傳

註八十　洪喜美：《李烈鈞評傳》，（台北：國史館，民國八十三年六月初版），頁二。

記文學理論的文章。

這些理論文字與台灣地區最大的差異，除了所據以研究的傳記文本完全不同之外，在研究方向上也不甚相同。台灣由於直接承襲了一九四九年以前的傳記研究路徑，例如胡適仍然在台灣發表有關傳記文學的文章，因此一直秉持著理論先行的姿態，企圖以理論影響傳記寫作。而大陸則因為理論研究空白了一段時間，再出發時，面對的是一片已經自由發展了許多年的傳記園地。於是他們很自然地由整理作品入手，並進而探討整個二十世紀的中國傳記文學發展走向。

不過大陸地區與台灣分隔了幾十年，或許因為資料取得不易，因此對傳記文學作品的整理與理論探討，就有如早期在大陸出版的現、當代文學史一般，台灣的傳記文學並不列入他們討論的範圍。

兩岸的隔閡表現在傳記的寫作上是十分明顯的，畢竟一本傳記要想受到歡迎，首先讀者要知道這個人才行，這是最基本的條件。以陳蘭村的〈二十世紀中國傳記文學的歷史位置及其基本走向〉一文為例，他提到二十世紀中國傳記文學受到域外傳記文學的明顯影響，如「法國盧梭的自傳《懺悔錄》，一九二八年五月上海美的書店就已出版，以後陸續又有不少譯本出版，這對三〇年代前後的中國現代自傳的興盛起了重要的促進作用。」這點台灣的讀者尚可理解，但接下來他說：「建國初期的當代文學受前蘇聯俄羅斯文學的影響較多。高爾基的自傳三部曲《童年》、《在人間》、和《我的大學》，奧斯特洛夫斯基的帶有自傳色彩的小說《鋼鐵是怎樣煉成的》，這些中譯本在解放後為人們所熟知。吳運鐸的自傳《把一切獻給黨》出版後，人們把作者譽為中國的

『保爾』。」[註八十一]這幾本影響大陸傳記寫作的書，對台灣讀者來講根本就聞所未聞。文中提到的「保爾」乃是《鋼鐵是怎樣煉成的》一書的男主角，此書的中譯本於一九四二年在上海出版[註八十二]。大陸上竟把寫得好的自傳傳主比擬作這本小說的男主角，可見此書在大陸流行的程度。但這樣一本在當地風行六十多年的書，因為書中的政治觀點，在台灣卻沒沒無聞。更不要說受它的影響了。

一九九六年劉遠發表〈論世紀之交的傳記文學〉，他首先認為，「傳記文學的基礎理論研究園地在所有文學門類中是僅有的一方荊棘叢生的荒野。概念內涵、科學分類、美學特徵等一種文體安身立命所繫的這些問題還都未進行過認真討論。」[八十三]他並認為傳記應分為三類：

> 一、歷史傳記：實錄傳主生平業績的史學著述。包括二十四史中絕大多數《傳》和略傳、墓志、行狀、誄文、年譜等。二、學術傳記：研究傳主學術成就得失的科學撰著如《柳如是別傳》、《茅盾的文學道路》等。三、文學傳記。……我認為傳記文學是報告文學式創作而非小說式創作。[註八十四]

對於所謂的「文學性」，他認為只求文筆生動不枯燥是不夠的，「這不是文字表達問題，而是題中應有之義。是傳記文學之所以為文學的質的規定性，是需要慘澹經營的。可運用除虛構外的一切文學手段。」所謂的文學手段則是指：一、在歷史真實的前提下情節的相對集中；二、合乎生活邏輯和人物性格走向的次要細節及

註八十一 陳蘭村：〈二十世紀中國傳記文學的歷史位置及其基本走向〉，（南寧：《學術論壇》，一九九九年三月），頁六十五—六十九。

註八十二 見黃樹南等譯：《鋼鐵是怎樣煉成的》，（桂林：灕江出版社，一九九四年九月第一版），頁三。

註八十三 劉遠：〈論世紀之交的傳記文學〉，（哈爾濱：《文藝評論》，一九九六年四月），頁十九。

註八十四 同上註，頁二十。

心裡活動的合理想像；三、真實而傳神的肖像描寫；四、傳主足跡所及的地域特別是故鄉獨異民情和景觀的文學渲染。[註八十五]

作者應具備四種素養：首先、應有史學家的嚴謹，文學家的筆力，哲學家的思考深度。其次、繼承良史傳統，重史德、有史識。

再次、對傳主尊崇而不膜拜，平等審視而不屈蹲仰望。傳記文學評論家書爾斯說：「一個人的傳記應由一位認真的敵手來寫，以剝掉一切偽飾為己任。」我國傳記文學再也看不到司馬遷那俯視帝王顧盼百代的大家風範。往往口稱「某老」，誠惶誠恐，劣跡穢行，明加掩避。其自卑感謙恭態奠定了作品拘謹溢美的基調。[註八十六]

最後，則要有與傳主相近的知識結構和個性氣質。

翔實的傳記文學可當信史讀，但中國文化重群體輕個性，傳記往往成為演繹歷史和「潛心研究治國術的副產品。」（《新大英百科全書》）《宋慶齡傳》幾近半部民國史甚至中共黨史，觸摸不著這位國母級不屈女性熾熱的生命，看到的是一尊莊嚴的蠟像。

作品是作家生命存在的主要形式而遠非全部，卓如《冰心傳》卻類似冰心作品評論集，過多的篇章縷析和

註八十五 同上註。
註八十六 同註八十三，頁二十四。

情節複述替代了對傳主的多維審美觀照。對其長達三十餘年的創作空白期的心靈衝突守口如瓶未作任何探究。註八十七

所謂多維審美觀照，應是指除了剖析冰心的作品之外，還必須寫出其人的性格，她的遭遇與心理轉變，以及時代環境的影響。

他並認為中國傳記文學的突破當在二十一世紀初葉以後，因為大陸的《檔案法》規定的保密期限沒有過，資料大門尚未敞開，所以作家接觸不到核心機密，尤其是政壇領袖。他並且認為頗為大陸學者稱道的朱東潤《張居正傳》乃史傳經典文本，不屬嚴格意義上的傳記文學。

同一年路寶君〈人物傳記的寫作〉將傳記的類別區分為：甲、從篇幅長短劃分，一、大傳；二、小傳。乙、從筆法上劃分，一、歷史傳記；二、文學傳記；三、傳記小說。四、從內容或取材上劃分，一、外傳；二、評傳。

傳記寫作的基本特徵則是：真實性、準確性、整體性、歷史性。

傳記人物的形象化技巧則是：一、強化事件的具體性和可感性；二、捕捉富於感染力量的細節；三、交織著敘述者的真情實感。

傳記人物的個性化技巧則是：一、個性的獨特感、鮮明感和豐富感；二、在矛盾衝突中刻劃人物的個性。

一九九七年邵東方〈當代人物傳記寫作狀況述評〉說，從一九四九年到一九六六年間，大陸共出版人物傳

註八十七　同註八十三，頁二六。

記五百多種（不包括港澳地區），然而傳記寫作受到政治干擾，一九五六年，全大陸竟只出版了八部傳記！文革十年更是一片空白，只出版了一些莫名其妙的冊子，如《孔丘反動的一生》、《孔家店的二老闆孟軻》等。改革開放後漸漸恢復正常，近年來更逐步走向繁榮，自一九八七到一九九七這十年間，大陸上便出版了三千多種人物傳記，僅一九八七年就出版了二百八十多種。而這十年來，大陸上也出現了一些傳記名家，如朱仲麗、權延赤、葉永烈、解力夫等。註八十八

他認為優秀的傳記作品都有以下幾個特點：一、觀點新穎；二、史實準確；三、評論公允；四、文筆生動。而傳記創作的不足之處則在於：

第一、「為賢者諱」、「為尊者諱」之類的傳統框框，仍然束縛著相當一部份傳記作家的思想。相當多的傳記作者似乎都滿足於在傳記中讚揚傳主，缺乏一種客觀和深入分析傳主的眼光。尤其是對當代政治家、英雄人物、著名學者等，往往多有神化溢美之辭，鮮有犀利透徹的洞察和把握，甚至囿於所謂的「公論」或「定論」而人云亦云。

第二、較少有人涉及傳記寫作理論的研討。目前國內尚無專門討論傳記學的理論刊物，刊登傳記作品的雜誌既不刊載有關傳記理論的文章，也極少發表討論傳記作品得失的評論。因此，有關傳記寫作的理論探討，除偶見於《人物》和《光明日報》的專欄外，通常是由傳記作者在其作品的前言或後記中進行的。

第三、許多傳記作品在體裁和風格上缺少變化，又很少有人在多元化方面作新的嘗試。因此在傳記的寫作

註八十八 邵東方：〈當代人物傳記寫作狀況述評〉，（石家莊：《河北學刊》，一九九七年一月）。

形式上，容易流於平庸化。許多傳記受傳統年譜形式的影響，偏重於縱向地記述傳主的行狀，缺乏對人物作橫向的比較，如傳主對自己生平的認識與作者對傳主的評價之間的對比。註八十九

葉志良〈論中國現代傳記文學創作〉有云：

「五四」以來的現代傳記文學，契合「五四」的時代精神，重在對「個人主體」的建構，對新的個性的張揚。這種傳記往往從「五四」開倡的現代科學、理性的啟蒙主義價值觀出發，力圖以不同於傳統的傳記觀點和立場，對中國和中國人的「國民性」進行反思，以此達到魯迅為代表的新文學家要求「人的解放」的目標。這類傳記力圖對傳主個人經歷進行思考、追問，來重塑中國人的人性意識，批判傳統的封建文化的壓抑性，尋找新的人性意識的生長點。註九十

據陳蘭村的〈二十世紀中國傳記文學的歷史位置及其基本走向〉所述，近百年來中國大陸的傳記發展軌跡大約可分為三個時期：

「一、第一個時期：從本世紀初至一九四九年建國，約半個世紀，是中國古代傳記文學向現代傳記文學轉化，現代傳記文學開始自覺的時期。」

此時期又可以一九一九年五四運動為界，分為前後兩個階段。前一階段的代表人物是梁啟超，他在一九〇

註八十九　同上註。

註九十　葉志良：〈論中國現代傳記文學創作〉，（哈爾濱：《黑龍江社會科學》，一九九七年六月）。

二年所寫的《三十自述》、《李鴻章》、《匈加利愛國者噶蘇氏傳》、《義大利建國三傑傳》、《近世第一夫人羅蘭夫人傳》等。「其中所寫西方名人傳內容上宣揚資產階級自由、平等、博愛的思想，傳記形式上仿效西方傳記，語言上採用半文半白的『新文體』。他的這類傳記標誌著中國古代傳記文學正向現代傳記文學轉化，從內容到形式成了現代傳記文學的先驅。」[註九十一] 此時期另一位有名的作家則是嚴復，他有《孟德斯鳩列傳》、《斯密亞丹傳》等名篇。

後一個階段，即一九一九年至一九四九年這三十年間，「這一階段的傳記文學家們在理論上開始有了現代傳記文學的自覺意識。在創作成就上表現為二〇至三〇年代的自傳小高潮，以及四〇年代初的歷史人物傳記和解放區的人物傳記速寫。」

「第二個時期：從一九四九年建國到一九七八年黨的十一屆三中全會前，約三十年，這是當代傳記文學逐漸進入低谷的時期。」此時期又以文革劃分為兩個階段，文革前主要有一些英雄人物傳和革命回憶錄，「但這類傳記品種較為單一，對英雄人物有理想化的描寫，其生命力受到限制。」[註九十二] 到了文革十年，「由於整個文學事業遭摧殘，傳記文學幾乎一片空白。」也就是說，從中共建國到文革結束這三十年，中國大陸的傳記文學是不進反退的。

「第三個時期：從一九七八年進入新時期以來，至今已二十年，是傳記文學的繁榮時期。」

由於在政治上的平反，使得在八〇年代初以來出現了一大批當代政治人物傳。而一些著名的現代作家、藝

註九十一 同註八十一。

註九十二 同上註。

術家、學者等有研究專家為他們立傳。而八〇年代中期尤其是九〇年代以來，各種明星傳記出現。九〇年代中國甚至出現了所謂「傳記熱」，傳記刊物及研究著作如雨後春筍般增加。

一九九八年大陸著名傳記作家李輝曾說：「我在藝術上想追求的是學術、文學、新聞三者的結合，不發無緣由的感慨，而是更多發掘人物身上的詩意、事情本身的詩意。」註九十三

同一年〈傳記文學面對機遇與挑戰——《傳記文學》98春季筆會綜述〉有這樣的話：「一些刊物著眼於名人效應，同樣的人，同樣的事，你也炒，我也炒，結果是只見『名』而不見『人』。讀者敗了胃口，傳記創作也走向死胡同了。」註九十四由此文可見大陸上也開始注意到大眾傳播對傳記寫作的影響了。

「傳記寫作常常還會遇到尷尬之事乃至碰到雷區。『為賢者諱，為尊者諱』，使人物傳記成了為傳主歌功頌德的碑文。一些傳主（其實是與之相關的人）寧願傳記成為歷史文檔性的資料，而不願作家把傳主豐富的生活經歷，特別是情感世界開掘出來，寫出一個活生生的人。傳記寫誰，怎麼寫，應該是傳記作家的權利，而不是傳主的權利。傳記文學要寫出人的生命中的本質的東西。」註九十五

大陸上的現、當代文學研究在改革開放後進展十分快速，已經有凌駕台灣之勢。以一九九九年出版的《中國近百年文學體式流變史》為例，已經將現當代的傳記作品列為專門的一章，稱為〈史傳結合的傳記與人物紀〉註九十六。雖然文中所舉的例子幾乎都是短篇文章，少有長篇巨製，顯示出編者並未全面閱讀過所有傳記作品便倉

註九十三　孫小寧：〈世紀風雨中的尋覓與追蹤〉，（北京：《傳記文學》，一九九八年一月），頁九六。

註九十四　〈傳記文學面對機遇與挑戰——《傳記文學》98春季筆會綜述〉，（北京：《傳記文學》，一九九八年五月），頁九六。

註九十五　同上註。

註九十六　馮光廉主編：《中國近百年文學體式流變史》，（北京：人民文學出版社，一九九九年十月），頁三二五。

促動筆。但畢竟是走出了第一步，只要繼續往下深耕，必會有更好的研究成品出現。

經由以上的論述，可以了解到幾個現象，首先，早期的學者比較過中西方傳記的差異之後，紛紛感嘆中國傳統的傳狀類文章過於簡略，且流於歌功頌德的官樣文章。因此提筆為文，鼓吹新體傳記的誕生。在當年這樣的努力的確有它的歷史意義與價值，在白話文運動的配合之下，中國傳記出現了相當大的改變。傳記可說是轉型得很成功，又能夠適應新社會生活的少數幾個文體之一。

而晚近的研究者已經認識到，企圖藉由少數學者的呼籲來規定或改變傳記寫作的方法和型態，是不切實際的幻想。因為在一個開放的社會裡，傳記乃是依存於龐大的文化體系之中，它的生產及出版是不可控制的。除非擁有龐大的資源及對文化的解釋權，例如當年的中國國民黨黨史會便主導出版了一整套的先賢先烈傳記。不過由實際的成品看來，即使是那樣的機構也常常控制不住它的作者群，以下的章節將會有明顯的例子。更何況還有資料的取得這個現實的大問題。因此在臺灣的學者已經放棄了對傳記做教條式的規範，轉而對現存的傳記以各種學科的角度加以詮釋，尋找傳記本身存在的意義。如此一來，雖然造成了百花齊放的研究榮景，卻也隱含了令人擔心的後果，即傳記可能將淪為各學科的研究資料，其地位反而每下愈況。

在大陸地區，則有完全不同的研究路徑。或許由於社會與政治體制的關係，直到目前為止，他們仍然執著於為傳記訂規則，雖然大家訂的規則都大同小異。另外他們對傳記的文學本質，也出現了比臺灣更深入的看法。整體說來，中國大陸由於持續有學者對現代的白話傳記文學做研究，雖然由於文革的關係，他們的起步較晚，但不久的將來，其成就必定會超越臺灣。

另外還有一個明顯可見的現象是，學者們或由於社會環境的限制，或由於當時白話傳記作品稀少，因此多只對傳記文學作宏觀的整體檢視，討論其屬性、作法、具備條件、存在原因等。但尚未有人對傳記文學作微觀的觀察，探討作品中的形式與內容。也因為前輩學者們的努力，使得宏觀的探討很早就獲得相當的成就，後人難以找到突破點，因而不願在傳記文學這個領域作研究，使得傳記文學理論停滯不前。筆者以為，今天若要繼續從事傳記文學的研究，必須紮實地閱讀具體作品，分析其中的體式、人物描寫、情節安排等，在此基礎上歸納出形式上與內容上的特點，方能發現新的問題，並從中看出白話傳記文學的發展軌跡。以下即分為形式與內容兩方面，對傳記文學作嘗試研究。

第三章 台灣當代傳記文學的形式

傳記的形式是十分多樣的，目的不同便會寫出不一樣形式的傳記，另一方面，資料的多寡及資料的類型也會影響形式的生成。因此陳蘭村道：「由於傳記文學本來就處於歷史與文學的邊緣地帶，是一種邊緣性文體，側重點不同，都可產生不同樣式的作品。再由於讀者口味不一，傳記文學形式上的多元化也是滿足各種讀者口味多樣化的需要。」[註一]以下即分為體式與組織兩方面，將常見的幾種形式作一分類，並一一舉實例分析其特點。

第一節 體式

所謂體式是指作者在有意或無意之間，所採取的作傳方式，大致上可區分為以下幾種：

一 史學論文式

第一種便是以學術論文的格式與做法，由歷史學者執筆所撰寫的「史學論文式」傳記。這類作品通常有兩大特色：第一，強調細密的考證，精確的分析，強而有力的證據，以求真求實為最主要目的，因此文筆如何並不在考慮之內。第二，主要在探討傳主於某些歷史事件當中，究竟扮演何種角色？至於傳主的私生活與性格描

註一 陳蘭村：〈二十世紀中國傳記文學的歷史位置及其基本走向〉，（南寧：《學術論壇》，一九九九年三月），頁六十五—六十九。

寫，反倒不甚在意。由於它純粹是為了歷史研究而寫，因此讀者本身必須有一定的程度，無形中也限制了出版的機會。除非是傳主本身很有名氣，或大眾對其生平既陌生又好奇，才比較有出版的可能。當然也有的是不以營利為考量的單位所出版的，如國史館等。

例如國史館出版的洪喜美《李烈鈞評傳》[註二]，便是一本標準的史學論文式傳記。作者本身任職於國史館，又是歷史科班出身，受過多年專業的史學訓練，因此書中有詳盡的註釋，以學術論文的筆調，引用許多考證資料。由於太過專業，若是對民國初年歷史沒有相當研究的一般讀者，根本不可能去閱讀。即使勉強看了也讀不下去，甚至是讀不懂。像這樣的傳記，本來就是為了學術研究而寫的論文，作者只需為自己的學術良心負責，儘可能地展現自己的研究水平，讀者閱讀若有困難，那是讀者的水準不夠，不能因為這樣而要求作者改變。此外，目次也可看出其重點所在：

《李烈鈞評傳》

第一章　辛亥革命後的江西強勢都督

第二章　二次革命首舉義旗

第三章　討袁護國運動中的角色

第四章　護法時期的困境

第五章　北伐時期的進退出處

註二 洪喜美：《李烈鈞評傳》，（台北：國史館，《民國人物傳記叢書1》，民國八十三年六月初版）。

第六章：黨治時期籲求開放政權

很明顯地，此書符合了之前所提史學論文式傳記的第二項特色，即探討傳主在幾個重要的歷史時刻，他究竟扮演何種角色？

作者在〈自序〉中又說：

> 本書想提供的，將不只是他個人一生的傳記，也想從他的生命旅程中體會近代中國走向民主共和政治的艱辛又曲折的路程。[註三]

也說明了史學論文式傳記，通常是將重點置於歷史的研究，而不是想寫出一位活生生的人。

又如大陸學者石源華所著的《陳公博全傳》[註四]，也是一本標準的史學論文式傳記，作者為復旦大學歷史系教授，長期研究汪偽政權，並曾遠赴日本蒐集資料，前後歷時十數年，才完成此書。是一本很有份量的史學著作。

內容自然以歷史資料為主，陳公博本人也有回憶錄傳世，並留下不少文章。作者除了對傳主的種種行為做出解答之外，也記錄了一些歷史上較不為人知的片段，例如北伐行軍時的過程，汪偽政權的運作等。不過作者行文之間有共產黨的一些習慣，例如稱呼國父為「資產階級革命黨人」[註五]。

註三 同上註，頁一。
註四 石源華：《陳公博全傳》，（台北：稻鄉出版社，民國八十八年十二月初版）。
註五 同上註，頁七。

又如李筱峰的《臺灣革命僧林秋梧》，作者在前言中說：

本文將揚棄以往訴諸主觀感情、充滿價值論斷的傳記文學手法，而採理智的、客觀的傳記史學的態度。為使不陷於過去傳記文學的窠臼，以達傳記史學之境，本文當力守史學著述所要求的尺度。質是，本文的題材雖屬傳記，而研究過程則純屬史學。註六

可見他是極力要寫一本合乎史學系要求的傳記。

作者為師大歷史研究所碩士。此書是一本史學論文，但不會很乏味，因為在介紹他的生平之時，也將當時的台灣社會作了介紹。作者蒐集了相當多的中日文資料，由於傳主過世得早，又生活在日據時代，作者能夠掌握這麼多資料實在很不容易。這也必須要有歷史學者的訓練，還要能夠閱讀中文及日文，才能處理這樣的人物。

張玉法先生曾經站在史學界的立場，提倡要將「傳記文學」與「傳記史學」分開，甚至認為傳記文學是很要不得的東西，應該及早拋棄。他所謂的傳記史學，指的就是這一類作品。

二 回憶錄式

第二類乃是回憶錄式的傳記，這類傳記與真正的自傳或回憶錄是不大相同的，第一點區別自然是明顯可見的人稱不同。回憶錄或自傳乃是以第一人稱「我」來敘事，而回憶錄式的傳記則是以第三人稱，通常是以直稱

註六 李筱峰：《臺灣革命僧林秋梧》，（台北：自立晚報社，民國八十年二月一版），頁三。

傳主姓名的方式來寫作。

第二點區別是，回憶錄或自傳只有傳主本人的聲音，傳主忘記或不願講的事情便付之闕如。而回憶錄式的傳記則可以由作者加添資料，補強證據。或是利用他人的說法及情景的描繪，烘托書中的氣氛，帶動讀者的情緒，並且增加讀者對事件與人物的了解。

此種形式的傳記依時代先後大致可分為兩種，一是由傳主的自傳或回憶錄改編而成的傳記；二是當面訪問傳主的回憶錄式傳記。

（一）由自傳或回憶錄改編而成的傳記

在早期口述歷史的觀念尚未普及時，作者若想要有第一手的資料，便會由傳主的自傳或回憶錄中翻撿，於是一些改編自回憶錄的傳記便應運而生。由回憶錄所改編的傳記很容易辨認，它常有許多詳細的會面場景介紹，或是傳主的內心想法。但是又不會使人覺得是小說的想像，因為這些通常是難以捏造的事實。

例如王家瑩的《樂育菁莪——程天放傳》[註七]，作者便對許多細節十分清楚，有如身歷其境一般。例如寫程天放至德國呈遞到任國書時，德國禮賓官接待的程序如何進行，手杖在地板點幾下，希特勒站在什麼方位，兩人說些什麼話等等經過，都不是作者可以憑空捏造的。經查閱相關資料，發現傳主自己確實曾寫過二本回憶錄，分別為《程天放早年回憶錄》及《使德回憶錄》，分別連載於《傳記文學》與《自由談》等刊物，其後並結集出版。將程天放的回憶錄與王家瑩所寫傳記互相比對，即可了解王書實多本程書而來。

註七 王家瑩：《樂育菁莪——程天放傳》，（台北：近代中國出版社，民國七十二年十月初版，《先烈先賢傳記叢刊》）。

又如段彩華《協和四方——李烈鈞傳》，此書大部份內容係根據李烈鈞之自傳而來，作者在後記云：

> 寫作本傳，是以李烈鈞先生的自傳為綱，參照後來各家對他的記述和追思為緯，匯合而成。由於資料豐富，我遂採用漢書部份照錄史記之法，有很多事蹟照錄原文，只有少處略加更動而已。故在這部傳記的結尾，必須將引用的資料公佈出來，以示不掠前人之美。如果這部書有精彩處，一是李烈鈞先生的事蹟發出光輝，二是各家記述的資料好，筆者只負結構組合之責耳。[註八]

作者自承「有很多事蹟照錄原文」，因此書中的自傳色彩十分明顯。

施懿琳《吳新榮傳》亦然[註九]，傳主有《回憶錄》傳世，並且已經有關於他的碩士論文可參考，作者本人也對台灣文學頗有研究，因此內容上大致是以吳新榮的回憶錄為主，並介紹他的許多詩作，以及傳主所寫的其他書籍，例如地方文獻工作的研究成果等，同時也摘錄了一些日記的片段。

莊永明《韓石泉傳》[註十]也是相同的情況，傳主本人著有一本《六十回憶錄》，並且後來還又加寫了續記，作者依其回憶錄來寫傳，因此書中的內容十分詳細。

這一類的傳記雖然在某些事上很詳細，但也有其缺點。以趙正楷編述的《徐永昌傳》為例，此書像是一本回憶錄或日記的改編，對許多細節知道得很詳細，例如對某人在某時某地的對話，以及徐永昌對此人的感覺知

註八 段彩華：《協和四方——李烈鈞傳》，（台北：近代中國出版社，民國七十七年六月初版，《先烈先賢傳記叢刊》），頁二〇二。

註九 施懿琳：《吳新榮傳》，（南投：台灣省文獻委員會，民國八十八年六月一版）。

註十 莊永明：《韓石泉傳》，（南投：台灣省文獻委員會，民國八十二年十一月出版，《臺灣先賢先烈專輯》）。

道得一清二楚。作者自己也在卷末的〈本書主要資料來源〉中說：

> 本書資料，以傳主徐永昌先生之求己齋回憶錄、日記、以及先生本人與其親友僚屬之口述雜記為經，並參考有關書刊報紙為緯，擷要編織而成。註十一

由於書中內容大多根據其日記和回憶錄而來，可是寫日記並不需要交代歷史背景，因為自己對當時的人事時地十分熟悉，在他回憶起來並不需要多加解釋，但後代讀者若沒有經過解說介紹，會不了解怎麼回事？此書所缺乏的正是這方面的介紹。

尤其是徐永昌出身於民初的北洋軍隊，書中有許多台灣方面較少提及的北方軍隊的歷史記述，對歷史學者來說很有價值，可是對一般讀者來說可能就有點乏味。有時甚至會有閱讀上的困難，因為有些人事時地等背景資料，作者未作清楚交代。比如傳主於民初時經常在作戰，但到底跟誰打？有時是孫傳芳，有時是張作霖，有時是吳佩孚，作者並沒有清楚說明，讀者自己要有相當的歷史常識，方能依照書中的年代與作戰地點自己作判斷。每章之後雖有注釋，但是並沒有太大的幫助。

因此以回憶錄為底本的傳記，其缺點已經浮現，就是若作者對背景資料的補充不夠完備，讀者便無法了解當時的情況。之後第二類即當面訪問傳主的回憶錄式傳記出現，便改善了這種情形。

（二） 當面訪問傳主的回憶錄式傳記

註十一 趙正楷編述：《徐永昌傳》，（山西文獻社，民國七十八年二月初版），頁四六五。

當面訪問傳主的傳記在記者大量進入傳記市場後，逐漸增多起來。其實在民國七十一年出版的段彩華著《民國第一位法學家——王寵惠傳》[註十二]一書，這類傳記就已經出現，只不過訪問的不是傳主本人，而是他的親朋好友。該書由於訪問了許多人，並留下口述錄音資料（見後記），因此在傳主本人的私人言行上有較多的著墨。這是與其他同一系列的書明顯的不同之處。

這種傳記多半脫胎於訪問記錄，頗類似於口述歷史，但是經過作者增補其他人的訪問以及書面資料後，以第三人稱的傳記形式出現。既然較接近回憶錄，其內容就偏重在當年外在世界的回憶，對本人的事情反而說得較少。

這類傳記通常很好辨認，也可以說是已經有了固定的寫作模式。主要表現在兩方面，一是常以今日之我評論昨日之我；二是偶爾夾雜口語或方言。以楊孟瑜著《刻畫人間——藝術大師朱銘傳》為例[註十三]，本書以朱銘的回憶為主，參以其他人的訪問及一些書面報導而成。由於是站在回憶過去的角度來寫，因此經常會出現這樣的段落安排，即敘述一件過去的事情，在最後一段又站在現在的立場來評論當年的情形。而且通常是傳主在評論自己，對當年的年輕氣盛，或是曾做過某些不得已的決定發出感嘆。

此外，在人物對話方面，有時會以方言呈現。例如朱銘的母親等長輩出場的場合，便以台語發音記錄，顯示出此書訪問與回憶錄的特性。

這類型傳記因為是經由採訪而成書，因此作者必須小心處理「現在」與「過去」，兩方面必須維持在一定的

註十二　段彩華：《民國第一位法學家——王寵惠傳》，（台北：近代中國出版社，民國七十年十二月初版，《先烈先賢傳記叢刊》）。

註十三　楊孟瑜：《刻畫人間——藝術大師朱銘傳》，（台北：天下文化出版股份有限公司，一九九七年九月一版）。

比例。也就是說，「現在」的部份必須比「過去」少。畢竟這是一本記錄過去人生歷程的傳記，若現代的場景插入過多，讀起來便不像是傳記，反而成為新聞報導，《朱銘傳》便是犯了此弊。

由此也可以看出，這類型的傳記由於仍屬於回憶錄式，因此與前一種，即由自傳或回憶錄改編的傳記存在著共通的問題，那就是作者必須自己找資料，去補強傳主沒有交代的部份。為了使讀者閱讀時能夠沒有障礙，一些歷史背景或社會環境描寫是必要的。不能完全倚靠傳主的口述。例如余宜芳《宇宙遊子——柯錫杰：台灣現代攝影第一人》[註十四]，此書也是一本回憶錄式的傳記，但有些回憶不足的地方，則必須湊合其他資料而成書。如頁十八引用了彭明敏的回憶錄《自由的滋味》中的片段，說明國民政府接收台灣時的情景。

這一類的傳記中最轟動也最有名氣的，就是《孫運璿傳》了，天下雜誌本來就是計畫出版孫運璿的回憶錄，見殷允芃序：

> 但同時也發現由於孫資政的謙厚，第一人稱的回憶錄方式並無法充分表達時代的變遷，必須補以各方人士的採訪、各種資料的旁證。[註十五]

所謂「謙厚」乃是指孫運璿中風之後，說話有些困難，所提供的資料太少，不可能成一本書，因此才加入其他人的訪問與書面資料，改為第三人稱的傳記。因此他的話並不多，以比重來說，他人的訪問以及書面資料才是構成這本書的主體。若只靠對孫運璿的訪問紀錄，是絕對撐不起一部書的。不過作者下了很大的工夫，使這三

註十四 余宜芳：《宇宙遊子——柯錫杰：台灣現代攝影第一人》，（台北：天下文化出版股份有限公司，一九九七年十月一版）。

註十五 楊艾俐：《孫運璿傳》，（台北：《天下雜誌》，一九八九年五月三十一版），頁二。

者融合無間。作者訪問了傳主的兒子、太太、許多民意代表、官員等。並參考國內外報紙，企圖將當時的環境重現出來。

書中有明顯的回憶錄的影子，常有他追憶過去的話，或是像這樣的句子：

> 當年十月底，孫部長決定訪問沙烏地阿拉伯，以穩固油源。「那是次賭博，很多人告訴我聰明的官員不會去，萬一失敗了，回來怎麼交代？但這是最後一張牌了，我不能怕失敗就不去。」[註十六]

並沒有明白交代此話是誰講的，但是讀者自然會知道是孫運璿。

與早期大官的傳記相反，本書重點擺在來台後的日子。自第五章之後，便是來台之後的經歷了。這也是回憶錄式傳記的最大特色，也就是說，這類傳記不會去抄錄陳年的報紙或文件，它們重視的是當下的採訪所得。作者為新聞系畢業，天下雜誌駐美特派員。後記中自云：「基於新聞從業的訓練，有一些問題我是用來考證他的答案是否真實，但是不管我旁敲側擊、單刀直入，他的回答都是一樣的。」[註十七]可見她是用採訪新聞的方法來寫此書的。

又如李元平的《俞大維傳》，則呈現出回憶錄式傳記的另一個問題。作者曾任記者，並得過新聞報導獎。他在自序中提到：

註十六　同上註，頁一二一。

註十七　同註十五，頁三〇四。

畢竟這一傳記的主要取材，是從五十餘卷、每卷平均長度九十分鐘的大維先生錄音帶篩選而來；如取名「俞大維自述」、「俞大維自傳」、「俞大維回憶錄」……等等，都是名正言順的，卻因為大維先生始終堅持：「出版我的自傳、自述、回憶錄……且等我『向老總統報到』以後再說！」只得作罷。註十八

由於此書的資料來源是對俞大維的採訪錄音帶，故非常類似回憶錄。而一般的回憶錄本是以對外界事物的回憶為主，較少提到自身，故本書側重當年史實也就不足為奇了。

全書以其公開事蹟為主，私事甚少提及。例如頁二九九提到其子俞揚和有一半德國血統，便不再說明了。第七章「台海風雲」是篇幅最多的一章，佔了一百六十八頁，但幾乎全是八二三砲戰及其前後的歷史敘述，有許多地方直接抄國防部史政編譯局出版的《俞前部長勤政紀要》。

另外像是王美玉《淒美榮耀異鄉路：蔣方良傳》，本書較為特殊的一點是：以蔣孝勇的訪談為主要資料來源，而不是直接訪問蔣方良。自序說明這本書的來源乃是：「作為兒子的蔣孝勇，生前有感於蔣方良的一生在那麼不平凡的蔣家中孤寂的度過，他希望能為向來不公開露面的母親留下一些記錄。」註十九所以此書乃是蔣孝勇以兒子的身分為母親所留下的回憶錄，可說是蔣孝勇眼中的蔣方良傳。

這類型的傳記由於直接取材於傳主本人的訪談，事實上與自傳已經很難區分，這其中《吳國楨傳》的成書過程便展現了這類型傳記的特殊之處。本書頗為特別，原本是傳主自己所寫的回憶錄，取名《尚憶記》，意為「尚

註十八 李元平：《俞大維傳》，（台中：臺灣日報社，民國八十一年八月增訂十一版），頁一。
註十九 王美玉：《淒美榮耀異鄉路：蔣方良傳》，（台北：時報文化，一九九七年五月初版），頁七。

能憶得而記之也」[註二十]。但是書只寫了一半，傳主便過世了。十年之後，自由時報社派遣記者訪問赴美訪問吳國楨的夫人，做口述錄音的工作，並據此將全書續完。因此它既是傳主自己的自傳，也是他人的口述歷史，又經過第三者重新整理並以第三人稱寫作，十分奇特。故本書的書名取為《【尚憶記】吳國楨傳》，作者有三位，分別為吳國楨手稿，黃卓群口述，劉永昌整理。內容上有十分詳細的某些事件的對話記錄，這必須由傳主自己口中說出，他人才可能知道。

而邱傑的《行銷一生——華歌爾楊傳興的傳奇》也難以和回憶錄區分，本書較特別的地方是，以第一人稱「我」來寫傳記，或許是因為書中的資料是經由當面訪談而來，在敘事的時候，若要轉變人稱並不是很容易，所以乾脆以第一人稱寫作。

這類傳記容易遇到的困難是，若被採訪者年紀很大，或身體衰弱，作者便要另外找資料補充，否則會出現難以銜接的情況。如邱定一《少年李登輝》[註二十一]，此書特別的地方有兩點，一是僅寫李登輝十五歲之前這段人生；二是歷經五年的時間深入採訪李登輝少年時代的鄰居、同學、親人、舊遊，拼湊出李登輝少年時期的景象，但是沒有採訪到傳主本人。

因為本書是綜合各方面的採訪記錄而成書，而所採訪的又是年紀頗大的老人，他們對某些事情常會記不清楚，或是記不完全。而這些事又都是一些童年往事，若老先生們想不起來，作者也找不到其他任何資料來源，只能從缺。因此書中會有些事情彼此銜接不上，或是敘述了一半就沒有下文。這也是回憶錄式的傳記作者最怕

註二十 吳國楨手稿，黃卓群口述，劉永昌整理：《【尚憶記】吳國楨傳》，（台北：自由時報企業股份有限公司，一九九五年六月初版），頁三八。

註二十一 邱定一：《少年李登輝》，（台北：商周文化，民國八十四年七月初版）。

的麻煩之一。

楊孟瑜《探險天地間：劉其偉傳奇》[註二十二]，則是一本更接近回憶錄的作品，因為是由他人代筆，故仍舊歸之於傳記的範圍。書中大部分是劉其偉回憶往事的話，當然作者也加入不少其他的資料。

曹銘宗《菅芒花的春天》[註二十三]，本書可以說是一本自傳了，雖然是由他人代筆，但是完全是她個人的回憶。在資料的來源方面完全沒有問題，因此沒有一般傳記的歷史描述或作者插嘴的情況出現。本書完全以情節取勝，傳主本身的遭遇就很不凡，作者只要忠實記錄即可。

回憶錄式的傳記照理說是最不會出錯的，但事實上往往不是如此，扣除掉傳主年老體衰，記憶不清的原因之外，他自身對這本傳記的期許或要求恐怕才是作品以何種面貌呈現的關鍵。早在民國六十一年，徐訏先生就曾說過：

> 一個人回憶自己的生平，很容易片段的寫些自己得意之事件，在讀者看來非聖即賢，因此即使是事實，也只有一點掌故的價值了。[註二十四]

這一點傳主自己往往不承認，但事實就是如此。

三 人物評論式

註二十二 楊孟瑜：《探險天地間：劉其偉傳奇》，（台北：天下文化出版有限公司，一九九六年四月一版）。

註二十三 曹銘宗：《菅芒花的春天》，（台北：圓神出版社，民國八十五年七月初版）。

註二十四 徐訏：〈談現代傳記文學之素質〉，《自立晚報》，民國六十一年三月五日），星期文藝版。

人物評論式傳記與前兩種有所不同，多半是作者自己有感而發，以傳主的一生為綱要，在書中發表個人的研究心得或對人物的針貶等。一般可分為兩類：一是著重在對作者的某些方面作深入的研究，或許是其文章，或許是其思想。另一種則著重在批評，甚至批判。茲分述如下：

（一）著重於研究的評論式傳記

這類型的傳記，大部分會以「評傳」為其書名。路寶君曾對評傳下一定義：

評傳的根基還是傳，當然要記載一個人的生平、思想、事業的歷程。但對這些要有深入全面的評論，以致於這種評述文字所佔的比重要大於紀實的篇幅。換句話說，雖然二者缺一不可，但是「傳」卻作為「評」的依據而存在。「評」決定「傳」的內容，評述性是其寫作特色。[二十五]

因此這類書雖名之曰傳記，但實際上是以對這位傳主各方面的研究，尤其是其作品的研究為主要組成部份。例如唐潤鈿《革命詩僧——蘇曼殊傳》[註二十六]，此書可稱作是「蘇曼殊研究」。作者主要在評論蘇氏的作品，因此文中常會引一段曼殊的文章或是相關資料，然後分析這代表的意義。有時會花費甚多篇幅來介紹曼殊所作或譯的作品，例如該書頁一〇三至一一〇為雨果《悲慘世界》的故事大要。只因為傳主曾經翻譯過這個故事，就花費七頁來寫這個故事，似乎沒有必要。最後一節〈大師的遺著與他的名揚國內外〉則詳細記錄曼殊的作品與版本。

註二十五　路寶君：〈人物傳記的寫作〉，（北京：《傳記文學》，一九九六年二月），一五九頁。
註二十六　唐潤鈿：《革命詩僧——蘇曼殊傳》，（台北：近代中國出版社，民國六十九年十一月初版，《先烈先賢傳記叢刊》）。

劉心皇的《蘇曼殊大師新傳》[註二十七]亦是如此，作者出生於民國四年，自然不認識蘇曼殊本人。只能引用書面資料來考證蘇曼殊「可能」做過哪些事，像是一本考據古人事蹟的論文。第八章並且評價他的思想、詩、畫等，成了評論。有些人生段落甚至沒有資料可寫，如「曼殊再到日本」一節，僅有十行。

施建偉《林語堂：走向世界的幽默大師》[註二十八]也屬這方面的著作，本書為大陸學者的作品，作者對林語堂有很深的研究，書後也附了很詳細的參考書目，本書應該稱為林語堂研究較恰當。書中詳細解說林語堂的作品，並藉以分析其思想與寫作當時的心境。也有許多林語堂的傳記資料，據作者自己的說明，這些傳記部份的文字主要來源於「林氏的自述、林太乙的《林語堂傳》和林氏親朋好友的回憶，以及萬平近先生的《林語堂論》。」[註二十九]全書由一九三六年林語堂搭船赴美開始敘述，當時林氏已經四十歲了。為什麼由這一年開始?作者並沒有交代。書中穿插有許多作者對林語堂的研究心得，不過最後的〈寫在後面的話〉，乃是對林氏的思想觀念作一總評。

余斌《張愛玲傳》[註三十]，則是由作者的碩士論文改寫而來，由於他的論文題目叫做〈論《傳奇》〉，所以書中有兩章專門討論《傳奇》這本小說集。另有一章專門討論散文集《流言》。作者對張的作品十分了解，對張的交遊與經歷也知之甚詳。尤其是能夠透過張的作品來推測她的心裡狀態或想法，可以當成閱讀張愛玲作品時的補充讀物，可加深對其作品的領會。本書前半部將張愛玲的生活、心理轉變、作品、外在環境四者結合，作一整

註二十七 劉心皇：《蘇曼殊大師新傳》，（台北：東大圖書有限公司，民國七十三年二月初版）。

註二十八 施建偉：《林語堂：走向世界的幽默大師》，（台北：武陵出版有限公司，一九九四年九月）。

註二十九 同上註，頁三五一。

註三十 余斌：《張愛玲傳》，（台中：晨星出版社，民國八十七年一月修訂版）。

體的介紹。自〈《傳奇》世界〉之後的篇章則偏重在對其作品的研究及評騭。

吳世全《藍蔭鼎傳》[註三十一]，也應歸類在評論式傳記的範圍，全書分為三部份，只有第一部份是傳記，其他分別探討他的水彩風格及藝術生活，所謂藝術生活指他的散文寫作及人生觀等等。僅佔三分之一的傳記寫得十分簡略，全書重點在談藍氏的水彩畫。

（二）著重於批判的評論式傳記

另外有的評傳似乎將「評」當作是批判的代名詞，對傳主採取完全否定的態度，正如王克文所言：

台灣和大陸出版的有些『評傳』，對傳主完全採取口誅筆伐的態度，從頭到尾痛罵不止，也令人難以理解；研究一個歷史人物，如果對這個人物缺乏一定程度的「同情」，（不是「同意」），不但很難深入了解這個人物，而且很難保持研究的興趣和熱誠，就算勉強寫出傳記，也不會吸引人。[註三十二]

這一類著重於批判的評論式傳記與前面所提著重於研究的評論式傳記寫法有所不同，其重點乃是在暴露傳主不為人知的陰暗面，並給予嚴苛的評語。文中並沒有連篇累牘的作品研究，而是以負面的角度來看待傳主。例如汪榮祖與李敖合著的《蔣介石評傳》[註三十三]，我們由其目次便可了解其對評傳的定義為何？

《蔣介石評傳》

註三十一　吳世全：《藍蔭鼎傳》，（南投：台灣省文獻委員會，民國八十三年六月出版，《臺灣先賢先烈專輯》）。

註三十二　王克文：〈人物傳記與近代史研究〉，《近代史學會通訊》，民國八十六年六月五期），頁四六。

註三十三　汪榮祖、李敖：《蔣介石評傳》，（台北：商周文化事業股份有限公司，一九九五年四月初版）。

目次

很明顯可以看出，作者幾乎是站在嘲笑的立場來寫這部傳記，例如〈蜀中無大將〉、〈打不過毛澤東〉、〈孤島上的父與子〉等章名，都不是什麼客觀的用語。其內容也多半引用李宗仁的回憶錄，來對蔣介石作批判。

又如許漢《李登輝的七十年——李登輝評傳》[註三十四]亦然，本書對李登輝採取負面的批評態度，不斷強調他剛愎自用，曾加入共黨等。

這類傳記由於是帶著有色眼鏡在看待傳主，因此常會流於不客觀。王克文道：「四九年以來，海峽兩岸各受國、共黨派立場的限制，對近代人物，尤其是民國人物——往往有先入為主的政治評價，台灣對親共者絕無一句好評，大陸也對反共者亦然。」[註三十五]這樣的狀況也可以告訴我們，政治與社會現狀絕對會影響傳記寫作。

依筆者的閱讀經驗，傳記作者會在書名加上「評傳」二字，通常都表示此書內容並非單純記載某人的一生，而是有相當篇幅的評論文字，甚至是抱持某種觀點的批判文字。換言之，「評」是優先於「傳」的。

四　工作履歷式

有的傳記過於著重工作履歷的介紹，把傳記寫成一份特別長的履歷表，寫傳主曾經蓋過幾座公園、如何推動消除髒亂運動等等。但傳主本人卻十分模糊，令人感覺若有似無，存在於虛無縹緲之間，不像是一位活生生的人。也就是說，作者太過著重於公生活的介紹，忽略了性格的描寫。

例如馮成榮《鄭彥棻傳》[註三十六]，此書第一章是傳統傳狀類的文章，自其祖父開始敘述至子女均有成就，且出國定居。接下來的各章便是他工作的履歷表，介紹他曾做過什麼事，由目次便可以清楚了解其內容：

《鄭彥棻傳》

[註三十四] 許漢：《李登輝的七十年——李登輝評傳》，（台北：開今文化事業有限公司，一九九三年三月初版）。

[註三十五] 同註三十二。

[註三十六] 馮成榮：《鄭彥棻傳》，（台北：東大圖書股份有限公司，民國八十二年六月）。

目次

第十七章　先生與其他學社之關係
第十八章　先生與　國父
第十九章　結論

所謂工作履歷式的傳記就是這個樣子，書中完全是傳主工作的地點與工作內容介紹，每章之下的小節更是明顯地表露出這類傳記的特點。例如第十三章講他創辦德明商專，內有十幾節，如「第十節 興建國父思想專用教室」、「第十一節 籌設書法專用教室」、「第十二節 增設電腦中心及視聽教室」等。讀完之後，除了知道傳主曾經在哪些地方上班之外，其餘的幾乎一無所知。

又如賴樹明《林洋港傳》註三十七亦然，本書大部分的章節幾乎全是工作履歷的介紹。所不同的只是多了許多千篇一律的認真工作、親民愛民的小故事。由於故事的性質實在太類似，看起來令人十分厭煩，給人沒完沒了的感覺。由其章節名稱可清楚看出其體例：

《林洋港傳》

目次
第一章　故鄉與童年
第二章　人生的另一個轉捩點

註三十七　賴樹明：《林洋港傳》，（台北：希代出版有限公司，一九九三年七月一版）。

第三章 南投縣長
第四章 躍入中央
第五章 台灣省主席
第六章 再造內政部長旋風
第七章 行政院副院長
第八章 司法院院長
第九章 人生與政治

這位作者寫的幾本傳記幾乎都有共通的毛病，就像是一份被放大的履歷表，書中都是傳主在工作上的表現。例如他曾推行什麼運動、定過哪些計畫、對某個地方有些什麼建樹等等，這樣的傳主給人的感覺不像是一個活人，像是櫥窗中展示的樣品。

其實傳記本來就是在寫人的事，例如政界人物寫的便是從政經過，影劇紅星便是表演經歷，因此按照工作履歷來寫並沒有什麼不可以。重點在於，傳主的履歷必須和他的人格與個性描寫相結合。要能透過履歷將傳主的個性呈現出來，才算成功，否則不過是一本大事紀要罷了。類似的例子還有不少，一般為選舉而出版的傳記多屬此類。劉紹唐說：

傳記文學可以補史學之不足。「打個比方，史學家在研究歷史人物時，他所根據的史料，往往只是一堆堆的骸骨，」劉先生說。「可是傳記家卻可以將他們還原為有血有肉的人。我們可以說，史學是沒有生命的，而

傳記文學則為一種活生生的史學。」註三十八

這一類傳記便是忽略了此點，因而寫出的作品絲毫不會感動人。不僅沒有將史料還原成血肉，而且還只擷取某一部份的史料，造成傳主人格的不完整。

五 史事敘述式

有的書以傳為名，但其敘述重點並不在傳主的生平，而在當時的歷史。例如沈雲龍的《黎元洪評傳》註三十九，本書就如校後跋所言：

> 其範圍只是以黎氏個人為中心，但自辛亥武昌起義以迄民國十二年這一段期間的國是動盪和政潮起伏，卻也不難藉此看出它的全貌。註四十

此書雖以黎元洪評傳為名，實際上是以黎元洪為中心，講述中國近代史。所以時間上第一章便由辛亥革命開始，一直寫到黎過世為止。書中連黎元洪的生年都找不到，可見作者並不在意傳主生平，而只在意作者想要批評的那一段史實。辛亥革命之前的事跡，只在書中偶爾提到一點點。作者引用了相當多的資料，對研究民初政局的人來說應該有參考價值。但就傳記來說，卻不夠詳盡。

註三十八 王鴻仁，〈訪劉紹唐先生談傳記文學〉，（台北：《書評書目》，民國六十六年十一月，五十五期）。

註三十九 沈雲龍：《黎元洪評傳》，（台北：中央研究院近代史研究所，民國五十二年元月初版）。

註四十 同上註，頁二一三。

董顯光《蔣總統傳》[註四十一]，此書很像是一本中國現代史，尤其自對日抗戰之後，根本就是中國現代史，而且是以蔣總統的觀點來詮釋的中國現代史。頁四七三至四七六甚至概述中華民國憲法的要點，已經完全脫離主題。在本書封底有全書的簡短介紹，其中有一小段云：

蔣總統個人之經歷，與所處時代之大事，竟無法判別。一部　蔣總統傳記，實即一部現代中國史。

或許出版社也發現此書不大像傳記，因此故意以這種話來掩飾。當然，傳主本身參與甚至引導了許多歷史大事，所以會有這種情形出現，也是無可厚非，甚至可以為這種傳記立一個名目，叫做「歷史傳記」，也未嘗不可。

黎東方《蔣公介石序傳》[註四十二]，此書大部分內容也是中國現代史，而且重點置於蔣介石在大陸上的事蹟，來台之後的歲月著墨甚少。較特殊的地方在於，對許多戰事的細節知之甚詳，若對戰史有興趣者可以一讀。

又如趙慕嵩《白狼傳奇——張安樂的故事》，此書雖是張安樂的傳記，但是傳主在書中實際所佔的份量並不重，反而是一些其餘事件的報導佔了大部分篇幅。例如講述早年太保學生的行為、竹聯幫的形成及原因、警總的所作所為、綠島管訓的情況、以及對江南命案的分析等等。書後的內容簡介更直言透過本書，可「藉此讓我們有不同的角度去觀看台灣社會。」

賴西安《台灣民族運動倡導者——林獻堂傳》，則是以林獻堂所從事的台灣民族運動貫串全書，作者自序中說：

註四十一　董顯光：《蔣總統傳》，（台北：中華大典編印會，民國五十六年十月）。
註四十二　黎東方：《蔣公介石序傳》，（台北：聯經出版事業公司，民國六十五年十一月二版）。

本書以林獻堂從一九一〇到一九四五年，從事台灣民族運動的「台灣議會設置請願活動」為主要敘述中心，再前後鋪陳林獻堂的人生早期與晚年，作為一本傳記，顯然對林獻堂個人感情生活，與家族親人間的描述著墨不多，這是因為撰寫的重點設定在林獻堂公眾生活面，展現他在台灣民族運動中的努力，他的愛情、親情與友情這一方面，則因林獻堂個性的含蓄內斂，即使在他的日記中，亦少有私生活表露，而口傳和史料記載亦不豐富。註四十三

其後並有云

「台灣民族運動倡導者——林獻堂傳」多量引用張正昌先生所著「林獻堂與台灣民族運動」一書。註四十四

由於作者主要的資料來源是背景資料，而非傳記資料，因此才會以這種面貌呈現。

賴樹明《台灣棒球曾紀恩》，前五章是曾紀恩個人的成長歷史，較有可讀性。之後的內容則著重在棒球比賽的攻守陣容與得分情況。作者對台灣棒球運動知之甚詳，也蒐集了許多資料。書名將「台灣棒球」置於「曾紀恩」之上，是有道理的，就如書末所附的〈「台灣棒球曾紀恩」讀後感〉所言：

它以老教練曾紀恩先生為軸，縱橫記載台灣棒球運動發展的梗概，提供對台灣棒球有興趣的人士詳盡了解

註四十三　賴西安：《台灣民族運動倡導者——林獻堂傳》，（台北：近代中國出版社，民國八十年六月初版，《先烈先賢傳記叢刊》），頁五。

註四十四　同上註，頁六。

近五十年的棒運起伏。[註四十五]

也就是說，曾紀恩在書的後半部已經成了書中的引子而不是主角了。

賴樹明《走過聯合國的日子——薛毓麒傳》[註四十六]，本書也把重點放在歷史而不是傳主。因此書中除了第一章是以傳主的事蹟為主體外，其餘都是外交工作的歷史，傳主在其中只扮演穿針引線的角色。書中以第三章佔的篇幅最長，因此書名會將「走過聯合國的日子」置於「薛毓麒傳」之前，因為作者認為傳主本人的事情沒有人有興趣，大家想知道的是當年如何退出聯合國，結果變成傳主依附著歷史而流傳，成了被利用的棋子。

另外一本類似的傳記則是李昂所寫的《施明德前傳》，作者說：

> 我不僅在寫「施明德前傳」，我是藉著施明德前大半生，在寫台灣極其悲壯的過去四十年歷史。至於為何選擇施明德，因為他堪稱是最好的表徵。[註四十七]

本書內容大多經由採訪施明德本人而來，因此也可歸類於回憶錄式的傳記。書中詳述施明德在各個時期思想的變遷，以及他在從事某件事情時心中的想法。並且提及當時的時代背景以及政府在白色恐怖時代的種種不合情理的作為。在這類傳記中，此書是處理得較好的一部，因為它較不脫離傳記本質，即介紹傳主的人生。雖然常會離開施明德去談一些社會狀況，但是總能夠及時的拉回到主角身上，而不會離題太久。

註四十五 賴樹明：《台灣棒球曾紀恩》，（台北：知道出版有限公司，一九九一年十二月一版），頁三四〇。

註四十六 賴樹明：《走過聯合國的日子——薛毓麒傳》，（台北：希代出版有限公司，民國八十三年三月一版）。

註四十七 李昂：《施明德前傳》，（台北：前衛出版社，一九九三年二月），頁一。

在寫傳記之時，作者必須交代當時的歷史與社會背景，讀者才容易進入狀況，了解當時的社會狀況以及傳主所面臨的環境壓力。但是若在這方面著墨過多，便有喧賓奪主之嫌，忽略了傳記必須「以人為本」的基本要求，成了離題的文章。

這種體式用在商界人物傳記上，就容易寫成公司發展史。在姚崧齡《陳光甫的一生》中，便可以看見這樣的情況。本書對清末民初至抗戰後的中國銀行業之發展有詳細的介紹，但對傳主本身的敘述很少。主要在講他對銀行業務上的各種推展措施與經營手法，可以說已經把陳光甫的傳記寫成上海商業銀行的發展史了。作者自己在第十五章結論中第一段即坦承：

本書標題「陳光甫的一生」，實則大部分敘述其辦理上海商業儲蓄銀行經過。註四十八

由引言亦可知，為陳光甫作傳必須通過「上海銀行留香港部份同人」的認可才能問世，因此本書會寫成這樣也就不足為奇。但若對中國金融業歷史有興趣者，此書十分有價值，作者對金融業非常熟悉，敘述也有條理。有些片段因為將歷史與傳主的作為緊密相扣，因此筆者認為是寫得較好的部份。如第三章第一節先敘述民國初年上海金融業之概況，說明當時在勢力優越之外商銀行與歷史悠久的上海錢莊環伺之下，欲在上海租界創辦新銀行實非易事。然後在第二節之後陸續敘述陳光甫在此種困難的環境之下，如何創辦新銀行，以何種方法求取生存，並進一步發展成功。又如頁九十有抗戰時期對美借款之內幕，敘述傳主在這件事上所作的努力，都是較為

註四十八　姚崧齡：《陳光甫的一生》，（台北：傳記文學出版社，民國七十三年十月一日初版），頁一六九。

出色的篇章。

一些將軍的傳記，則通常將重點置於戰役的描述上。如郭嗣汾：《百戰黃沙——黃百韜傳》[註四十九]，重點置於他所參與的各項戰役，有詳細的作戰計畫與作戰經過。這類型的傳記一不小心就容易被寫成戰史，這是作者所需特別注意的。

六 資料收集式

這一類的傳記作者喜歡蒐集各種資料，而且幾乎是不加剪裁便全部放在書中。往往把傳記寫得相當厚，其中充滿了各種文件或是講話，但很難發現傳主身在何處。與前兩類傳記不同的地方在於，它不只寫工作履歷及歷史記錄，只要作者找得到的任何資料，都會放入書中。這樣的書就好像在集郵或是收集昆蟲標本，作者不願放棄任何可能有關的資料，結果就是讀者必須花費極大的精神與耐心，把傳主從連篇累牘的辦校經過或是非洲的鄉村改造運動中給找出來。

之所以會出現這種情形，主要是因為有些作者，惑於歷史求真求實的要求，本身又不具有取捨及熔鑄材料的能力，便自以為是的以為所謂求真就是照抄原文。例如邱子靜的《民族戰士邱清泉》，在篇首弁言第一條便說：

> 傳記以求真為第一義。本書於先兄清泉生平事蹟之記述，力求其真。敘事時凡有遺著原文可用者，均引用

註四十九 郭嗣汾：《百戰黃沙——黃百韜傳》，（台北：近代中國出版社，民國七十六年二月初版，《先烈先賢傳記叢刊》）。

原文。註五十

表面上看，這是十分負責的做法，但實際上作者卻是把任何找得到的文件資料一字不漏地照抄，根本未加剪裁。於是造成一個可笑的現象，原本這些資料是要用來證明或補充傳主的生平；結果卻正好相反，傳主的生平成為配角，淪為這些資料的補充說明。作者是傳主的弟弟，可是好像不大清楚其兄的生活，只是不斷抄書。這本傳記中充滿各式文件及演講稿，如〈匪情報告〉、〈戰鬥歌〉、〈告各級幹部同志書〉等，甚至作戰計畫也照抄不誤。看起來就有如一個鼓鼓的牛皮紙袋，裡頭塞滿各式各樣大大小小的文件資料。

又如吳相湘《晏陽初傳——為全球鄉村改造奮鬥六十年》，本書厚達八百五十九頁，共十五章，但是傳的部份只到第二章而已！大約只佔了四十七頁，其餘的部份則是傳主從事各種工作所留下的文件資料的集合。有的甚至與他一點關係都沒有，例如第十章，整章在講農復會的成立、工作、貢獻，還提到台灣的三七五減租實行的情況。但是傳主本人卻不知在何處？

像這類型的傳記，可以當作進一步研究時的資料來源，但卻沒有什麼可讀性。

七 紀念文集式

傳記本有紀念的性質，若在這方面特別強調，就會成為一本類似紀念文集的傳記。在其中傳主的生平著墨不多，反而是有一些歌頌的文章。這通常是傳主的家人或親朋好友，為了紀念或慶祝而編寫出版的。

註五十 邱子靜：《民族戰士邱清泉》，（拔提書局，民國四十八年一月台一版），頁一。

例如廖慶洲編著《孫法民：首創中國電線工業六十年》，本書是商界聞人孫法民的傳記，但是全書有二〇五頁，傳記部份竟然只有四十二頁！實在不像是一本傳記，倒像是一本祝壽文集。傳記部份不但少，而且只粗略介紹他開創了幾家公司，後來都賺大錢等等。書前所附的各界祝壽賀聯照片便有三十八幀，其紀念意義十分明顯。全書共分為五部，除了第一部是傳記外，其餘的如下述：

第二部　孫法民的思與言（一）作品精選
　共十六篇
第三部　孫法民的思與言（二）媒體報導
　共十二篇
第四部　大家心中的孫法民
　共八篇
第五部　孫法民嘉言錄——每日一詞
　自五月到十月

反而是將嘉言錄及其文章另立章節，可見這些才是重點。這可說是企業家傳記中最極端的例子，其他人雖然也都有經營企業的心得與道德的勸說，但都沒有這樣喧賓奪主的。

又如廖娟秀、葉翠雰《胡龍寶傳》註五十一，此書是一本晚輩紀念長輩的傳記，在正文之前共附了十三篇序文，佔了七十頁。其中也有〈我最敬愛的外公〉、〈我的爺爺〉等傳主孫輩的作文。紀念性質明顯，雖然書上有小標題表示傳主為「台灣自治史人物」，不過看完全書，除了了解他積極參與國民黨的工作，以及女婿是監察委員之外，實在也不覺得此人有何特殊之處。反而是篇幅眾多的紀念文章令人印象深刻。

八 掌故稗官式

這一類的傳記大致可分兩種，一是「掌故式」，二是「稗官式」，茲分述如下：

（一）掌故式

或許亦可稱為「政海秘辛」式，帶有漁樵閒話，細說前朝的味道。這一類的作品說是歷史資料的集合又不像，說是小說也未必盡然。書中會有大量的內幕消息，可是也不一定交代是從何而來。讀者看了會很過癮，但對傳主卻只有一個粗略的印象，因為大部分篇幅在寫某些政治重要事件的前因後果，而不是以傳主為重點。例如楊者聖所著《金權夫人宋靄齡——掌控民國權錢政治第一人》，便是一個明顯的例子。書中描述她如何利用其夫孔祥熙的財政部長權限大炒股票，又利用幣制改革的機會發財等等。書中描述了許多國民黨高層爾虞我詐，互相陷害以求自身利益的內幕情節，讀來十分驚心動魄，但是不知資料從何而來？而且讀完之後只知道她是個貪財的厲害女人，除此之外則一無所知。

註五十一 廖娟秀、葉翠雰：《胡龍寶傳》，（台北：月旦出版社，一九九二年七月初版）。

又如程思遠《白崇禧傳》[註五十二]，書中內容就有如其書封底的介紹：

本書從白氏在廣西的童年家世起，迄晚年在台灣鬱鬱辭世止，完整而有系統地記敘了這位國民黨一代名將的畢生經歷，有條不紊地縷述了北伐戰爭、四一二事變、蔣桂戰爭、兩廣事變、抗日戰爭、國共內戰與國共和談等風雲大事，並透過蔣白之間的悲歡離合，揭示了國民黨內部錯綜複雜的人事矛盾和當年政壇的秘情，記錄了國民黨政權從發展、分裂到落敗的歷程。[註五十三]

作者曾為李宗仁及白崇禧做事，因此知道不少政治內幕。這類書的重點都擺在當時的政情與國家大事，尤其注重高層人物的權謀算計。

又如戚宜君《張大千外傳》[註五十四]，也是一本標準的掌故式傳記，著重在軼聞秘事的蒐集，且兼顧知識性與趣味性。在知識性方面，作者常會介紹一些小常識，例如何謂「呼蘭女」？又用許多篇幅介紹敦煌等等。在趣味性方面，例如作者不斷強調張大千是黑猿轉世，又寫他的四個老婆，「二夫人寧可愛麻將」、「三夫人偏愛買衣著」等。篇章的安排大致上以時間為序，但因為每一章有一個主題，與此主題相關的事件即使時間相隔很久，也會一併提及。最後幾章如「大千小事 膾炙人口」、「笑話出籠 百無禁忌」等，則根本連時間順序也沒有了，完全是小故事的集合。據王成聖在「前言」所言，此書在《中外雜誌》上連載期間，讀者佳評如潮。

註五十二 程思遠：《白崇禧傳》，（台北：曉園出版社，一九八九年八月一版）。
註五十三 同上註。
註五十四 戚宜君：《張大千外傳》，（台北：聖文書局，民國七十五年八月初版）。

而這樣的書也會以「祕錄」為書名，例如王丰所著《孔二小姐祕錄》便是[註五十五]。由於孔令偉本人十分神祕，本書根據作者訪談孔令偉身邊工作人員，以及書面資料而成書。但也因為如此，所以前三章專講宋美齡及孔祥熙。之後的章節則蒐羅她許多行事怪異的小故事，例如只穿男裝不穿女裝等。或許是傳主本人流傳在外的事蹟很少，或是因為成書太過倉促，（孔令偉死於民國八十三年十一月八日，而本書初版於同年十二月十六日），因此書中對孔令偉的一生著墨不多，甚至常有重複說同一件事的情況。與作者後來再寫的其他傳記相比，顯得遜色甚多，像是一本習作。

民國八十四年黃西玲於〈由傳記類書籍的勃興談建立書評人制度的重要〉一文中說：

> 「傳記文學」已出版和發行了數十年之久，閱讀的人口也很多，在寫作的風格上它是採用回憶的方式緩緩道來，不慍不火，像一條細水長流的小河，內容總是源源不斷，耐人尋味。據說閱讀「傳記文學」的讀者都是長期訂戶，他們喜歡沈浸在平順的文字中回憶過往。[註五十六]

所指的應該就是這一類的傳記。然而在台灣，這類掌故式的傳記已經日漸稀少，取而代之的是由他人的口中所述說的小故事集合而成的傳記，或是政商界內幕的八卦式傳記。前者如陳鳳蘭《黑手起家—細說謝深山從頭》，作者在序中說：

註五十五 王丰：《孔二小姐祕錄》，（台北：彗眾文化出版社，民國八十三年十二月初版）。

註五十六 黃西玲：〈由傳記類書籍的勃興談建立書評人制度的重要〉，（《新聞鏡》週刊，三六六期）。

身為一個記者，到底要如何運用這支筆，才能對得起自己、對得起看書的人。斟酌了很久，某日男友提醒我：「你可以用朋友的角度，將這位朋友的故事告訴大家！」我才恍然大悟，我可以將很多還看不清楚的事暫時擱在一旁，特別是謝深山在近代勞工運動史上的功過，以及他在政海浮沈中的種種。這本書，成了一本很簡單的故事書，謝深山的醫生，就像一張張清晰簡短的幻燈片，在書中一張張播放，雖然快得令人來不及反應，書中許多動人的人性面和黑手起家的奮鬥啟示，卻會讓人在讀後有所感觸。

事實上，這本書的資料，有百分之六十都是訪問謝深山的親友，以及昔日同僚、下屬而來。註五十七（頁一二）

所以作者把序取名為〈朋友書〉。大體上依時間順序排列，全書幾乎是故事的集合，所以很容易讀。作者利用小故事來表現謝深山的勤奮、正直、節儉、愛家等需要表現在書中的人格特質。

後者像謝無忌的《翁大銘前傳》註五十八，本書由許多位新聞從業人員合力完成，書中藉著新聞記者長期觀察翁大銘所累積的資料，將翁大銘如何發跡，如何收編政客，如何操控股市等內幕消息一一暴露出來。

不過這一類的傳記在現今雜誌出版不受限制，種類日益繁多，口味更加辛辣的情況下已經幾乎不再有人寫了。畢竟雜誌每月甚至每週一期，又有大量的照片，若是偷拍照片更受歡迎。在這種環境下，曠日廢時地寫一本書，讀者又不一定捧場，自然沒有出版社願意做這樣的投資。徐訏曾提過：

註五十七 陳鳳蘭：《黑手起家—細說謝深山從頭》，（台北：另眼文化事業有限公司，一九九七年九月初版），頁十二。

註五十八 謝無忌：《翁大銘前傳》，（台北：月旦出版社，一九九四年六月修訂二版）。

一個人活了幾十歲，所見所聞，不是史料，也就是掌故。掌故屬於圈內經驗者，即是內幕。如傳記不成文學，則傳記文學的刊物，一變而為內幕刊物，或更為大眾所歡迎矣。[註五十九]

對照於現在流行的八卦雜誌，實在很有道理。

（二）稗官式

又一種可稱為「稗官式」，如高陽的小說一般。這類傳記文筆必須幽默風趣、略帶諷刺，著重閱讀上的趣味性。多半會以章回小說的形式分成七八十回，而回目的字數也都相同。例如楊威：《杜月笙外傳》[註六十]，全書共分為七十九回，以類似傳統章回小說的形式撰寫。茲舉數個章節篇目以明之：

……

十九、一著閒棋危時起作用

二十、救生送死舉債全交誼

二一、巴山聽雨舊好雜新知

二二、忽盧喝雉中小輸大勝

二三、眾目睽睽下耍點花槍

註五十九　徐訏：〈談現代傳記文學之素質〉，（《自立晚報》，民國六十一年三月五日），星期文藝版。

註六十　楊威：《杜月笙外傳》，（台中：金陽出版社，民國五十六年十月初版）。

二四、十里洋場賭台話滄桑
二五、重義輕財託人還賭款
二六、飛旆入秦中成都小駐
二七、迂途訪漢中軍禮相迎
二八、響板繁弦淚濺常香玉
二九、感恩懷德情重白頭人
……

由章節名稱也可以看得出來，這是類似小說的瑣事軼聞的集合，例如書中寫杜月笙離開上海後，上海家中的廚房在晚上會傳來炒菜聲、碗盤聲，但卻沒有人在等等。

這類型傳記在台灣的代表作家就是章君穀了，他所著的幾本書都以演義小說方式呈現，文筆流暢，敘事清楚有條理，又能兼顧趣味性與可讀性，因此蘇雪林甚至說過，「章君穀先生的傳記作品，當代無出其右者。」[註六十一]以《黎元洪傳》[註六十二]為例，全書分為七十一回。以小說手法寫辛亥革命後至民國十二年這段時間之中黎元洪在政壇上的經歷。以略帶詼諧的批判角度來看傳主，寫許多政壇上爾虞我詐鉤心鬥角的事情。因此寫到後來成了「民國演義」一般的小說，黎元洪本身很少出場。這是另一種形式的傳記，注重的是讀者閱讀時的快樂，但

註六十一 見楊森：〈寫在段祺瑞傳之前〉，收於章君穀著：《段祺瑞傳》，（台北：中外圖書出版社，民國六十二年九月初版）。
註六十二 章君穀：《黎元洪傳》，（台北：中外圖書出版社，民國六十年七月初版）

史料的考證就相對薄弱了。

又如王紹齋、章君穀合著的《俞鴻鈞傳》[註六十三]，回目共有一百一十一條，均是八字一句，如

……

原籍杭州僑寓新會

鴉片戰後家道中落

祖父義憤誓殺洋人

……

作者雖有兩人，但有經驗的讀者都看得出來，此書是章君穀的文筆。王紹齋由於曾跟隨俞鴻鈞辦事多年，應該是由他提供資料，而由章君穀動筆。之前曾提到，稗官式的傳記必須注重趣味，而章君穀以往所寫的多是民初人物傳記，且多為北洋軍閥，故行文之間嘻笑怒罵、語帶詼諧。可是此書傳主乃是臺灣高官，家屬亦在臺灣，自然不可如此，因此感覺上有些遜色。由此可知，幽默風趣乃是這類型傳記的特色，若受限於忌諱，就一定寫不好。因此在傳主的選擇上必須小心在意，因為作者必須沒有顧忌，才容易寫出這類傳記的精髓。

若因為這類型的傳記在篇章安排及文字上類似小說，便歸之於小說的範疇，恐怕作者不會同意。試看劉紹唐為章君穀的《杜月笙傳》所寫的序言，談到此書的成書過程：

註六十三　王紹齋、章君穀：《俞鴻鈞傳》，（台北：中外雜誌社，民國七十五年十月初版）。

他（指章君穀）一向不用助手，獨來獨往，朋友們經常看到他攜帶筆記簿和原子筆，手提重達十五斤的錄音機，風塵僕僕，揮汗如雨，一天到晚東奔西跑，採訪蒐集，直到深夜才能開始整理或撰寫。因而有人說他是「用跑新聞的方法找材料，以做苦工的氣力寫傳記」，確是他工作情形的最佳寫照。註六十四

如此辛苦認真地找資料，若輕率地將其作品歸之於小說，其實並不很恰當。由此亦可知，這樣的文筆雖然受到讀者的喜愛，但是作者也必須注意考證事實，方能提升作品的評價。

第二節 組織

在一般人的想法裡，傳記的組織一定是按照時間順序，由童年敘述到中年，再由中年說到老年。在實際的傳記作品裡，這樣的書的確最多，但是並不能代表全部，因為還有許多很不一樣的作品存在。以下將試著把傳記作品的組織方式作一分類，以明瞭作者在處理一本書的時候，究竟有哪些可能。在開始論述之前，有一點必須先提出來說明的是，由於之前從未有人對這個問題做過研究，因此有些組織方式筆者並沒有現成的術語可以使用，有時只好自創，例如「分割板塊式」。或是借用其他類似的術語來使用，例如「插敘式」及「倒敘式」。此二者乃是敘事手法的術語，但是在書本的結構上，確實也有以這種方式組織篇章的，因此將其應用在此，亦可清楚說明形式上的特點，故採用來作分類的名稱。

註六十四 見章君穀：《杜月笙傳》，（台北：傳記文學出版社，民國六十七年六月再版），頁二。

一 編年式

這種結構顧名思義就是將傳主的一生按照時間順序排列，由出生甚至祖父母開始，一直敘述至過世。這類型的傳記在數量上自然是最多的，因為它最能夠讓讀者進入狀況，也最符合實際的人生歷程。但若以為這類傳記最好寫，卻也未必盡然。傳記作者所面對的最大問題乃是「時間」。因為編年式的傳記必須依照時間順序推進頁數，而傳記不是年譜，它必須分章節，既然有章節，就一定有各章的重點。作者此時就必須決定這段時間的重點為何。若有某事發生於前面讀者已經讀過的時間，可是又不夠重要在當時去敘述它，或與那段時間的敘述重點不符，寫了會顯得支蔓，但若不提又會妨礙讀者對後來事件的了解，此時就是作者發揮文學技巧的時候了。以編年式來寫傳記，最擔心的一點就是年代與事件配合不起來，或是有的事件只蒐集到一部份資料，使得後續的敘述無以為繼，造成篇章無法連貫。例如阮日宣《趙麗蓮傳》在後記有些有趣的段落：

我開始資料的搜集，並且徵得趙先生的同意，由她親自供給我許多材料，此外我並分別訪問了不少與她相識的朋友，學生。但由於趙先生自己工作的繁忙，與作者個人公私的煩瑣，致使這項工作時斷時續，其間從去年九月開始到今春四月間止。先後時達半年才把材料搜集竣事。

材料搜集完畢，再開始寫作，從今年五月動筆，到七月間寫完。寫完以後才覺得，我這樣的寫法，每章自成一個片斷，斷斷續續，如果單獨一章來看，尚可強差人意，整本看來，不免難以連貫，這將是本書最大的遺憾。造成這種缺點，大部分是因為若干瑣事中的資料時隔已久，年代不復記憶，只能以年代的前後為索線，不能按年記寫。因此本書以「傳」為名，倒不如「趙麗蓮博士生活散記」更為妥切，但作者終於以「傳」來命名了，掠「美」之處尤盼讀者與趙先生原諒。註六十五

以這一種方式結構的傳記，除了資料要齊全之外，最理想的情況便是，有的傳主其人生經歷正好可以分為幾個明顯的段落，而各個段落所從事的工作又極為不同，此時應用編年式的敘述就不會使人感覺厭煩，不過這種傳主是可遇而不可求的。如楊孟瑜《探險天地間：劉其偉傳奇》註六十六，乃是以人生的幾個重要階段分全書為五部，將傳主的人生分為五個可以清楚辨識的大段落，恰好也可以依時間順序排列。其目次如下：

《探險天地間：劉其偉傳奇》

目次

第一部　渾沌少年

第一章　少小離鄉

第二章　日本歲月

第三章　重返中國

第二部　戰爭時代

第四章　抗戰烽火

註六十五 阮日宣：《趙麗蓮傳》，（台北：文會書屋，民國四十六年九月初版）。

註六十六 楊孟瑜：《探險天地間：劉其偉傳奇》，（台北：天下文化出版有限公司，一九九六年四月一版）。

第五章　金瓜石與二二八
第六章　輾轉公職
第七章　越戰時期

第三部　彩繪人生
第八章　與藝術初相逢
第九章　譯介西方繪畫觀念
第十章　穿行畫路四十年

第四部　探險生涯
第十一章　走上人類學研究之路
第十二章　台灣田野調查
第十三章　海外叢林探險

第五部　頑童少年
第十四章　教書著述
第十五章　從狩獵人到保育者
第十六章　老頑童的群眾魅力
第十七章　永不停止的人生哲學
第十八章　家庭生活

第十九章　為美術館奠基
第二十章　立志藝術人類學

每一章中都有截然不同的主題，讀來十分有趣。這主要也是因為劉其偉常會毅然地轉換人生跑道，他集工程師、畫家、教授、探險家、人類學家於一身。做了一陣工程師，忽然去畫畫；畫了一段時間，又跑去探險，故事寫來自然就很精彩。

相反的，若傳主所從事的工作千篇一律，在章節上便沒有什麼好安排的。例如林太乙著的《林語堂傳》[註六十七]，本書在形式上共分為三部二十六章，各章只有數目字，並沒有文字標題，與前一本書就有很明顯的不同。

《林語堂傳》

目次

第一部　山鄉孩子
第一至十二章
第二部　無窮的追求
第十三至十九章
第三部　一位最有教養的人

註六十七　林太乙著：《林語堂傳》，（台北：聯經出版事業公司，民國七十八年十一月初版）。

第二十至二十六章

由於林語堂並沒有什麼明確的職業轉換，一直是以寫作維生，住所也遷移不定，因此不易為每章取標題名稱，勉強取了也沒什麼意義。事實上就連書中這三部的標題都顯得沒有意義，不如不要。例如第一部的標題為「山鄉孩子」，但寫到該部最後一章時，林語堂已經四十歲了。

有時作者為了一些理由，在編年式的結構中作一些小變化，例如徐詠平的《陳布雷先生傳》，其寫作計畫如下：

幸有一本陳布雷先生的「回憶錄」，記述甚詳，乃先作成年表，再看中華民國大事記，知其經緯，分為十章，敘其一生。註六十八

接著作者說明其各章順序安排的考慮：

我和曹聖芬先生在電話中討論時，他說最好寫陳布雷先生的記者生涯，給青年記者朋友們認識這位偉大平凡筆健文挺的革命記者的人格、學問、道德，足為後世範。所以，先寫「做報」這一章。但是做報恃文章，文章自求學，不能斷代，接著寫「求學」。做報後有一段時間「教書」又不忘做報，且又回滬作記者，而參加革命，因此，續寫了「從政」與「隨侍領袖」兩章。先生願終身作記者，後雖未得，然與報界淵源深

註六十八 徐詠平：《陳布雷先生傳》，（台北：台北市新聞記者公會，民國六十二年九月初版），頁三四三。

久，對宣傳關係密切，最後主持「宣傳小組」。如此一來，筆就不停的寫成此書。註六十九

他說的這些連結理由，對讀者根本沒有用處，這只是作者自以為是、自圓其說的理由罷了。有的地方實在太過牽強，如做報與求學的連結。把讀者帶得暈頭轉向，不知到了何處？像這樣的傳記，作者最好是改變結構方式，改採下一種「分割板塊式」，較容易讓人理解。

二 分割板塊式

這種結構方式乃是將全書分為幾個主題，每項主題或有時間重疊的地方，但是並不影響讀者對傳主的了解。如此便可擺脫編年敘述的壓力，仔仔細細將某一項主題的前因後果說明得清清楚楚。例如應未遲《嶽峙淵渟——譚延闓傳》，全書分為兩大部分，第一部分自第一章至第三十三章「溘然長逝舉國震悼」止，是以政治上的公事為主軸，依照時間順序敘述傳主的一生，共有五十九頁。第三十四章至六十三章，則以各方搜羅來的瑣事軼聞為主要內容，例如寫他好吃導致中風而亡，寫他有速讀的能力，寫他的書法及詩作等，共佔六十頁。但是作者並未在目次中明言，必須要讀過才知道此書作這樣的安排。

又如吳恭亮的《盧次倫傳》，作者親自說明此書的結構與寫作手法：

本書共分四大章，第一章盧氏畢生創辦紅茶業奮鬥經過，是用的綜合法，乃縱斷面的人和事的交織，第二

註六十九 同上註，頁三四二。

章盧氏生平和第三章泰和合紅茶號全貌，是用的分析法，乃橫斷面的人和事的分寫；第四章盧氏精神之復活，則全係作者個人主觀的見解，可說是本書的結論，四章分而觀之，各自成為系統，合而觀之，復成為一元化的整體。在體裁而言，第一章是小說體裁，第二章和第三章是敘述兼描寫，第四章是議論，即全書先以客觀的描述，再加以主觀的論斷，像這樣寫傳記體，不知是否有當，作者十二萬分誠懇的希望高明的讀者，予以不客氣的指教。註七十

本書第一章寫盧次倫青年及中年時期創辦茶莊之始末；第二章的標題雖叫做「生平」，但只談童年與老年，略過中間與茶莊有關的這一段。第三章完全是茶莊的組織及運作，對工商業經營沒興趣的人可略去不看。第四章較無價值，但有商業成功人士傳記必有的慣例，即他的成功法則。由此書也可以看出，不同的板塊有時連寫作風格都會改變。

李雲漢的《于右任的一生》一書也是這種寫法，作者於自序中說：

右老一生的事業，可分為三個範圍：辦學與辦報，革命與從政，學術文化與藝術上的成就。本書內容分十六節，除家世與童年外，大致上以這三個範圍為論述的重點，而以辦學與辦報的經歷與成就所佔篇幅最多——共佔七節。註七十一

註七十 吳恭亮：《盧次倫傳》，（台北：協志工業叢書出版股份有限公司，民國五十八年八月再版），頁一。

註七十一 李雲漢：《于右任的一生》（台北：台北市新聞記者公會，民國六十二年九月初版），頁五。

以這種方式結構的傳記中，季灝、周世輔、王健民三人合著的《潘公展傳》是本最極端的例子。此書共分為伍章，各講述不同主題，分別是壹、從事新聞工作；貳、從政報國；參、領導宣傳和文化事業；肆、言論報國；伍、仁慈寬厚書生本色。錢震序云：「記述潘先生畢生為宣揚主義、報效國家、服務社會的奮鬥經過，而以潘氏從事新聞事業的貢獻為全書之重點所在。」[註七十二]但實際上五章幾乎是各自獨立的，第一章只提他在新聞方面的工作，完全不談政治方面的經歷，傳主像是一位專業的報人。以致讀到第二章時好像在看另一個人的傳，因為此處是完全不談新聞方面的事蹟，只談他在政治方面的發展，傳主在這裡又像是一位政治家。以不同主題來訂定章節的情況是很常見的，但是像這樣各章之間毫無關連的情形卻是少有。可能是因為本書由三人分工寫成，各人只管自己負責的一部份，而且也不曉得別人提了些什麼事?不像出自一人之手的傳記，作者可以照應全書。以主題定章節非以編年定章節，本就容易不相連貫；再加上是多人分頭創作，是造成此兩章毫無幾乎認不出是同一位傳主的主要原因。

此書傳的部份大致在一、二章，而第三、四章較無價值，只是引述潘公展的文章證明他反共愛國及致力宣揚中華文化。第五章則有一些瑣事軼聞。

徐文珊《北方之強——張繼傳》[註七十三]，此書的章節安排很特別，以來歷、背景、性格、學養、文藝、遊蹤、革命等不同角度來分章，分別敘述不同的主題。

註七十二 季灝、周世輔、王健民合著：《潘公展傳》，（台北：台北市新聞記者公會，民國六十五年九月出版），頁四。

註七十三 徐文珊：《北方之強——張繼傳》，（台北：近代中國出版社，民國七十一年六月初版，《先烈先賢傳記叢刊》）。

有些書分割得不是那麼明顯，如戴書訓《愈經霜雪愈精神——鄒魯傳》註七十四，此書前半部分以時間為序，記事十分詳細，或許是因為傳主有回憶錄傳世之故。但後面幾章則改為以專題為章，討論他的詩書、改革教育的主張等。頁五三至五八甚至抄鄒魯在國會的質詢書。由此我們可以了解到，傳記作品要如何呈現，有時是由不得作者的。如果說傳主有回憶錄，自然可以對某些事情說得很詳細；如果說傳主的回憶錄沒有寫完，那麼剩下的部份只好找其他的東西搪塞了。

溫曼英《吳舜文傳》註七十五，全書大致上可分成兩部份，前半部份是她成長的經歷，後半部份是敘述她經營事業時所面臨的各種挑戰與應付之方。尤其在第三部之後，便以事件為主題，敘述在某段時間內，所作的幾件事情；如教書、辦學校、當董事長等。

許逖《孫立人傳——（百戰軍魂）》註七十六，此書大致由兩部份組合而成，一是孫立人自己早年的回憶，進入緬甸之後的事情則轉錄自孫克剛的《緬甸蕩寇志》。因此書中在前面幾章有孫立人個人的事蹟，但進入緬甸之後，由於回憶終止了，於是有極詳細的緬甸作戰經過，幾乎等於戰史，但是對孫將軍的事則說得甚少。作者也找了很多旁證資料，並且親訪孫將軍，但可惜將軍年事已高，有許多事也想不起來了。

陳怡真的《人間迦葉 王清峰》也是依據題材分類，作者自敘寫作的手法：

整本書我分成六篇章節，根據題材跳著寫。本來以為婦援會時期的三章最好寫，因為我曾全程參與，內容

註七十四 戴書訓：《愈經霜雪愈精神——鄒魯傳》，（台北：近代中國出版社，民國七十二年十月初版，《先烈先賢傳記叢刊》）。

註七十五 溫曼英：《吳舜文傳》，（台北：天下文化出版，一九九三年二月一版）。

註七十六 許逖：《孫立人傳——（百戰軍魂）》，（台北：懋聯文化基金，民國八十二年六月）。

最熟悉不過了，結果卻是我花費最多力氣，而最不滿意的部份。原因就因為太熟了，許多細節皆不忍割捨，反而造成組織上的困難。本以為，王清峰的監委時代我最不熟悉，可能最難寫；但由於她的調查報告敘事清楚，我們口頭訪談的時候，她的說明淺顯易懂，我也特別緊張，盯得仔細，最後反成為寫來較順的部份。[註七十七]

李木妙寫《國史大師錢穆教授傳略》[註七十八]，作者從未見過錢穆本人，此書乃是整理錢穆自己所寫的回憶以及其他人對他的側記而來。另有很大一部份是錢穆的著作提要。因此全書雖有二百多頁，但傳的部份只有七十五頁，若扣除注釋則僅有六十三頁，且大部分是引文。書後有這樣的介紹：

> 本書乃由《新亞學報》第十七卷所刊載的〈國史大師錢穆教授生平及其著述〉一文刪輯而成。書中主要由錢穆教授傳略、錢穆教授史著提要、錢穆教授年表、錢穆教授著作目錄等四個部份組成。第一部份簡述錢氏生平概況及其奮鬥成學的過程；第二部份共收錄錢氏生前著作近六十種，主要側重文史部份，第三部份按年記錄錢氏重要事蹟，並附錄同年中國發生大事紀要；第四部份彙集錢氏歷年於中國大陸、香港和台灣等地區發表的專著逾百種。

有的作者不大會處理資料，結果在無意之中對全書造成了分割的效果。例如賴樹明《真言——吳大猷傳》[註

註七十七 陳怡真：《人間迦葉 王清峰》，（台北：新新聞文化事業股份有限公司，一九九六年一月初版，「總統大選系列四」），頁二五四。

註七十八 李木妙：《國史大師錢穆教授傳略》，（台北：揚智文化事業股份有限公司，一九九五年六月）。

[七十九]，此書傳記部份只到第四篇，第五與第六篇則是吳大猷自己對一些問題，尤其是時事所發表的看法。所以書名取作「真言」，其實已預告書中會有吳大猷談論時事的篇章。

這些訪談或是傳主自己對時事的看法，應該放在附錄之中較為合適，大部分的傳記也都是這樣作，但這位作者卻將這些擺在正文的章節之中。也因此將全書割裂為兩個部份。其實傳記之中放一些傳主的看法或作品，並沒有什麼不妥，若加入的作品不多，並不會影響整體的結構。例如呂政達《謝長廷——人生這條路》[註八十]，書後附了兩篇謝長廷自己的文章，不過四頁而已。但是像這樣長達兩章的篇幅，則已經對全書的結構產生影響。

三　插敘式

晚近流行的記者訪談後所寫的傳記，多數採用這種結構。也就是一段回憶過去人生的文字之後，再插入現在的情景作為過場，或作為後知後覺的批評者，以示對往事的唏噓。例如王力行、汪士淳所合著的《寧靜中的風雨——蔣孝勇的真實聲音》便是一個明顯的例子。

本書的結構十分特殊，以蔣孝勇的癌症發病為起點，然後敘述一段他的過去，並插入一段現在治療的進程，如此不斷插敘下去，一直到不治死亡，全書也就到了尾聲。因此書中有一半是蔣孝勇醫病的經過，這也許和作者們是在他發病至榮總住院後才開始採訪有關。由目次可以看出其結構：

註七十九　賴樹明：《真言——吳大猷傳》，（台北：木棉出版社，一九九九年五月初版）

註八十　呂政達：《謝長廷——人生這條路》，（台北：大村文化出版事業有限公司，一九九五年九月初版）。

《寧靜中的風雨——蔣孝勇的真實聲音》

目次

十二　舊金山去來・移居海外

十三　最後尊嚴・交代與傳承

十四　尾聲

其章節名稱如〈手術・婚姻大事〉、〈宛若重生・隨侍父親〉、〈化療戰・父親晚年施政〉等，乍看之下無法理解，其實就是一段現在，一段過往的敘述方式。

至於他之前的人生，只要蔣孝勇不說，作者也無從得知。例如高希均在「出版者的話」中說他：「年輕時就像權貴子弟一樣有過的『糊塗行為』，變成了一生揮之不去的陰影。」[註八十一]郝柏村也說：「有人以青少年時期的印象，涵蓋孝勇的一生，卻忘了他的成長與成熟，因此不免失其全貌。」[註八十二]但書中找不到他做的什麼嚴重的「糊塗行為」，甚至連青少年時期也很少提，也許是作者有意的略去了，或是蔣孝勇根本就沒有說。如此一來，變成以成長後的蔣孝勇來涵蓋他的一生，未免也失其全貌。

以這種方式結構的傳記，常常能寫得很感人。我們知道，傳記的感人並不在於小說化的幻想情節，有時是在一種「俱往矣」的對時光飛逝的感歎上。而插敘的手法，正可以利用時間上的巨大落差，巧妙地營造出這種效果。一般回憶錄式的傳記，多多少少都會使用插敘的手法，差別只在份量的多寡而已。

四　倒敘式

註八十一　王力行、汪士淳：《寧靜中的風雨——蔣孝勇的真實聲音》，（台北：天下文化出版股份有限公司，一九九七年五月一版），頁七。

註八十二　同上註，頁十三。

這種手法是先寫傳主人生中的某一階段，然後再自出生及童年開始敘述。雖說是倒敘式，但不一定是由過世開始寫起。例如謝霜天《耿耿此心在——翁俊明傳》序云：

> 為了處理的方便，我以民國四年翁俊明舉家離開台灣，渡海到廈門為起點，向後隨著人物的活動依次作正面抒寫。至於在這以前的重要事項，則配合適當的時機，在回憶中加以倒敘。[註八十三]

又如劉蘋華《筆雄萬夫——葉楚傖傳》[註八十四]，極特別地以臨終前的一些情景作為第一節，寫完他的過世，再接著寫其出生。

倒敘式的手法並不一定敘述一整個長時間的事情，而是以一小段事件作為開場，之後再接上傳主出生等編年式的敘述。這種做法的目的在於，先引起讀者對傳主的注意，並且激發他們往下看的慾望。

例如廖嘉展的《水產養殖先鋒廖一久》，此書所寫的是一位台灣本土科學家，畢生從事水產養殖研究的經歷。這樣的人既不是政治人物，也不是影視紅星，實在很難引起讀者往下閱讀的慾望。但是從事報導文學寫作的作者卻處理的極有技巧。在全書開始的引言中，以傳主自日本取得博士學位，同儕好友在機場拉起以實驗衣製作，上書「廖博士萬歲」的布條歡送他歸鄉，營造出一種悲壯感，也令人對他回國後的遭遇充滿期待。

> 「廖博士萬歲」！

註八十三 謝霜天：《耿耿此心在——翁俊明傳》，（台北：近代中國出版社，民國六十六年十月初版，《先烈先賢傳記叢刊》），頁五。

註八十四 劉蘋華：《筆雄萬夫——葉楚傖傳》，（台北：近代中國出版社，民國七十五年六月初版，《先烈先賢傳記叢刊》）。

一九六八年七月二十一日，日本東京羽田機場的陸橋上，飄揚著這幾個大字。斗大的字寫在白色的實驗衣上，一件一字，依序排開，格外引人注目。

陸橋上，二十幾位同儕好友，一邊呼喊著，一邊不停地揮手，依依不捨地與摯友道別。廖一久穿過的實驗衣，在風中揚起的衣角，彷彿也在對他訴說離情。

在去國六年又三個月之後，順利取得東京大學農學博士學位的廖一久，猶如一位蓄勢待發的跑者，滿懷熱誠地準備返鄉投入水產研究的洪濤中。當時大概誰也沒預料到，這位眼睛炯炯有神的年輕博士，即將為台灣的水產養殖掀起革命性的巨浪，為台灣也為國際水產界創造一波又一波的高潮。[註八十五]

之後才開始描寫他的童年生活。

搶搭新聞熱潮的傳記也會用倒敘法來寫，在第一章的部份先說傳主最近的新聞事件，接著再回頭寫出生及成長。例如林朝和《總統的大玩偶——蕭萬長前傳》[註八十六]，第一章以蕭萬長奉命組閣開場，作者為了與當時的新聞事件掛鉤，臨時加寫了這一章[註八十七]，整章都在談行政院長的職權、沿革等事情，似乎有點離題。第二章才開始述說蕭萬長的成長歷程。

註八十五 廖嘉展：《水產養殖先鋒廖一久》，（台北：遠哲科學教育基金會，一九九九年六月初版），頁七。
註八十六 林朝和：《總統的大玩偶——蕭萬長前傳》，（基隆：亞細亞出版社，一九九七年十月一版）。
註八十七 同上註，頁一二三。

又如陳光遠的《劉泰英前傳：跨足政商學界的化身博士》[註八十八]，乃是自一九九七年台灣對美政治獻金案開始敘述，由於劉泰英是此案的關鍵人物，因此便可藉此事將傳主引導出場。待此事告一段落後，再由其童年談起。不過全書的重點談在劉泰英任職台經院、黨管會、台綜院、中華開發時的事蹟，尤其集中在一九九二年之後，主要在剖析當時的新聞，並記載不少八卦傳聞。

有時作者用倒敘法寫作是為了凸顯本書的主題，例如林梵的《楊逵畫像》[註八十九]一書，作者為了強調楊逵在台灣文學史上的重要性，於是第一章便用來說明楊逵的作品在近年來受到重視的情形，引了許多各界對他的讚揚與評論。第二章才開始他的家世及青少年時期。書末的楊逵年譜並且把台灣文壇的情況一同編年並列，其欲彰顯楊逵對台灣文學的貢獻之企圖十分明顯。

由插敘到以倒敘開場，這些不依時間編年的寫法雖然新奇，但是作者必須十分小心地處理，否則很容易寫得雜亂無章，讓讀者摸不著頭緒，不知作者用意何在？

例如章君穀的《黎元洪傳》[註九十]，開場先敘民國十二年黎元洪下台後到上海玩樂的情景，接著再說其出身，實在看不出有什麼道理？

又如邱七七所寫的傳記，都喜歡自民國三十八年傳主來台的情景開始敘述，然後再回到童年時期按照時間順序來寫。比如說她所寫的《集忠誠勇拙於一身——陳誠傳》[註九十一]，此書由民國三十七年陳誠來到台灣開始寫

註八十八 陳光遠：《劉泰英前傳：跨足政商學界的化身博士》，（台北：月旦出版社，一九九七年一月一版）。
註八十九 林梵：《楊逵畫像》，（台北：筆架山出版社，民國六十七年九月台初版）。
註九十 章君穀：《黎元洪傳》，（台北：中外圖書出版社，民國六十年七月初版）。
註九十一 邱七七：《集忠誠勇拙於一身——陳誠傳》，（台北：近代中國出版社，民國七十四年六月初版，《先烈先賢傳記叢刊》）。

起，所寫的是他在台灣推動各項政務的過程。到了第六章又回頭由陳誠投考軍校講起，這部份開始像是野史小說般的文字，但到了第二十三章寫到大陸撤退後便跳接民國三十九年，陳誠任行政院長時的事，文字又回到政務的介紹，一直到過世。不僅在結構上採取倒敘的方式；在文字的風格上也有明顯的變化痕跡。

她另外一本書《但求無愧我心——尹仲容傳》[註九十二]也是相同的寫法，本書的時間順序很特別，一開始先由民國三十八年尹仲容來台灣開始敘述，接著寫他的出生與成長等經歷，是典型的倒敘法。但是到了第二十三章，說到尹仲容過世了，本來已經可以做個結束，後面卻又多了四章，寫的事情如求學、赴美任職等都是應該擺在前面章節敘述的，作者將這些放在最後，不知有何用意?實在難以理解。

倒敘法若用得不好，不但會難以理解，還會使讀者覺得混亂。如賴西安所著的《台灣民族運動倡導者——林獻堂傳》[註九十三]，此書第一、二兩章是林獻堂與梁啟超相識的經過，此時傳主已經二十七歲，第三章才開始敘述傳主的出身與童年。作者這樣做是為了凸顯此書的主題，亦即傳主致力於台灣民族運動，但實際上幫助不大，只覺得混亂。

附帶一談「總敘」的例子，也就是說，在全書剛開始的時候，便將傳主一生敘述一遍，作一總提介紹。例如周開慶《盧作孚傳記》[註九十四]，此書第二章便將傳主一生先介紹一遍，接著再談其思想抱負與青少年時代，之後便逐節說明他曾做過的工作。

註九十二 邱七七：《但求無愧我心——尹仲容傳》，（台北：近代中國出版社，民國七十七年六月初版，《先烈先賢傳記叢刊》）。

註九十三 賴西安：《台灣民族運動倡導者——林獻堂傳》，（台北：近代中國出版社，民國八十年六月初版，《先烈先賢傳記叢刊》）。

註九十四 周開慶：《盧作孚傳記》，（台北：川康渝文物館，民國七十六年四月初版）。

而蘇進強《風骨嶙峋的長者——蔡培火傳》[註九十五]，其前言乃是一總敘，將傳主生平交代一遍。我們也會發現，通常在書的開頭擺上總敘，都有為傳主樹碑立傳的表揚意味。

五 獨立事件式

這一類傳記在結構上很雜亂，看不出重點，像是一本文章的合輯。書中每一章或某幾章講述一件獨立事件，而各獨立事件之間彼此又不相連，也不依時間排序。通常會寫成這樣，都是倉促成書的結果。

例如申子佳、張覺明、鄭美倫合著的《辜振甫傳》，便是這樣的書。本書十分駁雜，大部分在介紹辜家的政商關係，傳主本人的事情說的很少。為了迎合時事，花了很長篇幅講辜汪會談的經過，似乎沒有必要。又用一章寫「鹿港民俗文物館」，也是沒有必要的事。作者乃是用書面資料寫書，並沒有訪問到辜振甫本人，因此都是一些外在公開行為的報導。

作者在「後記」中說：

> 本書的出版，趕在新加坡「辜汪會談」之後，兩岸二次會談之前，倉促成稿。[註九十六]

所以才會以這種面貌出現。

又如張文伯《吳敬恆先生傳記》[註九十七]，此書有點複雜，其目次如下：

註九十五 蘇進強：《風骨嶙峋的長者——蔡培火傳》，（台北：近代中國出版社，民國七十九年六月初版，《先烈先賢傳記叢刊》）。

註九十六 申子佳、張覺明、鄭美倫：《辜振甫傳》，（台北：書華出版事業有限公司，一九九四年一月初版），頁二一〇。

《吳敬恆先生傳記》

目次

第一、二章談傳主從事革命的歷程；第三、四章則是他的兩項主張；第五章為反共的事蹟；第六章談讀書與為

註九十七 張文伯：《吳敬恆先生傳記》，（中國國民黨中央委員會黨史史料編纂委員會，民國五十三年三月初版）。

學；第七、八、九、十章完全在論述吳稚暉的哲學思想；第十一章則做一個總結，並敘述其喪禮。此書其實應該叫做「吳敬恆先生研究」較為恰當。作為一本傳記，他有許多地方不夠詳細，比如說赴法勤工儉學這一段。有的地方又講得太多，如敘述其哲學思想的這四章，其實沒有必要佔這麼多篇幅。當然也可能作者手邊的資料正好是屬於這方面的，畢竟吳稚暉死於民國四十二年，此書則作於民國五十三年。

又如孫彥民《張伯苓先生傳》[註九十八]也有相同的情況，其目次如下：

第一章　前言
第二章　先生的家事與生平
第三章　先生的教育思想
第四章　先生的名言
第五章　先生的修養與軼事
第六章　南開校史
第七章　南開的校務
第八章　南開的貢獻
附：張伯苓先生年譜

[註九十八] 孫彥民：《張伯苓先生傳》，（台北：臺灣中華書局，民國六十年九月初版）。

在第二章便已經把張伯苓的一生介紹完畢，之後三、四、五章各為一個專題，分別介紹張伯苓的教育思想、名言、修養與軼事。第六至八章則完全為南開的校史與當年的校務狀況，介紹的十分詳細，甚至還有各校舍平面圖。第四章是較為特殊的安排，將張伯苓說過的名言集合為一章，頗有意思，作者很清楚地在運用傳記的教育功能。當然由第二章的內容以及編著者序中可知，作者對張伯苓並不熟悉，也可能是他所採訪到的資料有很多這樣一句兩句的話，不知該安插這些話在生平的哪一個階段之中，所以乾脆擺在一起。

林文義《菅芒離土——郭倍宏傳奇》[註九十九]，全書共二三九頁，由於附錄共有十一篇文章，因此正文只到一五六頁。本書不大像傳記，沒有明確的時間順序，各章之間有時不大連貫，也許是因為最早是以連載於報紙的形式發表的緣故。而且附錄太多，結果呈現出散亂的景象。

這類的書已經漸漸偏離了「傳」的主題，而走到了傳記的臨界點上，只要傳記的部份再薄弱一點，便可以稱之為雜文集了。

第三節 其他特殊形式

有一些傳記以比較特殊的手法來寫作，例如黃肇珩《一代人師——蔡元培傳》，結構上頗為特殊，每一章開

註九十九 林文義：《菅芒離土——郭倍宏傳奇》，（台北：前衛出版社，一九九三年十月新版）。

始時均引一小段他人評論蔡元培的話，例如「衝擊」這一章開頭便說：

新庶常來見者十餘人，內蔡元培乃庚寅貢士，年少通經，文極古藻，雋材也。——翁同龢：「光緒十八年五月十七日日記」註一百

這樣的穿插乃是在為傳主營造出場的氣勢，使讀者有期待的感覺。之後的文字也很特別，每兩三句便分一段，因此空白極多，讀起來較不費力。敘述一件事情的時候，經常引用蔡元培的文章為證，並會做清楚的標示。可以看出作者很努力在經營這本書，企圖增加它的可讀性。但是到了「激盪」之後幾章，則開始顯得力不從心，大部分篇幅在抄歷史文件，不再有之前融敘事與資料為一爐的文字了。

又如葉柏祥的《黃信介前傳》，此書頗為有趣，一開始的〈序曲——江湖狂想曲〉乃是以武俠小說的形式寫了一段開場，將台灣當時的各黨派比喻為武林上的各大門派，並以正在互相爭奪武林盟主之位來比喻當時的政局。接下來的每一章的開頭均有一小段文字，題為〈武林快報〉，乃是將此章中的一的事件或段落以武俠小說的形式表現。如第四章的武林快報為：

富麗堂皇的麗花山莊，是武林中人試劍比武之地，今日氣氛不再寧靜，黃信介翻身闖入，碰上當今的武林皇帝，他不客氣的運功發出一掌，勁力十足，眼看掌波就要襲上，卻被倪莊主擋了下來，他的對手置身在

註一百 黃肇珩：《一代人師——蔡元培傳》，（台北：近代中國出版社，民國七十一年三月初版，《先烈先賢傳記叢刊》），頁六。

暴風圈裡，肅然以待。眾多武林高手，看得目瞪口呆，廳堂的氣氛安靜得連針掉下來的聲音都聽得見。註一百零一

所謂的麗花山莊乃是指立法院，倪莊主則是當時的院長倪文亞。

而且每一章中的分節，都以「回」來代替「節」，刻意營造武俠的感覺。雖然在某些外在的形式上像是武俠小說，但內容上卻完全是正經八百的傳記。

李敖《胡適評傳》註一百零二，此書最特別的地方是，有十分詳盡且考證細密的注釋。而正文的部份卻是非常淺顯簡略，幾乎是以注釋為主，正文為輔了。比如說第一節的正文有六頁，可是注釋卻有二十五頁之多。作者在書首的〈關於胡適評傳〉一文中說：「我盡量不在正文裡滲入煩瑣的歷史考訂，我的目標是『正文輕快，腳註詳細』。這種做法是一種費力不討好的工作。我所以不能放手寫文學式的正文，而要兼顧歷史性的腳註，乃是因為有關胡適的基層史料工作還沒有人做好，所以我不能自自在在的走史特拉齊（Lytton Strachey），莫洛亞（Andre' Maurois）等人的路。」註一百零三因此作者一面替胡適作傳，一面也在書中兼作史料考證的工作。

除此之外，有些傳記的體例上並不統一，例如朱西寧《表率群倫的林子超先生——林森傳》，作者本想寫小說，例如第二章開頭的句子便很有演義體小說的味道

這且不言，更還這二處聖地直是震動起東南諸省隆極一時，盡集天下菁英于此，與發的民間起兵，風雲際

註一百零一 葉柏祥：《黃信介前傳》，（台北：月旦出版社，一九九四年六月一版），頁六四。

註一百零二 李敖：《胡適評傳》，（台北：遠景出版社，民國六十八年九月三版）。

註一百零三 同上註，頁四。

會，義幟招展，四方風動，多少英雄豪傑忠烈之士，把那昏庸無道的滿清王朝，攪它個天翻地覆，開出民國白日青天，正大光明的千秋萬世。註一百零四

但是不知何故，全書進行不到三分之一，便漸漸地往敘述史料的方向轉去，後半部已經完全是一般著重近代史的傳記了。

在《先烈先賢傳記叢刊》這套書中，由於秦孝儀曾規定要用歷史小說的筆法來寫，可是就連朱西寧這樣的小說名家都作不到，他人又怎麼可能作得到？於是常見的情況便是，開頭的童年以小說呈現，求學後便是歷史敘述了。

邵東方評論大陸的當代傳記形式時曾說：

許多傳記作品在體裁和風格上缺少變化，又很少有人在多元化方面作新的嘗試。因此在傳記的寫作形式上，容易流於平庸化。許多傳記受傳統年譜形式的影響，偏重於縱向地記述傳主的行狀，缺乏對人物作橫向的比較，如傳主對自己生平的認識與作者對傳主的評價之間的對比。註一百零五

其實傳記若想做形式上的變化，最大的阻礙不是作者，而是這個傳主有不有名？大眾對他的事蹟了解多少？假如說一位傳主名氣不大，一般人對其生平資料並不清楚，那麼據張漢良對形式變化的看法：「傳記家應當先把他

註一百零四　朱西寧：《表率群倫的林子超先生——林森傳》，（台北：近代中國出版社，民國七十一年六月初版，《先烈先賢傳記叢刊》）。

註一百零五　邵東方：〈當代人物傳記寫作狀況述評〉，（石家莊：《河北學刊》，一九九七年一月）。

的私生命變成公生命，在這個基礎之上，傳記家才有資格玩弄暗喻式的、非直線式敘述。」因為讀者對傳記是有所預期以及成見的，對一位不熟悉的人物，他們要求「傳記需要詳盡的資料；需要敘述（最好是編年式的、成長式的、目的論的）；需要忠於史實，包括歷史社會背景等事實，因為這些事實和作者的創作有必然的、衍生的關係。一但讀者看到的是非傳統式的敘述，便難以接受。」[註一百零六]但是「假如某一位傳記主人翁經常被人作傳，他的私生命已經成為公共財，讀者可能便會有另外的預期了。」他們會「以資料的完整即新穎與否為判斷的圭臬。」[註一百零七]由此可知，傳記作者在寫作之前，還必須根據傳主的情況來選擇形式，方能符合讀者的預期。

本章嘗試將傳記常見的形式歸納整理，並分析其特色與應注意之處，其目的在為將來的傳記研究奠定基礎。同時我們也可以發現，現今的傳記作者，已經能夠將各種手法融為一爐，並不會拘泥在編年的敘述上。例如一本回憶錄式的傳記，可能以倒敘開場，但因為是傳主在回憶往事，因此在其後的編年行文中，又會有插敘當下的段落出現。又或者是一本編年式的傳記，在最後兩章卻有兩個獨立事件出現等等。凡此種種，均可看出傳記文學的多變與成長的事實。而正因為有這許多不同形式的傳記，這個園地才會如此多采多姿。

註一百零六　張漢良：〈傳記的幾個詮釋問題〉，（《當代》，一九九〇年十一月，五十五期），頁三三。

註一百零七　同上註。

第四章 台灣當代傳記文學的內容

本章乃是站在文學的角度，就幾個文學上常見的課題，一一探討其在傳記寫作上的應用。

第一節 人物描寫

一 主角人物

在傳記之中，傳主就是主角，而這個主角往往被賦予一個特定的面貌而再現，這個面貌便是此書的中心思想。林文月曾說：

其實，寫作傳記，在我看來，也並不是記述某一個人物一生的流水帳而已，卻應該要有一個重點，一個中心。傳記和小說的最大不同點在於：前者是以一個真實存在過的人物為主角，後者則往往是以一個虛構或抽象化的人物為主角；但是某一人物之值得我們去記述他，必定有其原因。所以在寫作其傳時，也應當把握住這一點，引導讀者去接觸這一個方向才對，否則便會成為一本散漫沒有主旨的書，或者也可以說：變

成了散文化的年譜。註一

所以說，傳主是正面人物或反面人物，作者在下筆之前便已經先有定見，否則會犯了最簡單的作文忌諱，即主旨不明。因此我們在傳記中所看到的傳主經常是智仁勇兼備的完人，便是由於作者不能寫出離題的文章。

除了因為要將傳主寫成值得大家效法的人物，因此不得不把他盡量美化之外，另外還有一個現象：只要讀過多本傳記的讀者，心中都會有這樣一個感覺：在傳記的世界裡，好人與壞人是涇渭分明的，善惡之間的區別有時比通俗小說還要通俗。比如說《趙麗蓮傳》中的日本人，每一個都是狼心狗肺、禽獸不如的東西。或者像是台灣早年對共產黨的描述，以及近年來有些反對派人士傳記對國民黨的描寫。這是十分有趣的現象，也就是說，作者為了人物塑造的方便，除了會將主角寫得很偉大之外，還會刻意地把跟主角過不去的人寫得卑鄙無恥。以下即分為三方面來探討傳記如何描寫人物。

（一）正面人物

傳記可以使人見賢思齊，這是眾所皆知的。本來一位成功人士之所以功成名就，當然有他不同於凡人之處，或許是特別地勤奮，或許是善於把握機會，或許是十分堅守原則等等，皆值得讀者效法與模仿，也因此傳記中的主角經常都是以正面形象出現。可是我們也常看到作者把稱讚當成寫作目的，甚至轉變為阿諛，那就是所謂的「造神運動」了。在他的傳記之中，傳主永不犯錯，幾乎具備了人類所能擁有的各種優點。我們可以由最暢

註一 吳橋：〈人性與同情─與林文月教授談「傳記文學」〉，（台北：《書評書目》，民國六十六年十一月，五十五期），頁十六。

銷的政治與商界人物的傳記中，找到不少例子。

1 政治人物

這樣的傳記自然以政治人物最多，因為他們掌握了出版檢查的權力，而且也是為了統治上的需要。比如說由國父到幾位總統的傳記，便幾乎都將他們描寫的毫無缺點，由於這幾位傳主較為人所知，以下就先探討他們的傳記是如何寫法。不過在討論之前有一點必須先提出來，那就是在圖書館的編目之中，常會將一些與他們有關的政論集、祝壽文集、近代史研究、哀輓錄等編入傳記類，但實際翻閱後就知道，那些根本就不是傳記。

(1) 孫中山

在政治人物的傳記中，幾位首長人物當然會特別受到矚目，例如孫中山、蔣中正、蔣經國、李登輝等。在這幾位之中，國父的傳記出乎意料的少。最早的一本是一九〇三年，即民元前九年，清光緒二十九年出版的《大革命家孫逸仙》，此書雖早但十分簡略，國父也才三十八歲。像是一本宣傳革命的小冊。據吳相湘的研究，此書乃是「根據日人白浪滔天撰『三十三年之夢』一書編譯而成，實際上只取日文原書十分之四，在此四分中，又有裁減，而增加編譯人的按語。」[註二]由於他的傳記實在很少，以致於曾有人主張以政府之力來為國父立傳，而政府也有在做，如民國三十三年，張道藩任中央海外部部長，七月間，曾經：

擬定辦法，徵求作家撰寫「國父傳記」，以紀念次年的國父八十誕辰，後來評選，蔣星德的作品獲第二名，

註二 黃中黃著：《大革命家孫逸仙》，(台北：文星出版社，民國五十一年六月)，頁一。

由正中書局出版。[註三]

國父的傳記會這麼少，其中一個原因應該與他曾有聯俄容共的主張有關。畢竟在戒嚴時代共產黨是碰不得的頭號禁忌，一旦在書中寫了這段歷史，不論自己如何強調國父其它方面的偉大，總是有被人抓到把柄的顧慮。更何況正因為這種傳記傾全力強調國父的偉大，更不能讓他有「犯錯」的機會。從另一個角度想，也因為他不會犯錯，那麼聯俄容共就是正確的主張了，這對在台灣主張反共抗俄的國民黨政府來說，是十分難堪的事，它會造成自己捧出來的典範打擊自己的窘境。而且也會給讀者一種感覺，即這麼偉大的國父既然願意與共產黨合作，可見共產黨不是那麼糟。若避開這段歷史不談，又無法解釋後來所發生的清黨等事件。因此最好的方式就是不要去寫。

在解嚴前出版的國父傳，對這個問題通常有兩種處理方式，一是避重就輕；一是用長篇幅解釋國父其實是反共的先知。解嚴之後則較能坦然面對此一問題，尤其在大陸作品登台後，更是大書特書，企圖給人共產黨乃是孫中山接班人的印象。但不論作者採取哪一種立場，孫中山總是被描寫成偉大的先知。

（2）蔣中正

這幾位領袖之中，蔣中正的傳記是最多的。較著名的如馮文質《蔣總統傳》、秦孝儀《我們的領袖》、董顯光《蔣總統傳》等，早期的蔣中正傳記均千篇一律地將他寫成是民族的救星、自由的燈塔。有時歌頌太過，反而令人難以置信。例如董顯光的書中有一段話被江南在《蔣經國傳》中引用並加以嘲笑：

註三 程榕寧：《文藝鬥士──張道藩傳》，（台北：近代中國出版社，民國七十四年三月初版，《先烈先賢傳記叢刊》），頁七六。

中國古代賢哲每認為人類領袖常生於崇山與清泉之間；而就吾人所知者，蔣總統實生於如是之環境中，此殆因生於地勢高峻之人常具強毅的性型，較生於低地者更適於領袖的地位。註四

這自然是一段邏輯不通拍馬屁的話，難道世界上的領袖們均出生於高山之中？

其他幾本也是大同小異，對蔣中正的生平諸家所能寫的都差不多，差別只在對近代史的抄錄多寡而已。這是蔣中正傳的另一項特色，書中常有連篇累牘的近代史，或是東征、北伐、抗日的戰史，蔣中正本人的事蹟則非常少。近年來，當年官邸侍衛的回憶錄以及大陸方面的資料相繼面世，我們可以發現其實可以寫的事情還很多，但在當時的傳記卻除了幾件盡人皆知的事情外，似乎便不敢多寫什麼，於是就以國民黨觀點的近代史來充篇幅。

早在民國三十二年，許群便曾指出：

我們千萬不要忘掉：民眾所希望知道的不一定是神靈佑護的奇蹟，也不一定是他的演說和文告，而他把自己車子讓給平民疏散，似乎更能使著全民族感動。註五

而蔣中正的傳記作者似乎沒有注意到這一點，傳中很少有親近民眾的小故事，反而是不同於凡人的偉大描述佔了大部分。不過到了蔣經國的傳記上，這一點便有了明顯的改變。

註四 江南：《蔣經國傳》，（台北：李敖出版社，一九八八年六月初版），頁八。

註五 許群：〈論傳記文學〉，（台北：《東方雜誌》，三十九卷三號，民國三十二年三月），頁五二。

（3）蔣經國

蔣經國的傳並不多，漆高儒曾解釋說：「蔣經國先生生前是反對別人為他立傳的，當然，他也不寫自傳。生前只有江南為他寫傳，因而送了命。」[註六]江南本人也曾經對這一點表示十分遺憾與不解，因為與蔣中正的傳記比起來，蔣經國的傳記實在少得可憐。他說：

案蔣先生的書，除董顯光的「蔣總統傳」，中外作家不同的著述，即有九本之多，寫經國的，除此一本，別無他冊，（指嚴肅的傳記而言。）按理，行政院新聞局有責任為他出一本官方的傳記，是宋楚瑜不熱心？還是奉指示，蔣總統不作個人宣傳？迄今，是個無法揭曉的謎。

當然他也沒想到，自己竟會因替蔣經國作傳而喪命。

早期勉強算得上傳記的只有李元平《平凡平淡平實的蔣經國先生》[註七]及劉雍熙主編《繼往開來的蔣經國先生》這兩本。劉雍熙的書由於是第一本，故完全仿照蔣中正的傳記，企圖塑造一位特別堅強的偉人。例如形容他很健康，便說：

他也有一個健康的身體，經得起熱，耐得住冷；在韓國零度以下的嚴寒氣候中，他不穿大衣；在泰國九十

註六 漆高儒：《蔣經國評傳——我是台灣人》，（台北：正中書局，一九九八年一月台初版），頁五。

註七 李元平：《平凡平淡平實的蔣經國先生》，（台北：青年戰士報社，民國六十七年五月初版。）

多度到一百度的炎陽下，他仍是穿著整齊，很少流汗。[註八]

作者並且認為，蔣經國自定的修養格言，「任何人都可以視之為聖經中的箴言，熟讀而應身體力行。」[註九]諸如此類的話甚多。

而李元平由於是記者出身，行文也較有條理。其書以各種小故事來說明傳主如何努力工作，如何盡力保持與人民接近。由此書開始，蔣經國慢慢有了自己的傳記風格，也就是以各種小故事來描寫他的勤政愛民。

（4）李登輝

李登輝的情形則頗為特殊，在他主政早期所出版的傳記，可說是蔣家父子的翻版，稱讚他是偉大的領導人等等。如邱定一《少年李登輝》，作者自序說明寫書的原因：

> 當現代學童及青少年身陷於電視暴力的時代之中，手邊可讀的少年勵志叢書仍然走二百多年前的「少年華盛頓傳」翻譯本，著實令人痛心不已，難道台灣沒有本土少年傳記讀物可以提供學子們熟悉？「少年李登輝」一書正可填補這個時代的空缺，提供青少年學子一條清新健康的康莊大道。[註十]

又云：

註八 劉雍熙主編：《繼往開來的蔣經國先生》，（台北：益友出版社，民國六十七年三月初版），頁三〇。
註九 同上註。
註十 邱定一：《少年李登輝》，（台北：商周文化，一九九五年七月初版），頁七。

書中以第一男主角李總統登輝先生為主軸，詳細記錄了當代的學童求學、生活、嬉笑，思想以至於人生觀的樹立方向，七十多年來，李總統和同窗老友們就是憑藉著這種不服輸，不怕苦的奮鬥精神來實現人生，逐步踏實，可提供現今生活優裕的學子們一面截然不同的借鏡。註十一

作者寫這本書是要給學子們樹立學習的榜樣，但是在他主政的末期，由於其政治路線愈趨明顯，因此反對的聲音也愈來愈大。以至到了後來在某些人所寫的傳記中，李登輝已經成為禍國殃民的亂臣賊子，甚至有《李登輝是日本人嗎？》這樣的書出現。這中間如此巨大的落差，與蔣中正的傳記如出一轍，正可看出傳記寫作受政治影響的痕跡。

（5）其他

其他的政治人物也大都是以正面人物的形象出現，例如羅秋昭的《羅福星傳》，作者塑造了一位浪漫英雄，自小聰明過人：

他天生就有種菩薩心腸，從不欺侮弱小，他最愛聽人說故事，尤其關於忠臣義士的傳說，更是百聽不厭。註十二

在學校，他是一個均衡發展，具有多方面志趣的學生，但最喜歡的功課還是歷史，關乎近代各國的革命史

註十一 同上註。
註十二 羅秋昭：《羅福星傳》，（台北：黎明文化事業公司，民國六十三年二月出版），頁八。

實，他更是不厭其詳的求其瞭解。他最景仰華盛頓，而對日本的銳意革新，卻感到憂心忡忡。他曾直言不諱的指出：日本的強大，對中國將是一大威脅。[註十三]

福星公對身體的鍛鍊，一向都很重視，課餘閒暇，泰半時間都在練武館，因此習得一身矯健的身手。後來苗栗事件發生，他就是憑著一身了得的工夫，忽而南北，忽而東西，周旋在敵騎之間，如神龍之見首不見尾，來往自如，出沒無常。要不是他有一身好工夫，恐怕早已作了階下囚，成仁之日，也就不會等到三月三日了。[註十四]

上面這段為了強調他文武雙全所寫的文字，卻把他寫成武俠小說的男主角。而傳主除了妻子之外，在上海及台灣各有一位「愛比金石、情渝夫妻」的紅粉知己。全書後半部都在寫日本人千方百計想抓到羅福星，但「一身是膽，機智過人」的羅福星，「每次都很巧妙的瞞過日警，忽而臺北，忽而苗栗，周旋在敵人的眼線中。」[註十五]在他死的時候，就連天地都會變色：

就在烈士殉國的這一天——三月三日凌晨，氣候突起變化，一時風雨交加，老一輩的人都說，這是天神歸

註十三 同上註，頁十三。
註十四 同註十二，頁二十。
註十五 同註十二，頁九一。

位的預兆，也有人說是「天在發怒」，「天亦為之哭泣。」[註十六]

在描寫正面人物的時候，有二點必須要特別注意，第一，千萬要注意材料的選擇。有些事情會削弱主題，或與作者要塑造的人物形象相矛盾，那麼最好是不要寫。畢竟這世上沒有人是完人，難免會作一些自私自利之事。第二，不要欲蓋彌彰，不斷去解釋傳主為什麼有某些難聽的傳聞，結果反而越抹越黑。

在第一點來說，如程榕寧《文藝鬥士—張道藩傳》[註十七]，文中的傳主滿口反共復國，說「此後有生之年，必竭盡忠忱，在總裁領導之下，繼續致力於反共復國的大業。」一副誓與台灣共存亡的姿態。可是書中又寫國民政府撤退至台灣後，他立刻將妻女送至澳洲雪梨旅居九年，待情勢穩定後才接回國，以致於最小的妹妹竟不會說國語。

全書的中心思想是要把張道藩寫成一位忠黨愛國的完人，但是由於強調的太過頭了，所以看起來很虛假。再加上張的行為並不是真的如此完美，有時就會出現矛盾荒謬的情形，如前舉的例子。而作者為了強調傳主的清廉，特別在張道藩去澳洲探視妻女這段注明，「旅費還是借來的」，反而顯得做作矯情。

又如劉蘋華《筆雄萬夫——葉楚傖傳》[註十八]，在頁六一說「葉楚傖的能言善道，無人能出其右」，似乎他的口才非常好。但頁七十卻說他參加五四運動，不願意與人唇槍舌戰，只是背了旗坐在樹下休息，因為「葉楚傖和我都不善辭令，到唇舌作戰的前線，實無可以取勝之理。」二者互相矛盾。不過隔了幾頁，作者就寫出互相

註十六 同註十二，頁一二七。

註十七 程榕寧：《文藝鬥士——張道藩傳》，（台北：近代中國出版社，民國七十四年三月初版，《先烈先賢傳記叢刊》）。

註十八 劉蘋華：《筆雄萬夫——葉楚傖傳》，（台北：近代中國出版社，民國七十五年六月初版，《先烈先賢傳記叢刊》）。

衝突的話來。

另外也不要欲蓋彌彰，例如童世璋《忠藎垂型——谷正倫傳》[註十九]，作者在書中不斷為他辯白，說他其實不喜歡殺人，每次殺人都是不得已的，結果反而給讀者留下好殺的印象。

解嚴之後，當初被列入黑名單的人士反而成為英雄。林文義《菅芒離土——郭倍宏傳奇》[註二十]，書中的郭倍宏被塑造成台獨運動的英雄，與國民黨的黨政大員傳記相同，只是作者支持的理念不同，但是寫出的結果都一樣。

2 商界人物

另外一種常見的正面人物便是商業界的聞人，這些大老闆們能夠打造出龐大的企業王國，當然有其過人之處。而讀者們最想由他的傳記中了解的是：他為什麼可以這麼有錢？可是讀過商界人士傳記之後會發現，對這個問題大家都是避重就輕，不願意多談。全體一致的共通點反而是，在書中加入道德的勸說。這些老闆很喜歡以道德勸戒讀者，有時還特別立一專章說明他的道德修養，對於經營事業的事情反而提得不多。這樣的寫作趨勢，不知是否是受了松下幸之助的影響，好談人生修養，而少談商場詭譎。例如統一企業總裁高清愿在他的傳記中便說他的事業之所以這麼成功：「背後靠著的不是別的，正是惜福、感恩和無私的開創。」[註二十一]

姚崧齡的《陳光甫的一生》亦然，此書不可免俗地有商界成功人士傳記均有的人生哲學，如

註十九 童世璋：《忠藎垂型——谷正倫傳》，（台北：近代中國出版社，民國七十五年四月初版，《先烈先賢傳記叢刊》）。

註二十 林文義：《菅芒離土——郭倍宏傳奇》，（台北：前衛出版社，一九九三年十月新版）。

註二十一 莊素玉：《無私的開創：高清愿傳》，（台北：天下遠見出版股份有限公司，一九九九年五月一版），頁七。

上海商業儲蓄銀行業務進步如此之速，……而其最重要的基本原因，即光甫所諄諄訓勉行員之服務方法與精神是也。其所日夕訓勉行員者曰：一、不厭煩瑣；二、不避勞苦；三、不圖厚利；四、為人所不願為；五、從小處做起；六、時時構想新方法。實則光甫所持之精神與見解，不特從事金融事業，將為成功之關鍵，施之於任何企業，其成功一也。[註二十二]

又如：

常謂：「吾人欲求成就，每日必須用我腦筋，竭我思慮。如日思一法，則年有三百六十五法。廢其半數，尚有一百八十餘法。再廢其半數，猶有九十餘法，即更廢其半，亦有四十餘法。以視無思無慮，虛渡歲月者，其賢不肖之相去何可以道里計。」於此可見光甫之人生哲學矣。[註二十三]

又如《蔡萬春的奮鬥人生》一書[註二十四]，此書為標準的商業成功人士傳記，有許多蔡萬春經營事業的心得與看法散見於書中。

溫曼英《吳舜文傳》[註二十五]，既是成功企業家的傳記，自然會介紹她的行事風格，如反應快、準時、誠實、是非分明、「凡事及早規劃，按部就班」等。事實上最後一章全都是她的人格描寫，除了第一小節之外，其餘的

註二十二 姚崧齡：《陳光甫的一生》，（台北：傳記文學出版社，民國七十三年十月初版），頁二六。
註二十三 同上註，頁一七一。
註二十四 編輯部：《蔡萬春的奮鬥人生》，（台北：儂儂出版社，民國八十一年十月二版）。
註二十五 溫曼英：《吳舜文傳》，（台北：天下文化出版，一九九三年二月一版）。

小節由標題便可看出在寫什麼。其標題如下：「有為者亦若是」、「對就對、錯就錯」、「是非分明、大公無私」、「緊縮的沙漏瓶」（講她如何節儉）、「用大錢做大事」、「自律甚嚴」、「只要一顆真心」、「看穿人的眼睛」、「恩慈相隨一生」。

張麗君《屋頂上的巨人—王廣亞興學記》[註二十六]，此書大致上依照時間順序排列，第一章先說到台灣之前的事蹟。到了第二章便以來台灣之後創辦育達商職為開端，敘述他的教育事業。寫的很好，可能是因為小故事很多，既有王廣亞自己說的，也有他人所說的。訪談的資料很豐富。書中並提到許多王廣亞的日常生活細節及習慣。此書也有商界成功人士的傳記慣例，因為其中有許多傳主處世的道德訓誡。如第六章便是以此為主，用許多小故事來描寫章節標題所說的品行。

既是以教育事業為主，有些事便沒有講。如頁二七二說到王廣亞曾是「建築與房地產界的風雲人物」，「八○年代後期，碰上台灣房地產界百年一見的榮景，總算有了大豐收。他在海峽兩岸籌辦大學的龐大經費，就是取自這一豐收的成果。」但書中並沒有在這方面多說。

吳恭亮的《盧次倫傳》[註二十七]，此書第四章較無價值，但有商業成功人士的傳記必有的慣例，即他的成功法則，第四章最後一節〈效法先賢的精神〉便是，其中歸納了五點：「（一）奮鬥創造，不畏艱辛之精神；（二）獨來獨往，無所依傍之精神；（三）刻苦節約，儉德可風之精神；（四）哲科並用，領導成功之精神；（五）

註二十六 張麗君：《屋頂上的巨人——王廣亞興學記》，（台北：正中書局，一九九七年台初版）。

註二十七 吳恭亮：《盧次倫傳》，（台北：協志工業叢書出版股份有限公司，民國五十八年八月再版）。

為而不有，捨己利他之精神。」註二十八在第二章亦有四節分別談其治學精神、治事精神、治家精神、刻苦節約精神等。

商界人物的傳記由於太強調道德方面的特質，以致於讀完全書，會讓人感覺他們之所以成功，靠的是高人一等的道德修為，甚至是哲學思考。在政治人物傳記上亦復如此，國父、蔣公、經國先生，哪一位不是哲學家？甚至先知。

因此我們也可以發現這樣的現象，即傳主不論從事何種職業，到了最後常會變成哲學家。在李昂的《施明德前傳》中，就特別立了兩章，取名為〈苦難哲學〉，專門探討其思想。並在最後說：「現在的施明德，更像一個宗教家、哲學家。」註二十九就是一個明顯的例子。

一般的傳記都會將傳主過分美化，使他成為某一種類型的代表人物，並刻意塑造他成為此類型中的典型，其結果就是失去了人類所共有的人性，不但沒有達到塑造典型的目的，反而容易把傳主寫成人類社會中的怪胎或畸形。其行為舉止不似凡人，只會單純地往一個方向想事情，比如說十分愛國，或是只想著如何服務人群等等。一旦這位傳主的行為如此異常的時候，事實上也激不起讀者想要學習的慾望。陳玉燕道：

傳記文學的存在基礎，就是人性和人類生活的相同。如果我們大家在本質上是彼此不同的，我們便不會對旁人的行為和動機發生多大興趣，因為我們完全不能深入並瞭解那些動機和興趣。雖然有種種表面上的差

註二十八 同上註，頁一三九。

註二十九 李昂：《施明德前傳》，（台北：前衛出版社，一九九三年二月），頁三八九。

別，我們人類大致是彼此相同的。同樣的慾望在驅策著我們，同樣的恐懼在約束著我們，同樣的雄心在引使我們完成無窮的事蹟，同樣的厭倦和絕望之感時常在征服我們，而且只有那同樣的新生的變化多端的希望才會使我們重新鼓舞振奮。人類的動機和興趣所具有的這種一致性，使我們渴想知道旁人的生活情形，因為曉得了旁人的種種努力和衝動的性質，可以使我們對自己有更深的瞭解，並且能夠體會自己的生活同旁人的生活之間的交互關係。註三十

對正面人物的描寫還有另一個常見的缺陷，那就是只寫成功的事蹟，對於挫折與失敗則略過不談，使人感覺這位傳主只是命好運氣又不錯，才會事事順利，功成名就。就如龔鵬程對星雲大師的傳記所提出的批評：「他處大爭議中，進行大突破，挫折與困躓其實甚多，其事業亦不盡是成功的。只有著重描述這些失敗與挫折，才能明白成功的艱辛。現在這本傳記寫起來好像什麼問題都不難迎刃而解似的。白璧微瑕，有點可惜了。」註三十一同樣的問題在大陸也有人提起：「現在出版的我國近現代名人傳記中，對傳主的錯誤都很少反應，甚至避而不談。這些作品中的主人公，大都是一出現就那麼成熟，遇事沒有什麼個人得失的考慮，在人生的道路上也沒有什麼不當或失誤，一生的歷史全都是用閃光的圓圈連接起來的。」註三十二

近代中國出版社的那套《先賢先烈傳記叢刊》便是一個明顯的例子，每本書的傳主都是忠黨愛國、擁護中

註三十 陳玉燕：〈略談傳記文學〉，（《自立晚報》，民國六十八年五月十一日），第三版。

註三十一 龔鵬程：〈評《傳燈：星雲大師傳》〉，收於《年報：一九九六年龔鵬程年度學思報告》，（嘉義：南華管理學院，一九九七年十二月出版），頁五六六。

註三十二 林君雄：〈傳記文學的真實性與藝術性〉，（上海：《文匯報》，一九八九年六月二十七日），第四版。

央的典範。事實上這只是整體現象的縮影，筆者讀了這許多本傳記之後，有時候會覺得十分厭煩。因為每一位傳主都像是戲臺上的正面角色，作者通常會抓住他的某一部份特點來當作全書的中心思想，例如不斷強調他很愛國、強調他熱心辦教育、強調他反共等等。結果使得傳主成了一位扁平人物。其實深究起來，作者也有不得已的苦衷。他除了要面對家屬的壓力之外，還要面對社會的期待。我們知道，他傳與自傳的情況不同，自傳可以寫自己認為對的事情。雖然有時候難免會有一些顧忌，但畢竟不如為別人寫傳那麼縛手縛腳。他傳的最大問題在於，讀者介入的情況太深。大凡一部文學作品寫成之後，讀者會以自己的經驗去想像書中的人物，或當時的情境。所以紅樓夢中的賈寶玉與林黛玉，只要拍成電影或電視，總有人覺得不像，因為他心中早已有了想好的人物形象。

而傳記寫的卻是已經實際發生過的事情，所寫的通常又是大家耳熟能詳的名人。而這個人也許早已由國家的宣傳機器或是由唱片公司塑造成某種特定的形象。讀者在讀這個人的傳記的時候，便會拿書中描寫與自己的經驗做比較。有學者認為：

> 人類的經驗大部分是過去已形成的，因此，分析對一部作品的接受，就包括對社會「生活過程」的理解。[註三十三] 一般說來，藝術可以給人一種幻想的滿足，而人的思想與行為方式在此過程中受到影響，從而排除了真實的社會滿足。因此研究文學的接受與消費，不僅針對基本的文學問題，也有助於對社會的分析；因為它包括對一些文學因素的驗證，「在純粹的外部力量之外，經由它們的心理力量，培養一種社會的保守與滯緩的

註三十三 Robert C. Holub 著，董之林譯：《接受美學理論》，（台北：駱駝出版社，民國八十三年六月一版），頁五〇。

功能。」[註三十四]

因此對某些人來說，他們會喜歡這幾本官方說法的蔣中正傳記，因為其中所表達的觀點和事件說法，都是他們長期以來所相信，或是被教育得必須相信的。讀者會把宣傳當作事實基礎，而將新出版的傳記拿來互相印證，以獲得滿足。因此周玉蔻寫《蔣經國與章亞若》，便曾因為書中的蔣經國形象與大眾的印象不符合而遭讀者怒罵，說要將她槍斃[註三十五]。

以讀者對傳記的反應來看，一本好的傳記在人物的描寫上要有以下幾個條件：

一、傳主的性格要夠強烈，這樣的傳主才會做出一些不同流俗的事來，如葉公超、劉其偉。畢竟傳記的內容必須由傳主來決定，他本身的個性強烈，自會吸引讀者的注意。因此有學者曾提出：

> 托馬舍夫斯基斷言，「有的作家有傳記，有的作家沒有傳記」；就在於「歷史上並非每個作家的性格都能引起觀眾的興趣」。只是由於「富有創造力的個性」的出現，才使作家的名字和性格在我們的感受中扮演了一個角色。而在這種情況下，作家創造的（或者可能被後人創造的）傳記便成為「文學的事實」。因此，對一個作家充分的閱讀，不僅依靠分析形式上的策略；還需要讀者的感受，理想的傳記是本文與讀者之間的基本中介。[註三十六]

註三十四 同上註。

註三十五 見《蔣經國與章亞若》後記。

註三十六 ，同註三十三，頁二一三。

這段話雖然是針對作家、作品與讀者三方面的關係而言，但也點出了一個新的關切方向，即傳記中的傳主個性必須要能引起讀者的興趣。

二、傳主的際遇起伏甚大，作者才有糾葛或衝突可以運用，情節也才能夠吸引人。這也就是為什麼一些革命先賢的傳記，將重點置於革命的事蹟，也許只有二、三年。之後便安穩地做官，書中只佔了三、四頁，但卻是他人生大部分的時間。

至於傳主的人生際遇要很悲慘還是很成功？哪一種才會吸引人呢？其實不一定，因為，

第一、傳主的人生若很悲慘，則可以對讀者產生所謂悲劇的情感淨化作用，自然會受歡迎，只要小心不要把他寫成令人瞧不起的丑角就好。例如白冰冰的傳記，其人生遭遇之坎坷，任誰看了都會一掬同情之淚。

第二、傳主的人生如果很成功，那更好，因為讀者會想知道他有什麼生活習慣而向他學習，希望自己也能成功。

總而言之，傳記本有教育與宣傳的功能，當作者不自覺地想要運用這個功能來達到其教育民眾的目的時，自然會盡量將傳主寫成一個值得學習的榜樣。也就是說，傳記不只是一種拿來欣賞消遣的無用的東西，而是一個能夠深深打動與影響人心的強而有力的工具。因此對作者來說，傳記的重點有時並不在於傳主的人生，而在於這個人生傳達了什麼樣的意義。此時，若將傳主寫得平淡無奇，自然引不起讀者的興趣，必須將傳主的性格塑造得鮮明突出，才有可能在讀者心中留下印象，進而達到作者的目的。「在這種情況下，作家創造的（或者可能被後人創造的）傳記便成為『文學的事實』。」若再配合上材料的選擇這個因素，傳記與真實似乎漸行漸遠。

（二）反面人物

傳記中若有反面人物出現，可以使傳記看來更為緊張刺激。作者們也都了解這一點，例如謝霜天在《耿耿此心在——翁俊明傳》一書的序文中特別向讀者致歉：

> 由於篇幅的限制，沒有在書中特意安排反面人物。在缺少「衝突」的故事進行中，氣氛稍嫌平淡，這實在出於不得已。[註三十七]

這部份可由兩方面來談，一是傳主本身被設定為反面人物；二是傳主所對抗的對手被設定為反面人物。第二點將在次要人物一節中論及。

就第一點來說，例如民國六十五年出版，由鍾華敏等人所編著的《妖姬江青平傳》，便是把江青定位在反面人物來寫。書中敘述她如何爭權奪利，又頭腦不清地定了許多規定，好記恨報仇。此書引用了許多如「人民日報」等大陸方面的資料，在當時的環境下，絕不可能是台灣作者所寫的，應該是修改翻印自大陸作品。

又如楊者聖所著《金權夫人宋靄齡——掌控民國權錢政治第一人》也是，此書中的宋靄齡貪財到瘋狂的地步，利用各種機會干預政治，從中圖利自己。不僅如此，書中的蔣宋孔陳四大家族成員中，除了宋慶齡外幾乎沒一個是好人。一般來說，大陸出版的傳記中，提到國民黨高層通常都是以反面的角色出現。

又如靜思《辜顯榮傳奇》[註三十八]，此書由前言至編後語均十分明確地在將辜顯榮描繪成一位為了升官發財，不惜犧牲普通百姓甚至國家民族利益的惡人。如靠日本撐腰，壟斷台灣各種產業（糖、漁、樟腦、鳳梨、草蓆

註三十七 謝霜天：《耿耿此心在——翁俊明傳》（台北：近代中國出版社，民國六十六年十月初版），頁五。

註三十八 靜思：《辜顯榮傳奇》，（台北：前衛出版社，一九九九年十月初版）。

草帽）；又與大陸軍閥勾結（陳炯明、段祺瑞、馮玉祥）；甚至說他是「日本侵略主義的大幫兇」[註三十九]，政經並行以創造自己的財勢與權勢。

（三）爭議人物

所謂爭議人物，乃指傳主在歷史上未有定評，且往往是擁有正反兩極化的評價，例如毛澤東與蔣介石。

在這方面最明顯的例子是蔣介石，他在台灣早期出版的傳記中乃是一位胸懷坦蕩、光風霽月的民族救星。可是在對岸的傳記中，他卻是集各種人類缺點之大成。例如程思遠：《白崇禧傳》，這位作者曾任白崇禧的機要秘書，因此書中對白崇禧是極力推崇的。但是只要提到蔣介石，便幾乎沒一句好話。例如

> 崇禧在廣州頤養園與李宗仁聊天，白崇禧說：「你對蔣先生的印象如何？」「我對他的印象一是過於嚴肅，二是勁氣內斂，三是狠。古人有句話：『共患難易，共安樂難』，像蔣先生這樣的人，恐怕共患難也不容易！」李宗仁說。[註四十]

就算是什麼事也沒有，作者也要消遣一下蔣介石，如這樣的句子：「一天，蔣介石一面看著劉峙發來的電報，一面用手猛擦他的光頭對白崇禧說……」[註四十一]。即使本書的政治立場如此明顯，作者仍然以為自己在實事求是，他在後記中說：「本書以實事求是的態度，如實反映白崇禧的畢生經歷，對人論事，作者從不輕下判斷，而寧願

註三十九 同上註，頁三五二。

註四十 程思遠：《白崇禧傳》，（台北：曉園出版社，一九八九年八月一版），頁五一。

註四十一 同上註，頁六一。

請讀者運用自己的智慧去作結論。」[註四十二]同樣的情形也發生在毛澤東身上。在大陸出版的毛澤東傳，均將他塑造成天縱英明又好讀書，而台灣則僅有一些批評的雜文，沒有專門為毛澤東寫傳。最近曾掀起一陣毛澤東熱，所出版的書籍，大多是雜文，且均為大陸作品。

除了蔣毛之外，李登輝也是一個相同的例子。如前所述，在他早期的傳記當中，李登輝被描寫成有如當年的蔣介石一般睿智。但在其主政後期，由於政治路線日趨明顯，批評之聲也漸漸出現。例如許漢《李登輝的七十年——李登輝評傳》[註四十三]，便不斷強調他剛愎自用，曾加入共黨，將其描寫成一位自私、無知、高傲、好權的人。

我們若回到傳記寫作的原點來探討此一現象，一位作者事實上須將散落各處的資料蒐集齊全，方能重現傳主面貌。也就是說，在所有資料都到手之前，他並不能肯定傳主的性格，曾做過哪些事?胸懷是否光風霽月或卑鄙無恥?但是有些作者，抱持先入為主的觀念，以某個特定角度為全書的主旨。於是他專門蒐集某方面的資料，來歌頌或謾罵傳主，並且刻意忽略其他可能與主旨相反的資料。於是我們會看到同一位傳主，在不同的傳記中，竟有完全兩樣的性格。而且經常是非善即惡，差距甚遠。更糟的是，這樣的描寫方向，通常還是國家定了調的角度，於是傳記失去了自由與超然獨立的精神，也開始為政治服務。

除了資料的篩選會造成傳主性格不同之外，歷史還可以因為觀看的角度不同，對同樣一件事產生完全不同的解讀。例如共產黨認為大陸解放了，而國民政府認為是淪陷了。兩個詞語均指政權輪替這個事實。這種沒有

註四十二　同註四十，頁三三一。
註四十三　許漢：《李登輝的七十年——李登輝評傳》，（台北：開今文化事業有限公司，一九九三年三月初版）。

人說謊，但是感覺完全不同的文字手法，在個人生命史的敘述上，也同樣會發生。

面對這樣一人多傳且論點迥異的情況，由學術觀點來看，反映出作者態度不客觀，將個人好惡或政府觀點放入書中，導致傳記只追求片面的解釋，忽視了歷史真實，這是應該予以批判的。但是由社會的角度來看，卻也可以看出傳記作者，有時受到時代與環境的制約，經常得做出二選一的抉擇。

二 次要人物

所謂次要人物乃是指除了傳主以外的任何人物。我們必須了解，傳記有個寫作上的特色，那就是傳主必須佔據最大的篇幅，其他任何人或事敘述的長度絕不能超過他，否則便會造成文不對題的情況。畢竟這是某人的一生，其他人只是在他生命中的過客，碰巧必須提到而已。如果傳主夫人的事蹟說得太多，會成為傳主夫人的傳記，那乾脆將題目改過重新出版。

而在傳記之中，傳主的配偶通常是作者不得不交代，但又不能提得太多的次要角色。在民國五十九年，李家祺便說過：「中國雖有數量龐大的傳記，然對傳主的婚姻生活情形，絕少述及。……這說明，由於婦女地位在中國絕大多數朝代，不為人所重視，因此在傳記裡，也無形中減低了應有的位置。祇鼓勵提倡作一個『烈女』罷了。」[註四十四]

例如陳春生的《新文化的旗手——羅家倫傳》[註四十五]，此書將羅家倫的一生敘述完畢，在他死了之後，才於

註四十四 李家祺：〈新傳記學的特點：婚姻與健康〉，(《大華晚報》，民國五十九年二月二十三日)，第八版。
註四十五 陳春生：《新文化的旗手——羅家倫傳》，(台北：近代中國出版社，民國七十四年九月初版，《先烈先賢傳記叢刊》)。

最後一章略提他的夫人及婚姻。

其實次要人物如果運用得當，有時能夠產生感人的效果。例如楊渡《鐵腕金融情——何顯重的一生》，此書由其夫人的角度切入，在傳主過世五年後，以其夫人的回憶開始，也以其夫人的回憶作結。由於情感真摯，讀來十分動人。

次要人物有時會對傳主的一生產生重大影響，但是如何安排他們上場？卻是個需要相當功力方能處理的問題。在這個問題上，陸鍵東的《陳寅恪的最後二十年》[註四十六]筆者認為處理的很不錯。此書在各章之中再以一、二、三來區分段落，可以很方便地區分時代背景與傳主個人的事蹟。不會混淆不清，也不會為了清楚說明各個事件而使章節分得太細太多。而每一章的「一」的部份通常就是一位新的人物上場，並預先作簡短介紹，再將此人與陳寅恪的互動說出來。由於每個人有不同的性格與背景，所以讀者會期待傳主與此人之間究竟會發生什麼事。而且實際上他們也是在不同的時空下分批進入傳主的生命中的。這種寫法是流浪漢小說的運用，傳主在他的人生旅程中不斷與他人相遇，並且迸出一些火花，再穿插進當時的時空環境描寫，就更加吸引人。例如這本傳記詳細敘述及解釋中共在大陸上所進行的一連串政治運動，然後再說出傳主在當時的遭遇。由於當時的情境十分險惡，不禁使人擔心目盲瘦弱又不合時宜的陳寅恪該如何渡過這段日子。

一般來說，夫人通常是次要人物，但是也有例外。例如余宜芳《宇宙遊子——柯錫杰：台灣現代攝影第一人》[註四十七]，傳主的前妻毫無疑問是個次要角色，書中的她只會要錢、生小孩、疑神疑鬼、又不懂藝術，簡而言

註四十六 陸鍵東：《陳寅恪的最後二十年》，（台北：聯經出版事業公司，一九九八年一月初版）。

註四十七 余宜芳：《宇宙遊子——柯錫杰：台灣現代攝影第一人》，（台北：天下文化出版股份有限公司，一九九七年十月一版）。

之，是個庸俗的女人。不論傳主或作者，似乎沒有人關心她的感受。反觀他的第二任太太，不僅在書中有十一張彩色照片，甚至連岳母都有一張。書中有兩章幾乎都在講這位太太的舞蹈事業，以及她內心的掙扎等等。任誰都看得出來，他的第二位夫人對這本傳記一定提供過許多意見。

次要人物當中，自然也會有反面人物出現。在傳記中，只要是傳主的對手、敵人、或任何與他過不去找麻煩的人，作者都可以將其寫成毫無一絲優點，人面獸心沐猴而冠的惡人。不過所謂的反面人物並不一定是一個人，也可能是一個團體，或只是象徵性的一個符號代表。例如《余登發傳》中的「國民黨」，便是傳主一生對抗的最主要敵人。在書中的國民黨會羅織罪名抓人，會任意制定與曲解法律，會收紅包及回扣，會為了自身權力的鞏固而操縱選舉結果，甚至余登發最後的離奇死亡，作者也覺得和國民黨有關。這裡的國民黨並不是針對哪一個人，也不是單指蔣氏父子等高層，或是與余登發互動最多的國民黨高雄縣黨部。而是指每一個在國民黨控制之下的單位，包括司法院、監察院、警總、省政府、各級黨部、地方派系等，幾乎任何與國民黨有關的人都不是好人。

在對岸的傳記中，「國民黨」三字也常是恐怖與落伍的代稱。例如毛毛《我的父親鄧小平》一書，便把國民黨及蔣介石寫得一無是處，甚至還說，向國民黨投誠的共黨人士乃是「千古罪人，死有餘辜！」註四十八

類似的例子如范韻詩的《毛振翔傳》，毛振翔是一位天主教神父，留學義大利、瑞士、法國，曾在大陸、台灣、美國三地工作傳教。而傳主雖然是神父，但事實上此書對天主教本身似乎是毀多於褒，毛神父一直是孤身

註四十八 毛毛：《我的父親鄧小平》，（台北：地球出版社，民國八十二年九月一版），頁一五八。

一人對抗整個龐大的教會。書中描述他不斷遭遇來自教會的各種阻撓，而他也不斷克服困難，貫徹他的理念，尤其是反共的信念。在此書中的反面人物乃是所有與他過不去的天主教神職人員。

又如阮日宣所寫的《趙麗蓮傳》[註四十九]，書中的日本人個個都是喪心病狂的禽獸，只要提到日本，便是罪惡與無恥的代稱，趙麗蓮的夫婿及婆家也都有虐待狂的傾向，比如趙的先生會拿鐵架揍她，而趙麗蓮本人則是善良正直又愛國的。筆者以為作者這樣安排人物性格，有助於讀者進入狀況，儘快融入故事之中。所以我們甚至可以說，傳記的世界經常是善惡分明的，有如兒童文學般單純。

作者在描寫次要人物之時，也必須時時在心中提醒自己，「所有的次要事件和人物的運用，其目的都只能是為了使作者對於主人公的描繪更為完滿而週密。」[註五十]否則就是喧賓奪主了。

徐訏曾提過一個理想：

> 羅勃脫・司蒂文生有一句常常使我想到的話，說：「人物在我創作中，他往往不聽作者控制自己自動的行動起來。」傳記文學的人物，我想必須使他自己行動，自己表現，自己發揮才對。傳記的作者毋需加任何按語，讀者就其所傳者的行為就可以認識這個所傳的人是甚麼樣人，這才是所謂文學的傳，才是傳記的文學性。[註五十一]

註四十九　阮日宣：《趙麗蓮傳》，（台北：文會書屋，民國四十六年九月初版），頁一一九。

註五十　陳玉燕：〈略談傳記文學〉，（《自立晚報》，民國六十八年五月十一日），第三版。

註五十一　徐訏：〈談現代傳記文學之素質〉，（《自立晚報》，民國六十一年三月五日），星期文藝版。

此處更深入探討文學的作用，已經脫離了以往的觀念，認為傳記中的文學性就是在無關緊要的地方加上一點想像，而是以小說塑造人物的標準來要求傳記作者。既然傳記想要與其他文體並列於文學之林，那麼以小說的標準來要求它並不為過。雖然能夠做到的作者並不多，但是希望將來的傳記均能達到這樣的水平。

第二節 背景與事件的處理

對背景與事件的處理也是傳記作者需要面對的一個難題，若是將背景與事件敘述過多，便會成為歷史而非傳記。但若是說得太少，又擔心讀者會看不懂。在份量上如何拿捏，便是第一個大問題。早期的傳記對時代背景處理的不大好，如民國四十八年出版的《民族戰士邱清泉》，此書第一章便是很糟糕的背景描寫。其第一章便題為「時代背景」，下分為三小節：「民族革命之大時代」、「第一民族大敵：日本帝國主義」、「第二民族大敵：蘇俄共產帝國主義」。例如第一小節第一段便說：

我中華民族立國於亞洲大陸已五千年，廣土眾民，文化燦爛，以王道與鄰邦相處，實為世界上迄今巍然讀存之文明古國。降至十九世紀中葉，西方新興之工業國家，以其產業發達，極力向外拓展，爭奪商品市場及原料產地，藉其堅船利砲，擊破我國之閉關政策，於是西方帝國主義之侵略洪流，洶湧而來，實當時專制腐敗之滿清政府無法抗拒，始而侵佔我藩屬，繼而割裂我領土，破壞我主權，迨至二十世紀之初，各自劃定其在我國之勢力範圍，進圖瓜分。五千年之文明古國，至此淪為次殖民地，我中華民族之生命，亦不

絕如縷。註五十二

之後就開始寫國父革命的經過，蔣公創辦黃埔軍校等，像這樣的背景介紹，試問有何意義？與傳主又有什麼關係？若只是一、二段那倒也無妨，問題是它佔了整整一章。類似這樣總敘天下大勢的開場在早期甚多。早在民國四十三年，朱介凡便提出：「凡屬一件事物的敘述，總要多注重在人的經歷，才易於使聽受者感到深刻印象。」註五十三而像這樣以歷史為主，傳主為輔的傳記，便是忽略了這一點。

由於背景資料通常很瑣碎，作者如果離開傳主去處理這些部份，一不小心便會離題。最佳的處理自然是刪除不必要的枝節，但若還有必須提到的，作者便必須想辦法交代。例如謝霜天《虎門遺恨——朱執信傳》註五十四，此書中比較特殊的地方在於，作者常用破折號來交代一些煩瑣的背景資料。如頁九十七

> 廣東局勢已經不可收拾，朱執信只好在香港稍作停留，並竭盡所能作一番適當的安排。
> ——命李福林保存實力，以待來日。
> ——命令汪希文及汪宗準充當李耀漢的幕賓，以便日後策動討袁。
> ——派人到廣州接出家眷及弟弟朱秩如，以免遭袁黨毒手，或藉以要挾。

對背景與事件的處理上，還存在著這樣一個錯誤的認知，便是以為這些並不是傳主的生平，因此可以在這

註五十二 邱子靜：《民族戰士邱清泉》，（拔提書局，民國四十八年一月台一版），頁一。
註五十三 朱介凡：〈談人物傳記〉，《晨光月刊》，民國四十三年九月，二卷四期），頁十一。
註五十四 謝霜天：《虎門遺恨——朱執信傳》，（台北：近代中國出版社，民國六十八年五月初版，《先烈先賢傳記叢刊》）。

些地方加入一些作者的想像，以符合傳記「文學」的要求。在民國三十二年出版的《傳記與文學》一書中，作者曾經這樣說過：「為了文章起見，某些幻想有時又是可以被容納的。譬如說我們寫陸放翁的傳，……他入川曾過巴山巫峽，他寫的入蜀記雖未細寫過三峽風光，但他所見的三峽和我們所見的三峽決不會有著太大的分別，那麼我們在寫他的傳時，寫幾句三峽的奇麗如何進入他的眼簾，也不算過分。」又說「我們可以把這樣的幻想叫作『合乎邏輯的』幻想。」[註五十五]

這樣的推論僅是理論上可行，實際應用起來卻很奇怪，例如林文月的《青山青史：連雅堂傳》一書，其中有一段描寫連雅堂聽郭壽青彈琵琶，便是以極優美的文筆描寫想像中的琵琶樂音：

> 壽青便彈奏水操之曲。不多久，遠方似傳來咿啞之聲，既而有喇叭聲、傳點聲、士卒呼唱之聲由遠而近；忽而又聞砲聲隆隆然，旗聲瑟瑟然，刀聲鏘鏘然，櫓聲悠悠然，風聲水聲蕩蕩然，兩軍激戰之聲轟轟然，有如周郎之火赤壁，岳侯之破洞庭，足以振人尚武。而樂聲正當高潮之時，又突聞畫然一聲，四弦俱寂，只見月光與水光交輝，舟中人都屏息傾耳。雅堂從音樂的陶醉和震撼中醒來，不覺得連連稱讚，並且舉杯酬勞。[註五十六]

如此文采斑斕的片段，不論放在散文或小說中間，都是令人擊節讚賞的。但唯獨擺在傳記之中，似乎就顯得有些扞格不入。為什麼？因為太假了，填補的意味太重，感覺不真實，一望可知是為了傳記「文學」之名而

註五十五 顧一樵主編，孫毓棠編著：《傳記與文學》，（重慶：正中書局，民國三十二年），頁七。

註五十六 林文月：《青山青史：連雅堂傳》，（台北：雨墨文化事業有限公司，一九九四年十月初版，《名人小說傳記六》），頁六一。

刻意加入的想像片段。

她之所以寫出這樣的文字，是基於以下的認知：

「傳記的寫作態度通常有兩種，」她說，「一種是緊握住文獻的做法，史料記載些什麼，今人就開口說什麼，基本目的只是為古事作新注，將官式記錄散文化即可，是以平實作為理想，以徵信作為目標；另外一種，則是摻揉歷史與文學的作法。資料上只告訴了後人事件的因和果，我們就要將邏輯的推理和想像力，填充進這些間隙裡去，又是以生動作為理想，以可讀作為目標。」

她認為，前者走的是學術路線，這樣的作品，適宜作為課堂上的補充教材，在對個別人物作專門研究時，可以提供知識上的需求。可是，對於一般讀者而言，可能對不上他們的胃口。後者，卻能使傳記中的角色更形象化，生平更情節化，而主人翁的內心中，屬於非常隱密、非常個別的喜怒哀樂等情緒，也能藉著傳記作者的揣度與同情，又重新甦活於紙面上。當然，想像力的運用也必須有個節制，才不致又流於演義體般的散漫。註五十七

關於這種看法的錯誤，我們可以再舉一例，姚曉天《上海的守護神——謝晉元傳》註五十八，此書前半部像是一本小說，如寫他猜燈謎的過程，以及初戀的故事等等。一看就知道是假的，反而不想看下去。最後一節引用

註五十七 吳橋：〈人性與同情—與林文月教授談「傳記文學」〉，（台北：《書評書目》，民國六十六年十一月，五十五期），頁十四。

註五十八 姚曉天：《上海的守護神——謝晉元傳》，（台北：近代中國出版社，民國七十一年十一月初版，《先烈先賢傳記叢刊》）。

謝晉元的日記，描述困守租界內一愁莫展的情景，十分清楚。反而比之前那些小說片段來得有價值。可見傳記文學不是靠這些虛構的小細節來吸引人。

又如王怡的《俠骨忠魂——鄭士良傳》註五十九，作者為了凸顯傳主的江湖氣概，在書中寫了許多幫會情形，並讓鄭士良講一些幫會中的切口或黑話，以示他十分上道，結果反而把本書寫成一本鄉野傳奇式的武俠小說。

由此可知，學者們經由純理論上的推導，認為傳記文學就是可以在不重要的地方加上想像，結果不但無助於傳記地位的提升，在讀者眼中也成了很奇怪的四不像。史學界也就可以更振振有辭地擎著「真實」的大旗嘲笑傳記中的文學成份。事實上，傳記讀者在意的是資料的新奇難得，而不在意作者填進了什麼想像成份。因此大陸學者劉遠會說：「《魯迅傳》已出了十來部了，若第十一部出版能發前人之所未發，讀者仍有興趣一閱。但即使名家高手突生玄想弄出本魯迅的傳記『小說』來，至少筆者是不屑一顧的。」註六十

可是我們由之前的論述可知，完全遵照史學方法所寫的傳記實在太乾硬，一般讀者根本就難以下嚥，那該怎麼辦呢？其實隨著時代的進步，作者的處理方式也愈來愈不著痕跡。如黃守誠《劉真傳》註六十一，作者文筆很好，處理這本大書並不覺得生硬。如此書第三七六頁，描寫劉真在植物園內與沈宗瀚夫婦的巧遇與對話，便是一例。現在的作家對小說的手法已日漸熟悉，且能自然融入，不像《連雅堂傳》那般生硬粗糙，除非是立意要寫小說，否則絕不會出現一整段想像的對話或描寫。取而代之的是盡可能縮短想像文字的字數，讓它在書中起

註五十九 王怡：《俠骨忠魂——鄭士良傳》，（台北：近代中國出版社，民國七十二年五月初版，《先烈先賢傳記叢刊》）。

註六十 劉遠：〈論世紀之交的傳記文學〉，（哈爾濱：《文藝評論》，一九九六年四月），頁二十。

註六十一 黃守誠：《劉真傳》，（台北：三民書局，民國八十七年十一月初版）。

著潤滑的作用，而讀者是在不知不覺中吃下了這些虛構的部份。

新一代的傳記作家也已經懂得切換視角，用類似電視拍攝的手法來寫傳記，其效果明顯比固定在一個長鏡頭上不斷加添想像的細節要來的好。例如徐剛《范曾傳》，寫文革時的片段：

北京站——那是淒涼歲月中更淒涼的一個去處——人們都由這兒始，從北京給發配走了，范曾也要走了，她去送行，流了那麼多的眼淚，叮嚀著，要范曾保重。與范曾同行的人紛紛為之矚目：「有這麼漂亮的姑娘！」

「愛一個去服勞役的人，談何容易！」

列車徐徐啟動。

揮手。

張望。

汽笛。

命運的車輪無情地轉動著……

范曾到咸陽的第一個月，對方還是頻頻有鴻雁傳書，在那向陽湖畔的無望的日子裡，可以說這是范曾的一點僅有的安慰了。

又來信了。

那麼沈重。

信裡夾著范曾本要當作新房的所有鑰匙——住室的、櫃子的、書桌的。

完了！第二次愛。

寄來的是鑰匙。

關上的是絕情的鐵鎖。

范曾絕望了！

人生何以如此無情！

他走到向陽湖邊，天氣還熱，有孩子們在水裡游泳，他脫下外衣鑽進了水裡，他是希望讓這縹緲的水波撫慰一下心靈呢？還是希望從此得到永久的解脫？他是不會游泳的，他很快跌落在水的深淵中……

他被人救上岸後，忽然大徹大悟了！

只有活著，便有希望！[註六十二]

像這樣以視角的轉換及精簡的文字交代背景與事件，同樣也能達到文學感動人心的目的。

第三節 情節安排與隱惡揚善

傳記是在談論一個人一生的故事，同樣的人生交由不同的人來說，在敘事的安排上自會有所不同。雖然一

註六十二 徐剛：《范曾傳》，（台北：文史哲出版社，民國七十七年十二月初版），頁八九。

本傳記中的人生遭遇乃是由傳主所決定，而不是由作者來創造。但是一個故事說得好，便容易引起讀者往下看的慾望；若是說得不好，當然引不起讀者的興趣。這就要看作者對情節安排的功力，是否能夠高明到扣人心弦、緊張刺激的層次。另一方面來說，在安排情節的時候，必會有所取捨，此時就必須與上一節的人物描寫相結合，作者藉由情節的安排與資料的取捨，可以輕易地將一個人改頭換面，重新做人。例如景文集團董事長張萬利的傳記，便是個明顯的例子。書中的他是個道德無虧的完人，但如今我們都知道事實不是如此。而有些事不好啟口，可是又不能不說，便只好以委婉的曲筆含糊帶過，還要讓讀者能夠領略其中的含意，這就需要相當的文筆了。

在羅秋昭《羅福星傳》[註六十三]中，便將情節安排地十分緊張刺激，作者先將這位主角塑造成完美的好人，使讀者對他產生同情。接著就是殘暴的日本人一步緊似一步的追捕，羅福星靠著機智與運氣一再逃脫。可是日本人不但殘暴而且聰明，一次次安排新的追捕計畫，有如在讀間諜小說一般令人喘不過氣來。

一本好的傳記必須一氣呵成，不要有冷場。丘秀芷的《民族正氣——蔣渭水傳》[註六十四]可說是很好的例子，本書是丘秀芷的第二本傳記著作，與前一本《丘逢甲傳》比較起來有明顯的進步。作者不再用無意義的幻想來補充空白，改以親身採訪及資料的排比，使空白無從產生。

此書另一項優點是，書中雖然記錄許多事件，但均是以傳主為重點，描寫他遭遇何種挑戰，如何面對困難，如何解決等等。再加上情節環環相扣，沒有無意義的過場，讀來十分緊湊。

註六十三 羅秋昭：《羅福星傳》，（台北：黎明文化事業公司，民國六十三年二月出版）。

註六十四 丘秀芷：《民族正氣——蔣渭水傳》，（台北：近代中國出版社，民國七十二年五月初版，《先烈先賢傳記叢刊》）。

曾一豪《吳敦義前傳》[註六十五]，此書證明了即使是選舉用的造勢傳記，寫的也都是做官的履歷，但只要以人為本，情節安排得當，都能有不錯的表現。此書將事件及背景視為情節，每敘述一事，便將它視為一項新的挑戰，先說明此事之難辦，再描述傳主如何苦思應對之道，以及解決或沒有解決，成功或沒有成功，之後再進入下一階段，又有新的挑戰出現。由於是以人的角度來看事情，而不是以史料的角度來看事情，因此會比較生動感人。完全不必要加入什麼風景的描述或小說幻想。當然前提是必須要有詳細的傳主內心資料，如訪談記錄或日記等。

又如曾文誠《綠色阿草──謝長亨》[註六十六]，此書很有可讀性，因為每一章都有一個明確的目標讓傳主去追尋，讀者便跟著經歷傳主所面臨的壓力與挑戰。由於作者將主題掌握的很好，牢牢抓住「人」這個重點，因此對於棒球比賽只挑選出幾場特別有意義的作簡略的介紹，目的在藉由比賽凸顯他所遭遇的困難，並由最後的勝負說明他心境的變化。不像有的棒球選手傳記像是棒球比賽的記錄簿，充滿了幾局幾分等乏味的數字，完全搞錯了重點。

作者在序中說，由於謝長亨不擅言辭，故事說得不感人，所以他寫到：

> 所以這本書我嘗試用另一個角度，在所有運動選手傳記中未曾有人用過的寫作方式，以他成長過程中的師長、朋友、親人來談謝長亨。（無頁次）

註六十五　曾一豪：《吳敦義前傳》，（台北：大村文化出版事業有限公司，一九九四年十一月初版）。

註六十六　曾文誠：《綠色阿草──謝長亨》，（台北：祺齡出版社，一九九五年五月初版）。

或許因為這樣，所有本書會比其他同類型的傳記多了許多資料可供採擷，也就不必抄比賽記錄來充篇幅。有些事情作者不便明講，只好以曲筆來寫。例如朱敬恆《大樹將軍：陳繼承先生傳》，在第四十章有一段說：

將軍每夜讀漢書，當其讀至飛將軍李廣傳，常不禁廢卷而嘆。人或以李廣之數奇不得封侯，譬之於將軍。實則將軍之廢卷而嘆，並非嘆李廣之數奇，乃嘆其一生與匈奴七十餘戰，而且多所斬獲，乃偶以部行回遠而迷失道路，竟不自申訴，而以「不願對刀筆之吏」，自刎於軍中，以致一軍皆哭，而使漢失名將，因之慨嘆他死非其所耳。

雖然將軍行事數亦不偶，然其功業之盛，修養之深，實有足多者。註六十七

在總論傳主一生行誼的時候，忽然提起他每夜讀漢書李廣傳的事，並接以行事數不偶的話，可見這位陳將軍必曾發生某些事情，以致後半生抑鬱而終。但從書中完全找不出任何蛛絲馬跡來，因為書中的將軍乃是位洞燭機先的常勝將軍，從沒有任何失意或失敗的描寫。在一位事事順利的將軍一生結尾之處，出現這樣傷感又憤懣不平的一段話，實在是插入得十分突兀，其突兀的程度甚至可以用刺眼來形容。任何人都看得出來這是作者有意的安排，在之前那一整本成功人士的傳記中，他已經盡了一位替人美言的傳記作者應盡的責任；最後這一段話，

註六十七 朱敬恆：《大樹將軍：陳繼承先生傳》，（台北：七十年代出版公司，民國六十三年十月初版），頁一八二。

則是他必須讓讀者了解的真相，但又不能直說，因此才用這樣強烈的形象描寫，以與前面的敘事產生映襯的效果。由此可以發現，有人寫傳記會「自圓其說」，把歷史做有利於自己的解釋。還會「避重就輕」，避開不知道的，挑知道的事情寫，反正結局一定是死，只要最後寫到這裡就可以了。

如姜龍昭《英風遺烈——田桐傳》[註六十八]，田桐曾經於民國十四年在河南參加軍閥馮玉祥的部隊，作者在書中巧妙地稱馮的部隊為「中華民國國民軍」，又說他與吳佩孚的軍隊作戰，雖然都是事實，但對近代史不熟的讀者，若不仔細看還以為田桐是在國民黨的部隊效力。實際上當時蔣中正尚在廣東還未北伐，這應算是一種曲筆。

而胡玉衡《九邊處處啼痕——吳祿貞傳》[註六十九]也是，此書可以說是一本近代史，吳祿貞本人的事蹟甚少。幾乎都是國民革命的歷史，吳本人出現的機會不多，在「武昌起義」一章中，甚至找不到吳祿貞的名字。偶而出現的場合，又往往以小說描寫呈現，結果便顯得有些可笑。如頁二十五寫他一個人站在甲板上時，心中所湧上的愁緒。又如描寫他與馬賊交往的情形等。也許是因為吳祿貞本人流傳下來的事蹟資料不多，因此就多寫當時的歷史。而好不容易有資料的地方，就以小說方式呈現，可增加篇幅。不過作者對清末的歷史十分熟悉，有些歷史事件，他分析事件的前因後果，寫得很仔細。所以此書大致是由三種內容組合而成，一是純粹的歷史敘述；一是以吳祿貞為主角的小說場面；一是吳參與過的歷史事件。

吳祿貞在推翻滿清之前便已遇刺身亡，身前曾準備響應革命，因此被列入烈士之林。但由書中的事蹟看來，似乎人品不怎麼樣。作者也兩度提及此人頗好色（頁三九、四十），他曾說：「自古英雄多好色」。一生也都在清

註六十八　姜龍昭：《英風遺烈——田桐傳》，（台北：近代中國出版社，民國七十三年三月初版，《先烈先賢傳記叢刊》）。

註六十九　胡玉衡：《九邊處處啼痕——吳祿貞傳》，（台北：近代中國出版社，民國七十二年十月初版，《先烈先賢傳記叢刊》）。

朝為官，並曾花兩萬兩銀子買官來作。這樣的人要將他寫成值得青年效法，作者也實在有難以下筆的困難。因此本書會以這種面貌出現，也是有它的道理的。

第四節 心理描寫

描寫人物若不兼寫其心理，似乎不夠完整。不過他人代筆的傳記若直寫心理，容易給人虛構的感覺。近年來由於傳主口述，作者代筆的作傳方式盛行，因此由傳主自己口中所說的心中想法，自然就不是虛構了，也很自然地解決了這個問題。

而作者們通常會利用心理描寫來做幾件事情，第一是用來交代或補充背景資料。例如林文月《青山青史：連雅堂傳》，描寫連雅堂回憶早年的紅粉知己，藉以帶出這位女士的出身介紹，便是一例：

酒醉肴飽，賓主盡歡。踏著月光回到客寓，酒量不甚佳的雅堂竟覺得有些暈暈然。月光從窗口照射進來——他沒有開燈，一任似水般的銀光瀉落在床前、桌上。此刻，他禁不住沈湎在回憶裡，沈湎在不可思議的人生聚散的回憶裡……

記憶退回去，退回到八年前。

八年以前，王夢癡是台北娛樂界的佼佼者。……[註七十]

註七十 林文月：《青山青史：連雅堂傳》，（台北：雨墨文化事業有限公司，一九九四年十月初版，《名人小說傳記六》），頁一三五。

接下來便敘述這位王夢癡與連雅堂相識的經過，作者運用心理描寫的手法，巧妙地將不方便在前面章節敘述的事情，交代清楚。畢竟本書是編年式的傳記，隨著頁數的增加，時間也不斷往前邁進。若要插敘以前發生的事，難免會讓讀者有時空錯亂的感覺。可是此人還會再出現好幾次，若不介紹他們倆人的關係，許多細微的情感讀者又無法體會。因此利用這種手法來交代。

另一種是將敘事與心理描寫結合，如羅光的《陸徵祥傳》描寫陸徵祥於修院中行「更衣禮」的過程，便寫得相當好。這本是一項很枯燥乏味的典禮儀式，但作者卻能寫得十分動人。他首先交代這個禮儀的過程，以使讀者了解：

去年十月四日，我作客聖安德隱院時，曾見一次「更衣禮」。半明半暗的大廳內，周圍立著全院修士，院長坐於正中高座。將更衣的青年，跪於廳中。院中執事，向院長聲請准與更衣，院長眾人一齊祈禱。將更衣的青年，俯身伏地，以示自己死於前生。起來時，即脫去俗服，從院長手領著會衣，週行與全院會士行親吻禮，新生於世外的家庭中，回身再恭聽院長的訓詞。

若只是死板地描寫典禮的進行過程，當然很無聊，因此作者先將典禮過程以他曾看過的相同儀式交代一遍，接著說：

一九二七年十月四日，中國前外交總長陸徵祥，俯身伏在聖安德隱院地上時，他心中想著什麼呢？他想著苦讀的方言館，想著冰天無情的彼得堡，想著古色衰頹的北京，想著湖山明秀的益達別墅，他尤其憶念慷慨磊落的許文肅，憶念聰慧多情的培德夫人。在幾分鐘內，把五十六歲的生涯，順眼看過，埋之於心。立起身來時，他已換了名，他叫天士比德。身上已穿著由頸及踵的青袍，兩袖寬鬆，胸前直垂一青布胸帶，頸後掛一風帽。昔日向上翹的菱角鬍，向下飄的詩人鬚，都已連根不見了。南文院長訓話時，尚稱他為「尊座」（Excellence）然這已是最後一次的尊稱了；以後院長將呼他為比德兄弟。註七十一

有的傳記由於訪問的不是傳主本人，因此所寫的是受訪者的心理狀態，例如楊渡《鐵腕金融情——何顯重的一生》第一節〈記憶的翅膀〉，便是傳主夫人的心理描寫：

一九九九年開始，當聞秀華在懷恩堂的聖樂聲中，想起丈夫何顯重的時候，心中有一種解脫般的安靜。安靜的思念。

這是星期日的早晨，距離何顯重去世已經五年多了。

冬天的早晨難得有這麼美好的陽光，新生南路上沒有平日煩亂的人群，疏落空洞的馬路，只有車輛偶然行過。教堂外的行道樹在陽光中搖曳，她感到一種心安的平靜。

「畢竟，是這樣美好的音樂，送走了顯重。」她在聖樂聲中這樣想著。現在，她回想起多年以前，和何顯重相遇的日子，竟也是明亮多於陰暗，在這樣充滿陽光的日子裡。

在陽光燦爛的日子裡，記憶也跟著晴朗起來。不再是他帕金森氏症後期的模樣，那溼潤的眼睛，寂寞的聲

註七十一 羅光：《陸徵祥傳》，（台北：臺灣商務印書館，民國五十六年八月初版），頁一三八。

音，在房間裡呼喚著自己：「秀華，你快來呀！」那平日呼風喚雨、帶著官員在金融界折衝、和大企業談判、和外商周旋、為金融危機召開會議的丈夫，多麼像一個倚賴的孩子。生命是如此渺小有限，而病痛竟可以這樣折磨人！

但這些都太悲傷。記憶經過時間的淘洗，留下更純粹的質地。彷彿生命的種種瑣碎都可以捨棄，只留下青春的最初，留下甜美的、纏綿的、明朗的、優雅的最初。

記憶用自己的翅膀，飄忽回到更遙遠的整整五十多年前的南京。那時，只有二十六歲的何顯重用一雙年輕靈敏的眼神，等待在站牌下，每次都穿著一樣深藍色的西裝，用明朗的笑容，迎接她的到來。

在二次大戰後，剛剛從屠殺中復甦起來的南京，她和何顯重的相遇，有如亂世的年輕情侶。像所有戀人般有說不完的話，約會、看電影、上館子、為一點小小的外快而開心慶祝，在那純真的年代。註七十二

這樣的心理描寫，忽而在現代，忽而是病重的情景，忽而又回到五十年前，這是標準的意識流敘事。作者不按照時間順序寫作，而是依照人類心理狀態隨時可以跳接不同時空的特性，將發生在幾個不同時間與地點的事情連結起來。這樣的手法用在傳記之中並不會顯得突兀，反而覺得十分貼切真實情況。因為它符合了另一種真實，也就是心理上的真實。

事實上，作者有時根本不用去憑空想像傳主的心理，只要外在的表情掌握得好，一樣可以清楚地表達傳主心中的想法。例如林太乙著《林語堂傳》，書中曾試著揣測林語堂的心理狀態，如寫到她母親常會提起林語堂曾

註七十二 楊渡：《鐵腕金融情——何顯重的一生》，（台北：商業週刊出版股份有限公司，一九九九年九月初版），頁五四。

喜歡過一個名叫錦端的女孩子，

> 母親說著就哈哈大笑，父親則不自在地微笑，臉色有點漲紅。我在上海長大時，這一幕演過許多次。我不免想到，在父親的心靈最深之處，沒有人能碰到的地方，錦端永遠佔一個地位。[註七十三]

如此簡單的一個表情，林語堂的心思我們還會看不出來嗎?作者不需要杜撰，也不需要任何心理分析的訓練，只要將人物外在行為確實掌握，便能夠傳達傳主的內心世界，這就是文學手法。

史學界有所謂的「心理史學」（psycho-history），「基本上強調無意識或潛意識動機對人類行為的影響，由於佛洛伊德的理論盛行，它有時更注重早年或幼年經驗對一生精神狀態和性格的決定性作用。」[註七十四]此點或許可作為傳記作者的參考。

第五節 瑣事軼聞

瑣事軼聞的記錄，可以使傳主更貼近一般讀者，使他們更具人性，也更容易使讀者興起仿效之心。因為這些身邊的小事是隨時隨地可以做到的，不像開創數億元基業那般困難。而且大凡一本傳記總是將傳主塑造成正面人物居多，作者致力於描寫傳主堅忍不拔、愛國愛鄉的偉大情操之時，很容易會把傳主寫成一尊立在廣場上

註七十三 林太乙著：《林語堂傳》，（台北：聯經出版事業公司，民國七十八年十一月初版），頁二七。

註七十四 王克文：〈人物傳記與近代史研究〉，（《近代史學會通訊》，民國八十六年六月五期），頁四五。

舉手微笑的黑色銅像，既僵硬又虛假。此時若有了這些細微小事，人物才不會流於扁平。

如周開慶的《盧作孚傳記》[註七十五]，描寫傳主早年為了節省梳頭時間，都剃光頭。後來才學梳頭。並在公司內提倡「布衣運動」，都穿麻灰色布制服，自己就帶頭穿。凡此種種皆能讓人領會其節儉與省時的一面。

如果作者所蒐集到的各種瑣事軼聞頗多，放棄很可惜，但是又難以安插在傳記的敘述脈絡之中，通常的做法是將這些小故事集中在最後，獨立成為一或二章，專門來放這些如生活習慣等小事情，以免對正文造成影響。一方面也可以滿足讀者喜歡看名人瑣事的慾望。例如趙正楷編述的《徐永昌傳》[註七十六]，第二十七章便將一些瑣事集合在一起，以見其修養、處事態度、論事等等。

又如楊仲揆《中國現代化先驅——朱家驊傳》[註七十七]，此書主要在介紹他歷任的各項職務，以及他在任上的作為及貢獻。但最後兩章則完全為私人瑣事的記載。

《蔡萬春的奮鬥人生》一書也值得一提[註七十八]，此書形式上較特殊的地方在於，每兩頁便在版面的最左邊隔出一小塊空間，放入一小段瑣事軼聞。如此既可處理掉無法入章節的瑣碎資料，又可以增加此書的趣味性。這乃是類似雜誌的編排手法，在版面中插入一小塊專欄文字，與正文沒有多大關係，卻不會影響讀者閱讀正文的思路，作者也不必費心去想該如何將這些事排入章節。

註七十五 周開慶：《盧作孚傳記》，（台北：川康渝文物館，民國七十六年四月初版）。

註七十六 趙正楷編述：《徐永昌傳》，（山西文獻社，民國七十八年二月初版）。

註七十七 楊仲揆：《中國現代化先驅——朱家驊傳》，（台北：近代中國出版社，民國七十三年十一月初版，《先烈先賢傳記叢刊》）。

註七十八 編輯部：《蔡萬春的奮鬥人生》，（台北：儂儂出版社，民國八十一年十月第二版）。

也有以瑣事為主來寫書的，例如符兆祥的《葉公超傳》[註七十九]，此書重視身邊小事，在大的歷史背景下，敘述葉的私人生活。從這許多小故事，可以清楚看出葉公超早年的得意神態，及晚年的抑鬱寡歡，由書中的瑣事可知，葉公超雖然脾氣壞卻又是性情中人，個性狷介不群、直率、恃才傲物，有「少爺」脾氣。上班西裝革履，回家好穿絲質睡衣、繡花拖鞋，好美食，風流韻事不斷，英文造詣高。後因意見與蔣中正不合，臨時由駐美大使任上被召回。晚年最愛的中堂是「讀史難通今日事，聞歌不似少年時」，晚景十分堪憐。由於傳主神情躍然紙上，故值得推薦。可能也是因為葉公超的性格極強烈，故容易吸引人。

作者能夠這樣寫，最主要是因為有許多人寫過對葉公超的回憶。作者在此書後記中有提到，在寫作之前，坊間已有許多有關葉公超的論著；加上葉公超的妹妹在大陸蒐集了許多當地人懷念葉公超的文字，所以作者能夠擁有兩岸的資料，寫起來就容易得多，也才能不重歷史重瑣事。但軼事集僅能作為材料，還需要進一步整理才是傳記，本書作者便整理得不錯。

有時也會利用這些瑣事，稍微透露一點傳主的性格缺陷。例如楊仲揆的《剛毅木訥的學者革命家——丁惟汾傳》[註八十]，此書一直到最後第七章方有一些生活瑣事，如丁先生煙癮甚大，三個月要抽一千多支小雪茄。酒量奇大，每飯必飲等。

第六節 照片

註七十九 符兆祥：《葉公超傳》，（台北：懋聯文化基金，民國八十二年十二月）。

現代的白話傳記極為特殊的一點是，它常以複合圖文（composite imagetext）的形態出現，這是古文傳記所沒有辦法達到的新境界。藉由攝影的發明，傳記更能夠準確地傳達傳主的神態面貌。照片如果能夠安排得好，可以讓讀者清楚地看出傳主由年輕到年老的種種過程，在照片中許多事情是無法掩飾的，例如調皮可愛的童年時期，意氣風發的球場英姿，以及垂垂老矣的病容等，都會讓人明顯感覺到時光的無情。

早期的傳記對讀者來說，書中的照片似乎只有「見證」的功能[註八十一]，僅有見證史料的意義。但是就目前的傳記來看，照片實際上所內含的意義絕不是如此貧瘠。它已經由早期的「附圖」，或是讓讀者過過乾癮的「附照片二張」，轉變為如《吳敦義前傳》的一百四十張，《鐵腕金融情——何顯重的一生》中的一百零八張等，這種動輒上百張的照片數量，所顯示的是，作者積極的想藉照片達成某些目的。

當圖像與文字並置時，傳記便成為一種綜合藝術，作者必須先處理二者間的衝突，而讀者則必須自行填補少量圖片與大量文字之間的裂縫。「圖畫與文字一旦牽引著不同符號系統的脈絡而共同參與論述的生成，便會開啟不同的意義空間。」[註八十二]例如前舉的《吳敦義前傳》，書中的照片大多是吳敦義任高雄市長時的公開活動照片，有趣的是書中也有許多和其家人的合照，有幾張甚至是其夫人的沙龍獨照。但是翻閱全書會發現，書中對其夫人的文字敘述非常少，我們只了解她非常漂亮，會做家事，除此之外則一無所知。他的女兒也有沙龍獨照，但在書中幾乎一字不提。這樣的文字與圖像的強烈反差，正說明了這是一本以傳統觀念刻意創造出來的傳記，一

註八十 楊仲揆：《剛毅木訥的學者革命家——丁惟汾傳》，（台北：近代中國出版社，民國七十二年十月初版，《先烈先賢傳記叢刊》）。

註八十一 見許綺玲：〈令我著迷的是，後頭，那女僕。〉，收於《框架內外：藝術、文類與符號疆界》，（台北：立緒文化事業有限公司，民國八十八年十二月初版），頁二一—三十四。

註八十二 同上註，序。

位事業成功的男人，家中有美麗賢慧的太太，以及聰明可愛的兒女，但是這些人所需要扮演的角色也就到此為止。

當我們覺得照片太少時，是否意味著文字的功能已被圖像比了下去？有的書真的是文不如圖。因此也有的書擺出上百張的照片，其目的是在企圖彌補文字上可能的闕漏，作者或傳主家屬想藉著大量的照片，凸顯並強調傳主曾經存在的事實。這樣的情況基本是就是一種對文字的不信任，由於照片非常多，編排的又十分有系統，按照章節順序，依照年代排列。此時如果文字的份量不夠的話，很容易會成為照片的文字附註，反而是一本以照片為主，文字為輔的畫傳了。

由書中的附圖也可以看出此書的重點所在，例如林志恆《蘭陽之子游錫堃》，此書在文前附了大大小小共二十七張彩色照片，其中只有三張有傳主的身影，其餘二十四張全部都是宜蘭的建設與風景。果然一翻閱其內容，大部分都是宜蘭當地的地方報導，傳記的成份非常少。據作者在「後記」中解釋說：

> 一開始，我並不想把這本書定位為傳記，市面上，充斥著太多政治人物的傳記，或為選舉、或為特定目的，往往時點一過，便如棄紙；加上游縣長畢竟年輕，立傳似乎早了些。……於是為這本書定位時，我就決心要把傳記和地方報導做適度結合。[註八十三]

又如下一節將會談到的作者介入傳記之中，將他人的傳記寫成自己的自傳的例子。像這樣的書都有一個共

註八十三 林志恆：《蘭陽之子游錫堃》，（台北：天下遠見出版股份有限公司，一九九八年十一月一版），頁二九九。

通的現象，就是作者會在書中放入許多張自己的照片。例如雷德全《我的母親——宋英》一書，全書有三十一章，但自第二十章開始便是作者的自傳了。書名是我的母親，可是書中卻有許多張作者自己在美國留學，到各地談生意的照片，當然還有一大張作者自己的獨照。也就是說，作者不僅在文字上極力凸顯自己的重要，也在照片上強調自己的存在。

而陳亞芳《張將軍謂行烈士傳》乃是一本最極端的例子，此書附了不少張照片，但絕大多數是作者自己的照片。更荒謬的是，作者將題目定得如此悲壯，可是書後卻有二十多張作者自己最近到國外旅遊的彩色照片，全書的重點完全擺在自己身上。

傳記作者不僅藉由照片凸顯自己的存在，有時也藉此說明此書的正確性與權威性。例如楊有釗所著《龔德柏先生評傳》[註八十四]，書中傳主本人的獨照只有一張，其餘所附的大多是作者與傳主的合照，或是作者到處找人校對勘正本書的照片。尤其有趣的是，還附有數張龔德柏寫的字條，稱讚作者如何如何聰明，不可小用等話。這些合照都是在傳主晚年的某兩天，作者帶著禮物去拜訪時所照。因此根本不可能顯示出傳主由小到大的成長過程，也看不到他在各個人生階段所呈現的不同面貌。在照片上唯一可以了解的是，此書傳主曾經看過，也找了人來校對，因此讀者不可懷疑其內容的正確性。

政治對傳記寫作的干擾，由照片上也可以看得出來。如黃煌雄的《蔣渭水傳》，此書的傳主為蔣渭水，可是在民國六十五年第一版中，第一張照片為孫中山先生紀念大會萬頭鑽動的景象，第二張照片為孫中山全集的封

註八十四 楊有釗：《龔德柏先生評傳》，（台北：世界和平雜誌社，民國七十三年元月初版）。

面，第三張為蔣中正總統的題字，第四張為行政院所頒的匾額，第五張為周至柔、何應欽、王寵惠、白崇禧、鄒魯的題字，到第六張才出現蔣渭水的照片。這是因為作者所處理的是容易出事的題材，若一不小心，被扣上台獨的帽子，後果不堪設想。因此才千方百計的躲躲閃閃，希望能避過政府的檢查，達到出版的目的。果然，在民國八十一及八十四年的新版中，從第一到第五張為了討好當局所放上的照片已經全部取下了。由此亦可見政治絕對會影響傳記的寫作，單方面要求傳記絕對的真實，是不可能的，必須整體環境能夠配合才行。

除了附圖之外，還有封面也常會用到照片。一般來說，通常會用傳主的相片來作封面，使讀者一望可知是誰的傳記。若傳主是名人，更有促銷的效果，不過也有一些例外。

由於相片給予讀者的影響太過直接，有時文字的敘述還比不上一張圖片有力。因此如民國六十五年出版的《妖姬江青平傳》，封面竟用一幅愛斯基摩人與雪橇狗在雪地上的照片，與傳主一點關係也沒有。在當時的政治氣氛之下，此書不僅不敢用江青的相片作為封面，甚至還要偽裝成《國家地理雜誌》一般與政治無關的書。此書趕在四人幫垮台，江青剛被捕時出版，為的是搶搭時事列車好賺錢。書中編序云：

> 本書，實係因江青之被捕之新聞熱潮中，為使江青之醜惡行為，公諸於世人，乃予以貫串而成。註八十五

但出版者也必須承擔相當風險。

又如吳相湘所寫的《晏陽初傳》，封面便是一幅黑白的農村照片，凸顯傳主在鄉村改造運動中的努力，也暗

註八十五 鍾華敏等編著：《妖姬江青平傳》，（台北：源成文化圖書供應社，民國六十五年十月初版）頁二。

示了此書實際上的重點在何處。

又如戚宜君《張大千外傳》[註八十六]，本書封面上不是張大千的照片，也不是山水國畫。而是一個玉體橫陳，姿態極為放浪的時裝女子畫像，不知作者以這幅畫當作封面有何用意？是否暗諭張大千性好女色？

對傳記中的照片這個問題，筆者目前還未看到有人對此問題提出過論述，因此這部份僅是個人的一點嘗試，希望能引起拋磚引玉的效果，在這個全新的議題上作更深入的探討。

第七節 常見缺點

在閱讀過許多本傳記之後，筆者漸漸歸納出一些常見的問題，分為四點說明如下：

一 作者介入故事

在傳記之中，有時作者會對某些歷史事件有感而發，在書中略提一下個人看法，這本是無可厚非之事。如《劉真傳》中，作者談到第一屆立法院議事效率順暢，委員彼此保持民主政治風度。但「遷臺之後，自民國七十年代起，立法院的亂象，便日益熾烈，令人痛惜了。」[註八十七]如此短短數句，僅是抒發自己的一點感懷，對全書並不會有任何影響。

註八十六 戚宜君：《張大千外傳》，（台北：聖文書局，民國七十五年八月初版）。

註八十七 黃守誠：《劉真傳》，（台北：三民書局，民國八十七年十一月初版），頁八一。

但若是一發不可收拾，連篇累牘的寫自己的看法，就不免本末倒置了。這種情況一般可分為兩種，一是作者與傳主熟識，有些事情自己也曾參與其中，因此忍不住要把個人的經歷寫給別人知道，如蕭光邦的《新聞耆宿潘公展》便是個極端的例子。此書與其說是潘公展的傳記，倒不如說是蕭光邦的回憶錄來得恰當。章節標題中只要有「我」字，都是指作者自己。例如「從我考入大學談起」、「我是怎樣進入出版事業」、「我第一次謁見陳立夫先生」等。此外便是一些近代史的片段，以及作者個人對史事的看法。如憲法起草的經過，台灣兒童書局的創辦等，潘公展先生的事情則少之又少。

陳亞芳所著《張將軍謂行烈士傳》也是個明顯的例子，作者是張將軍的夫人。全書有四百零八頁，但張將軍的傳只佔了一百二十五頁，其餘大部分是作者自己的一些雜文總集。更離譜的是，在這短短的一百多頁中，張將軍的傳只寫了三小節，由二人相識的篇章開始便成了作者的自傳了。這真的是完完全全的自傳，寫自己如何鬧脾氣，到何處去玩等等，最後甚至有二十幾張作者本人最近去世界各國旅遊的照片。會寫成這個樣子，或許是因為她的丈夫是軍人，本來就很少在家；再加上過世甚早，因此腦中實在是無事可記。

又如雷震的女兒雷德全所寫的《我的母親——宋英》，此書對其母年輕時的事蹟敘述頗詳，將她寫得十分傳神，另外對國民黨所給予雷震家人的不合理待遇也有所記述。但書中自第二十章「南山小學」開始，便是作者的自傳了。之後的各節如中學生活、赴美求學、美國的生活等章，看標題也知道不是她母親的生平。因為作者年紀很輕便離家求學，又長時間待在國外，因此雖然是自己的母親，但卻有如外人一般陌生。腦海中有的都是屬於自己的記憶，自己的事情也就不知不覺間越寫越多了。

這種傳記通常都是因為作者對傳主實在不熟，雖然是自己的親人，但是在一起的時間並不長。要寫傳記實在也是巧婦難為無米之炊。此外便是作者很想把自己的事蹟出版給大眾看，但是自己又不具知名度，只好藉他人之名寫自己的事。

另一種是作者以教訓讀者為己任，時常出現在書中提醒：此事給了我們三點啟示，或這裡我們要特別注意等等，深怕讀者一不小心，疏忽了他書中的微言大義。結果把傳記寫成了議論文，傳主的事蹟變成了文中的舉例說明。如徐文珊寫的《北方之強——張繼傳》[註八十八]，本書作者曾寫過《蔣公中正思想體系》（臺北市：國立編譯館，民國八十二年初版）、《國父思想淵源與實踐》（臺北市：臺灣商務印書館，民國七十二年初版）等，此部傳記就類似以上二書。最明顯的一個筆法就是，作者在寫完一件事蹟之後，便加上一句：「由這件事，我們可以得到許多啟示，第一、第二、第三……」，而這些所謂的啟示，往往只是作者自己的某種見解，有時與傳主根本毫無關係。如頁三十五，在引了張繼自己關於幼年讀書的回憶錄之後，作者自己便得到了三點啟示，第二點是認為讀書應由圈點句讀入手，第三點則闡述史記一書是如何的重要。這幾點議論與傳主根本毫不相干，類似的例子如頁七十八、頁一一〇均是。作者不斷的插嘴，例子不勝枚舉，幾乎無一頁無之。他一直跳進書中抒發個人對國事、史事、甚至自己讀書與教書的心得。如頁十六，忽然分項條列地解釋起何謂「春秋大義」。又如頁二十七，作者花了七頁的篇幅全文照錄了張繼的一篇講詞，並在其後說，讀過這篇講詞的人，若不肯悔過者，必是不忠不孝不仁不智不勇，終必誤國誤民，自我毀滅。又如頁六，說的是自己讀書的心得。頁六十五、頁九十七、頁一二八等，均有類似的例子。

註八十八 徐文珊：《北方之強——張繼傳》，（台北：近代中國出版社，民國七十一年六月初版，《先烈先賢傳記叢刊》）。

作者也經常照錄張繼本人的作品，如頁七十至頁八十四，便幾乎全是張繼的日記。頁一一三至頁一二〇則是張繼之父的行狀，更是毫無必要。但作者卻美其言是「依司馬遷史記例，酌收所傳本人作品。」[註八十九]只有革命一章比較詳細地說明了張繼的某些事蹟。

這樣的傳記不僅歌功頌德，而且還要歌頌的配合反共國策。因此傳主便成為議論文中的舉例部份，被作者不停的嘮叨給淹沒了。

又如許逖《孫立人傳——（百戰軍魂）》[註九十]，本書有許多部份是作者自己個人的感想或看法，在行文中常會插入自己對事件前因後果的分析。例如檢討大陸淪陷的原因，或引用毫不相干的麥克阿瑟回憶錄，牽強比附至孫立人身上。

吳壽頤《國父的青年時代》[註九十一]，此書每敘一事，作者便會現身文中，提醒大家注意國父在此處所表現出的過人之處。

張良善《蔣介石先生評傳》，此書雖厚但沒什麼新意，僅是將一些眾所周知的歷史事件加上個人的看法而已。每章之前並有提要，但有的文句不大通順。如：

抵抗外侮必須厚植國力，厚植之途必須以教育為基礎，結合經濟、武力建設，推動教育首在恢復民族精神

註八十九 同上註。

註九十 許逖：《孫立人傳——（百戰軍魂）》，（台北：懋聯文化基金，民國八十二年六月）。

註九十一 吳壽頤：《國父的青年時代》，（中央文物供應社，民國四十八年一月）。

、信心，新生活運動，成為民族復興與新生命力復活的泉源。註九十二作者且十分可笑地指出自己如果是蔣委員長，將要如何預防西安事變，並且還模擬演練一遍各個角色如蔣委員長、張學良等人的台詞。這連歷史小說都不是，因為歷史上確實有西安事變。這只能說是作者太投入自己的作品了。

作者介入故事還有一個更嚴重的後果，就是無意之中把不想讓別人知道的事情暴露出來，例如林慰君的《林白水傳》註九十三，作者是傳主的女兒，照理說應該為其父盡力美言，而她也的確有意在這樣做。但是她就是忍不住要講自己的事情，結果無意之中把自己為父親所糊的假象給戳破了。作者似乎是一位被寵壞的大小姐，因此字裡行間便不經意地將父親不為人知的一面說出來，這是很特別也很有趣的例子。她曾提到：

> 我們家用人最多時，整整有十個。廚房裡兩個廚子，一個大廚子，一個幫廚。門房有一個看門的，兩個聽差——一個管收拾父親的客廳，書房，客房等等，一個管研墨，上街買東西，掃院子等等。女用人經常有三個。一個管伺候母親，另外一個管「打雜」洗衣服，做針線等等——還有一個專看著我。此外還有一個車夫，一個花匠和一位「護院的」。註九十四

這很明顯是富貴人家的排場，作者自己忍不住想要炫耀，但寫了之後又覺得不大符合為先人美言的立場，因此

註九十二 張良善：《蔣介石先生評傳》，（台北：月桂文化出版公司，一九九八年八月初版），頁二〇二。
註九十三 林慰君：《林白水傳》，（台北：傳記文學出版社，民國五十八年十一月初版）
註九十四 同上註，頁四九。

又趕緊說家裡很窮困，因為父親一生都在過「革命」的生活[註九十五]。真是前言不對後語，根本是互相矛盾的事。成舍我先生為此書做序時，也特別把這一段全文抄錄，並語帶諷刺的說：「這樣一付家庭重擔，在當時北京絕大多數報紙未進入營業化時，白水先生靠著辦報來支持，當然是極其艱苦的。」[註九十六]類似這樣為了個人炫耀的心理，而把其父奢華生活給暴露出來的段落尚有不少，如頁五四：

夏天的時候，他常常帶著我到中央公園的來今雨軒去吃晚飯。來今雨軒是一個很好的西餐館，我最愛吃他們的炸大蝦、西紅柿、牛尾湯和燜牛肉。

又如作者當時為了「抵制日貨」，竟將家裡所有的日本瓷器——盤、碗、茶杯等等，全部摔碎。家裡也沒怎麼罰她，因此過幾天她便把這件事給忘了，又當著十來個人的面，把她乾媽的英國煙給一支支弄碎。作者是想藉此表示自己很愛國，但卻無意中將家裡的富有給寫了出來。而作者寫其乾媽受不了她的小姐脾氣，向白水先生告狀害她被處罰一節，更顯示出傳主懼內的一面。看完全書的感覺是，她父親在公生活方面很愛國，在私生活方面則懼內又浪費。

二 歷史背景過多

有些傳主資料甚少，既不寫日記，也不寫回憶錄，朋友多已物故。有時是傳主本身過世甚早，或居住在大

註九十五 同註九十三，頁五〇。
註九十六 同註九十三，頁六。

陸。作者又受命要寫此人的傳記，在沒有辦法可想的情形下，便常會抄錄歷史來充篇幅。於是便把傳記寫成了近代史，甚至是黨史或校史。

張騰蛟《壇坫健者——王正廷傳》，此書像是大事紀要，看目錄就可以不必再看正文了，因為都差不多。以史實為主，個人事蹟為副。在長篇歷史敘述中，加上一句不痛不癢的話，如第三章敘述臨時約法產生的歷史背景，提到傳主時僅說：「他也為這個約法的誕生而善盡了他的職責，貢獻了他的智慧。」[註九十七]不知是善盡了什麼職責？貢獻了什麼智慧？又如敘述正廷先生參加巴黎和會，也是通篇敘述巴黎和會的歷史，偶爾在文中加上一句：「正廷先生等人多麼希望透過這個和會討回一些公道來。」「正廷先生在這一方案中自然也費了心血。」等空話，傳主在書中像是無關緊要的人，根本不是傳記。又如頁一三三用全國體協一連串的重要績效來充篇幅。

又如黃中編著《胡元倓先生傳》[註九十八]，整本書像是明德學校的校史，而不像一本傳記。我們由它的篇章安排便可了解：

第一章　家世與學養

第二章　明德學校開辦時我國教育鳥瞰

第三章　明德學校的創辦與發展

第一節　人事

註九十七 張騰蛟：《壇坫健者——王正廷傳》，（台北：近代中國出版社，民國七十二年八月初版，《先烈先賢傳記叢刊》），頁三三。

註九十八 黃中編著：《胡元倓先生傳》，（台北：臺灣中華書局，民國六十年八月初版）。

第二節　經費

第三節　學制與課程

第四章　對教育的貢獻

第五章　軼聞軼事

年譜初稿

附錄

附錄中有許多篇他人介紹明德學校的文章以及三篇胡先生自己的文章。這樣的書實在不夠資格稱為傳記。

其實這樣的問題並不是不能克服，端看這位作者有沒有能力及良心。如《台灣革命僧林秋梧》一書的作者，本身是歷史碩士，又通日文，搜尋資料的能力本就高人一等。為了寫這本書曾遠赴日本找尋資料，因此便能將一位在日據時代便過世的僧人寫的栩栩如生。

三　敘事錯亂無章

如王家瑩《樂育菁莪——程天放傳》，作者文筆流暢，但有些段落掌握的不好。例如第六章標題為「奉使德國」，第一段寫民國二十四年，政府任命程天放為駐德大使，在他的生命史中展開了另一新頁；但第二段之後卻談起政府認為教育工作很重要，任命程天放為江西省教育廳長，接著又談到四二暴動，談到民國十七年任中央軍官團政治總教官等事。[註九十九]看得讀者一頭霧水，不知道程天放究竟是到哪裡去了？

又如尹雪曼《軍學權輿——蔣百里傳》，此書頭緒混亂，各章不相連貫，同樣的事重複說，像是單篇文章的總集。第三章是近代史年表，第九、十章寫他的兵學，第十一章摘錄別人的文章，勉強稱得上是傳記的只有第一、二、四、八這四章。本書應該更名為「蔣百里研究」較適合。

作者似乎搞不清楚傳記該如何寫。在書中不斷考證論辯自已手上的資料那一份才是正確的，例如考證傳主的父親有無左臂、出生在海寧縣或海鹽縣等，這些考證文字實在應該置於注釋之中。他也花許多篇幅比較蔡鄂和蔣百里有何相似之處，根本是多餘的。除此之外，作者的敘事也有一些問題，例如書中第四章〈出掌保定軍官學校〉，他開頭是這樣寫的：

第四章　出掌保定軍官學校

百里先生一生做過兩所軍事學校的校長；而他的事功，似乎也從做校長始，做校長終。

民國元年，他年方三十一歲，出任當時全國矚目的保定軍官學校校長。

民國二十七年，他五十七歲，出任全國最高軍事學府——陸軍大學的代校長。

不幸的是，他就在這一年——民國二十七年——過世。

在民國元年出任保定軍官學校校長前，他做過東三省督練公所的總參議。那是他剛自日本陸軍士官學校第三期畢業，回到國內的時候。

註九十九　王家鍙：《樂育菁莪——程天放傳》，（台北：近代中國出版社，民國七十二年十月初版，《先烈先賢傳記叢刊》），頁七九。

由於東北軍隊龐雜，新舊軍互相排擠，他就自請赴德深造。

在德國四年，研習軍事；並在德國名將興登堡元帥麾下的第七軍團任實習連長，於清宣統二年（一九一〇）秋天，才從德國歸來；應清廷禁衛軍訓練大臣兼禁衛軍第一協協統良弼之邀，任禁衛軍第一協的管帶。

這年，百里先生二十九歲。

但是第二年，宣統三年（一九一一年），由兩湖、四川總督任上，復被調回奉天，重任東三省總督的趙爾巽，奏明清廷，再調百里先生回任東三省督練公所的總參議。

東三省的督練公所，任務是訓練新軍。

總參議等於參謀長；也是實際負責訓練新軍的人。

這是百里先生第二次擔任這項職務。

但是結果，跟第一次一樣，由於東三省的舊軍人，如「響馬」出身的張作霖等，排擠新軍，百里先生孤掌難鳴。再加上年輕（剛三十歲），肆應能力有限。於是沒做好久，他就再度溜之大吉。

特別是，第二次的宣統三年秋天，碰上武昌起義。百里先生因同情革命，打算鼓動東三省響應革命，宣佈獨立；事為舊軍人獲悉，百里先生遂倉皇遁去。

從東三省跑回浙江的家鄉，同為日本陸軍士官第三期畢業的同學，也是浙江人的蔣尊簋，這時正是浙江省的都督。於是在蔣尊簋的邀請下，百里先生接受了督署總參議的職位。

可是，第二年（一九一二），宣統皇帝就宣佈退位，中華民國成立了。

百里先生於是在民國元年的春天，辭浙江督署總參議之職。

冬天，十二月十七日，接任保定軍官學校校長。註一百

這裡所說的每一件事，當然都符合史實，但問題是，這樣的文字，若沒有反覆讀個三四遍，實在很難理出一個頭緒。短短幾段話，卻包含了民國元年、民國二十七年、光緒三十二年、宣統二年、宣統三年。還有西元年號，一九一〇、一九一一、一九一二。又穿插蔣百里的歲數，三十一歲、五十七歲、二十九歲、三十歲。這麼多的數目字，又不照時間順序排列。通常不照時間順序寫作的傳記，至少會以事件為主軸，但是這幾段話的事件敘述，比時間更混亂。這只是第四章而已，但作者一開始便寫傳主死於陸軍大學代校長任上，與他所定的章節名稱〈出掌保定軍官學校〉根本毫無關係。接下來的這段話更是複雜：

在民國元年出任保定軍官學校校長前，他做過東三省督練公所的總參議。那是他剛自日本陸軍士官學校第三期畢業，回到國內的時候。

這四句分別說了三個地點、三件事。接著百里先生便忽而去東北，忽而去德國，忽而去浙江，最後意外地在保定出現。如此的敘事手法再與之前那一長串數字結合，已經夠讓讀者頭疼了。但更糟的是，作者連造句都有問題，例如：「第二次的宣統三年秋天」，這是什麼意思？又如：「從東三省跑回浙江的家鄉，同為日本陸軍士官第三期畢業的同學，也是浙江人的蔣尊簋，這時正是浙江省的都督。」到底是誰從東三省跑回家鄉？此外作者也不知如何取捨資料，例如：「宣統三年（一九一一年），由兩湖、四川總督任上，復被調回奉天，重任東三省總

註一百　尹雪曼：《軍學權輿——蔣百里傳》，（台北：近代中國出版社，民國七十七年六月初版，《先烈先賢傳記叢刊》），頁四三—四四。

督的趙爾巽」，趙爾巽的履歷有這麼重要嗎？擺在這裡只會讓讀者誤會蔣百里是由兩湖、四川總督任上被調回奉天。

又如林適存《霹靂手段——吳樾傳》，本書越到後面文筆越流暢，尤其最後寫謀刺五大臣的經過，十分驚險。但前面寫得不好，尤其是前兩章，東拉西扯寫了兩章吳樾都還沒出場。

而第一章可看作是敘事雜亂無章的範例，第一段先說兩句詩「出師未捷身先死，長使英雄淚滿襟。」然後用這詩句來講國父死前的行程，又連結到武昌起義時國父先去歐美再回國的意義，再談到國父臨終時的情形，繼而引韋氏大辭典解釋何謂英雄？接著又談國父以及三民主義。這樣雜七雜八的寫了許多事情，已經是夠糟的了，更糟的是他寫的是國父而不是吳樾，作者似乎忘了自己在寫什麼人的傳記。

劉心皇《蘇曼殊大師新傳》[註一百零一]，時間安排上也有錯亂，如第十二節「曼殊第二次吃花酒的時代」及第十三節「曼殊第三次吃花酒的時代」，分別為西元一九一二及一九一三年在上海的事。但第十四節「日本八月」卻跳至一九〇八年在東京的事，若不仔細看，根本不會發覺時間順序不對。不僅節與節之間有此問題，章與章之間亦有此問題。

又如賴樹明的《林洋港傳》[註一百零二]，此書第二章的頭緒有些混亂，因為作者對全書的安排本來是編年式的，但不知為何在這章中忽然改為主題式的敘述。以致於有些應該之後章節才出現的人生經歷，例如擔任南投縣長等事，會在講他的恩師歐樹文的時候出現，造成閱讀上的混淆。

註一百零一 劉心皇：《蘇曼殊大師新傳》，（台北：東大圖書有限公司，民國七十三年二月初版）。

註一百零二 賴樹明：《林洋港傳》，（台北：希代出版有限公司，一九九三年七月一版）。

除了單章的敘事雜亂之外，也有整本書都不知所云的，如申慶璧所著《宛西陳舜德先生傳》，這是寫得很糟的一本書，本來是傳主自己寫的回憶錄，後來交由這位作者潤色出版。但是傳主本身文筆就不好，作者的文筆亦不佳，常有不通順之處。通篇頭緒混亂，絕大部份在介紹宛西地方的歷史，傳主事蹟甚少。有時為了顧及「傳」的書名，又回頭稍提一下傳主的事。其實原本傳主寫的文章就不是自傳，而是回憶過去某地的歷史，因此作者想改成傳記也無從改起，因為根本沒有資料可寫。故將「宛西」二字附在書名上，形成了這樣一部奇怪的四不像作品。

四　刻意忽略某一時期

有的傳記作者會刻意忽略傳主的某一段人生，而這段時期有時甚至會長達數十年！造成了傳記整體性的破壞。而作者為了掩飾，會利用敘事上的錯綜，時間順序的前後交叉安排，使讀者被蒙在鼓裡，要細心比對前後年代及事件的發展才會發現。

如黎東方《蔣公介石序傳》[註一百零三]，此書共有五十六章，但寫到抗戰勝利已經是第五十一章了。之後的戡亂以至來台過世等事蹟便僅以五章的篇幅草草結束，不知是否有難言之隱？

有許多大陸來台的黨政要員，其傳記往往是在大陸的事蹟十分詳細，但是來台後的生活卻一字不提。這並不是因為他們來台灣之後做了什麼見不得人的事。而是因為作者沒有去訪問他們在台灣的親朋好友，只死守在

註一百零三　黎東方：《蔣公介石序傳》，（台北：聯經出版事業公司，民國六十五年十一月二版）。

幾間圖書館裡翻舊資料，寫出來的當然就是數十年前的往事。

例如戴書訓《愈經霜雪愈精神——鄒魯傳》註一百零四，由於鄒魯著有回憶錄，因此本書前半部有許多事件敘述十分詳盡，有如作者親眼所見一般。但是自民國二十六年抗戰開始到民國四十三年在台過世，長達十七年的時間，竟然一片空白。

而蘇進強《風骨嶙峋的長者——蔡培火傳》註一百零五，則將重點置於日據時代的台灣民族運動，敘述傳主在其中所扮演的角色。第二十章之後，便有如簡略的年譜，每段開始便是年份，然後是一些簡略事蹟。而自民國二十五年到民國七十二年，長達四十八年的人生，竟只以十頁（頁一四九至一五八）草草帶過。

朱彗夫《中國工運之父——馬超俊傳》註一百零六，全書重點置於參加革命到北伐前那段時間，佔了一五八頁。自民國十三年到六十六年去世這五十三年的時間，竟僅有十五頁（一七四至一五九頁）！完全不成比例。

邱家洪《政治豪情淡泊心——謝東閔傳》註一百零七此書嚴格說來不像是傳記，自一九五七年選省議員開始敘述，分析歷次參與選舉的情況。有趣的是，作者承認傳主選舉時有買票。也寫了一些當時政壇上的秘辛，接著便是表列在省主席任內的政績，如「向貧窮挑戰」、「向髒亂挑戰」等章，十分乏味。幾乎整本書都在省府的圈子中打轉，也許是因為作者本人曾任台灣省政府秘書處秘書有關。任職省議員之前以及交卸省主席職務之後的人生幾乎沒有提到。

註一百零四 戴書訓：《愈經霜雪愈精神——鄒魯傳》，（台北：近代中國出版社，民國七十二年十月初版，《先烈先賢傳記叢刊》）。

註一百零五 蘇進強：《風骨嶙峋的長者——蔡培火傳》，（台北：近代中國出版社，民國七十九年六月初版，《先烈先賢傳記叢刊》）。

註一百零六 朱彗夫：《中國工運之父——馬超俊傳》，（台北：近代中國出版社，民國七十七年六月初版，《先烈先賢傳記叢刊》）。

註一百零七 邱家洪：《政治豪情淡泊心——謝東閔傳》，（台北：木棉國際事業有限公司，一九九九年十月初版）

李雲漢《于右任的一生》，由於本書是應記者公會之邀而寫，故偏重在辦報的經歷。此外，在時間上也僅記述民國三十八年以前的事蹟，來台之後的生活只用寥寥數筆帶過。這是蠻奇怪的也是極特殊的一點，照理說傳主來台之後，其所接觸的人事物均在台灣，訪問甚為方便，可是反而沒有資料可寫。這個現象不僅發生在此書上，尚有其他黨政要員的傳記有這樣的情況。

或許是作者為歷史學家，不是記者，不擅長口頭訪問，故拘泥於紙本資料。而來台後的事蹟還沒有人寫，故無從參考起。作者自序中有云：

> 史料，以第一手的原始資料最為可貴。我寫于傳，盡量採用右老所遺留給後人的豐富的史源。從「牧羊兒自述」的家世源流，到「心如日月氣如虹，海上振英風」的最後遺墨，我發現右老自己遺留下的史料寶藏——尤其在民立報中發表的大宗評論文字與在中央會議席上所做政策性的提案——還很少有人應用過。我很興奮的應用了這些新資料，並把右老在民立報發表的文字列出目錄，附於書末，也想對有意進一步研究右老生平或民立報時期革命思想的學者們，提供一點查閱資料上的方便。註一百零八

可見他所用的全都是紙本資料，作者既然知道「史料，以第一手的原始資料最為可貴。」卻沒有去訪問于右任的親朋好友，實在令人不解。僅以找到幾張舊報紙而沾沾自喜，自然就寫不出來台後長達十五年的事蹟了，由此亦可知此時找記者寫傳記的風氣還未興起。

註一百零八 李雲漢：《于右任的一生》（台北：台北市新聞記者公會，民國六十二年九月初版），頁五。

有的人似乎連找資料的能力都沒有，自然寫不出東西。例如祝康《英烈千秋——張自忠傳》[註一百零九]，本書重點置於對日抗戰時期，抗戰之前的事蹟只有二十三頁。由書後所附的參考資料書目可知，作者大部分所參考的竟然是《傳記文學》雜誌。

張放《盧溝風雲——宋哲元傳》[註一百一十]，本書開始時，宋哲元已是營長，而結束時也很倉促。重點集中在他擔任二十九軍軍長至七七事變發生，這六年間的事情。嚴格說來不是一本傳記，因為時間上太短了。這兩位非出身於黃埔的北方將領，其早年事蹟都很模糊，只詳細記載抗日時的表現。可能是因為早年在北方的軍隊中，其效力的對象是我們俗稱的軍閥的緣故吧。

朱敬恆《大樹將軍：陳繼承先生傳》[註一百一十一]，本書分為四十章，每章約三千字。奇怪的是，抗戰之前的事便佔了三十四章。每一場將軍參加過的北伐與剿共戰役，書中均有極其詳盡的部隊調度、傷亡人數等資料。比較之下，民國二十六年到民國六十年過世在台灣為止，這三十四年的事蹟卻又太過簡略，只剩下六章。因為此書曾經過國防部的檢查，故作者可能有難言之隱。

又如臧冠華《耿耿孤忠——馬占山傳》[註一百一十二]，全書有一百三十頁，可是民國二十、二十一這兩年的事情，便佔一百頁。剩下三十頁的篇幅，實在難以交代什麼事情。

註一百零九 祝康：《英烈千秋——張自忠傳》，（台北：近代中國出版社，民國七十一年六月初版，《先烈先賢傳記叢刊》）。
註一百一十 張放：《盧溝風雲——宋哲元傳》，（台北：近代中國出版社，民國七十一年八月初版，《先烈先賢傳記叢刊》）。
註一百一十一 朱敬恆：《大樹將軍：陳繼承先生傳》，（台北：七十年代出版公司，民國六十三年十月初版）。
註一百一十二 臧冠華：《耿耿孤忠——馬占山傳》，（台北：近代中國出版社，民國七十二年十月初版，《先烈先賢傳記叢刊》）。

而王家瑩的《樂育菁莪——程天放傳》[註一百一十三]，則將重點置於國民政府遷臺之前，佔了一百四十五頁，但全書不過才一百五十八頁。

由以上的歸納與分析可知，傳記的內容除了符不符合史實之外，還是有許多問題可以探討的。畢竟一本傳記除了靜態的景色與人物描寫之外，還有動態的事件與動作描繪，以及情節安排與心理狀態的描摹，若再加上照片的安插，傳記作者所要具備的寫作技巧並不會少於小說的作者。若只因為傳記寫的是實際發生過的事情，便隨手棄之，認為沒有文學價值，那麼此人多半是沒有實際讀過相當數量的傳記，才會做出如此輕率的判斷。

註一百一十三 王家瑩：《樂育菁莪——程天放傳》，（台北：近代中國出版社，民國七十二年十月初版，《先烈先賢傳記叢刊》）。

第五章 台灣當代傳記文學的發展

以上兩章乃是將現有傳記作品綜合歸納後，提出幾個共通的特性，作橫向的剖面觀察。本章則是將這幾十年來的傳記作縱向的排列，以明瞭其發展趨向，並分析其背後的成因。

此處是以文學史的角度來看問題，參照現有的文學史寫作方式來論述。一般來說，對一個文體的討論，通常是作一總體的觀察，並從中分析出萌芽期、成長期、變異期、衰退期等不同階段。簡而言之，也就是呈現出所謂「成、住、異、滅」的過程。並從各階段中探討其特點，以及作家、作品、社會環境等不同構成要素。而現代的白話傳記，據筆者的理解，頂多只發展到所謂成長期的階段。它雖然已經有幾十年的書寫歷史，但仍正在多方嘗試新的可能。因此本章的研究方法乃是先將所有的傳記依時間排比，歸納出幾個共同的時代趨勢，並深入探討其背後的形成原因，尤其是社會環境的影響。也就是說，重點將置於各個時代特徵的呈現與解釋。

陳芳明曾指出：「文學的歷史解釋，並不能脫離作家與作品所賴以孕育的社會而進行建構。戰後台灣文學史的評價與解釋，也應放在台灣歷史發展的脈絡中來看待。」[註一]對於傳記而言，由於它天生所帶有的宣傳屬性，使得這樣的觀察較其餘純文學來說更為適用。但是也必須小心謹慎，以免寫成社會史。以下即依時代特徵，分為三個部份來敘述，分別是一九四五至一九六九年、一九七〇至一九八九年、一九九〇至一九九九年，以了解

[註一] 陳芳明：〈後現代或後殖民——戰後台灣文學史的一個解釋〉，收於《書寫台灣——文學史、後殖民與後現代》，（台北：麥田出版股份有限公司，民國八十九年四月初版），頁四一。

傳記在不同的時代中所展現的不同的風貌。

第一節 教育與宣傳的年代——一九四五至一九六九年

早期的傳記被當作宣傳工具來使用，作者常常在書中提出三點五點的重要結論，要求讀者學習效法。例如杜呈祥撰的《陳英士傳》，本書完稿於民國四十五年六月十五日，書後結論歸納出陳英士值得我們效法的地方有三點，一、絕對服從領袖，二、艱苦奮鬥的精神，三、努力學習的精神。其中第一與第二點應該是為了當時的社會環境與時代而故意寫的。要大家絕對服從蔣總統領導，艱苦奮鬥的意思甚明。

又如出版於民國四十三年由潘公展所著的《陳其美》，本書作者自序中說，「我以為我們紀念陳先生，首先應當效法他的革命精神；陳先生的革命精神，最值得我們效法和景仰的，至少有左列數點」，以下即分為五點說明，一是奮鬥精神；二是犧牲精神、三是服務精神；四是創造精神；五是想做大事不想做大官的志趣。非常明顯是為了表揚而作傳。

本書也和董顯光的《蔣總統傳》相同，為了說明偉人之所以與眾不同，先以其家鄉的地理環境說起。

湖州人因為生長在這種山明水秀的地方，他們的性格相貌舉止，便也自然而然地沾染了山川靈秀之氣，清秀明敏。在湖州，我們也可以看見一二名山大川，如東西天目的聳拔雄偉，太湖的浩瀚無涯：一則昂首天際，群峰帖服；一則吞吐百瀆，噓吸三江。惟其如此，湖州風土一樣地可以孕育出瑰奇特異之士。以陳其美為例：他既有一般湖州人所具的清秀明敏；同時他的特立獨行，浩氣磅礡，又非一般湖州人所能企及。——這與湖州的山水，不能說沒有很大的關係。註二

類似這種造神傳說，事實上是不堪一擊的。若湖州的山水這麼靈驗，應該所有湖州居民都是做大事立大業成大功的偉人才是，怎麼會只出現一位陳其美？「他的特立獨行，浩氣磅礡，又非一般湖州人所能企及」？作者自己都不能自圓其說。

出版於民國四十八年的《國父的青年時代》註三一書，在篇首的序言便取名為「人怎樣變成偉人」，全書的主旨已經十分明顯，而書中每敘一事，作者幾乎都在文中提醒大家注意國父在此處所表現出的過人之處，生怕讀者會一不小心，沒有體會出來。同一年出版的《我們的蔣總統》，更是阿諛之尤。此書的作者是王昇，書中有許多篇幅是諛詞或政治教育，而非生平。例如這樣的句子比比皆是：

我們何其有幸有這樣偉大的蔣總統！所以我們必須無條件的服從他，極真誠的信仰他，纔能救自己，救國家，進而，救亞洲，救世界。註四

我們效法蔣總統和服從蔣總統是每一個中華兒女們當然的天職。註五

註二 潘公展：《陳其美》，（勝利出版公司，民國四十三年），頁四。
註三 吳壽頤：《國父的青年時代》，（中央文物供應社，民國四十八年一月）。
註四 王昇：《我們的蔣總統》，（台北：海外文庫出版社，民國四十八年六月四版），頁三。
註五 同上註，頁五四。

除了國父與蔣公之外，也有為政府官員宣傳的傳記，例如瑜亮的《孔祥熙》一書，民國四十四年初版於香港開源書局。台灣則不知出版者是誰，瑜亮應該是筆名，卻由台灣省政府印刷，書中有許多照片，並使用不同的光滑紙張印刷。相當厚的一本書，卻不知道作者是誰。由序文可知，作者之所以為孔祥熙寫傳，完全是為了替他辯誣。澄清外界對孔的不利言論，並且讚揚他對財政與國家的貢獻。

書中對孔祥熙先輩十分了解，有很詳細的記述，寫到孔本人則多偏重在一些公開的大事上。第三、四、五章寫國家當時的財政狀況，以及孔祥熙在財政部長任上推行的各種措施。第九、十兩章則是以他的一些小故事為例，證明孔祥熙人格上的優點。並替他辯白，如別人之所以稱他為財神，不是因為他很有錢，而是因為他很會幫國家賺錢，諸如此類。

又如張雲家的《于右任傳》也是同樣的書，序中說此書寫了兩年多的時間才出版。作者在書前有幾句話：

「您的環境惡劣嗎？
您的遭遇不幸嗎？
您遇到各種挫折與危險嗎？
您偉大的理想，不能實現嗎？
請您耐心的讀完于右任的故事；
它將對您有所解答。

——作者——」註六

並云：

我們以他的精神，作為借鏡，不特可以克服自己個人的困難，而且同心合力，足以摧毀共匪，光復河山。註七

這樣一本宣傳歌頌的書，據作者自己說，當時竟然還十分暢銷，作者在再版贅言中說：

「于右任傳」，自五月八日出版以來，僅一個多月，初版三千冊，即銷售一空，實非作者初料所及。由此，可證明兩件事：第一、于先生深得國人喜愛；自于傳發行後，凡得到的，都很，從很珍視，從讀者來信中得知，有的全家集合，由一人朗誦共聽，有的家長，責兒女輪流研讀，有的買到後開夜車讀完，有的丈夫上班時，帶去抽空看，下班回來，由妻子接去看，高雄一位律師，買了一本，看過後，又買十本，分送親友。台南一位教育界人士，先買一本，不到一週，又函購五十本，表示要送給好友，金門一位戰友，從別人處借看以後，又來信自買一本，說要保存研讀。這種狂熱情形，證明千萬的人，都想知道，他們喜愛的于右任先生，是怎樣奮鬥成功的。

第二、證明我們傳記文學缺乏，而一般人卻喜歡它。註八

註六 張雲家：《于右任傳》，（台北：中外通訊社，民國四十七年六月再版），頁八。

註七 同上註，頁六。

恐怕第二個原因才是本書暢銷的主因。在當時那個動輒得咎的時代，能夠寫的傳主本來就不多，剩下的幾位不會有問題的民族英雄，由於官方早已定了調了，作者除了跟著頌揚之外，也沒有什麼其他辦法。

依照這個趨勢往下發展，到了民國五十一年，出現了一本最極端的作品，那就是馮文質的《蔣總統傳》[註九]。此書很特別，雖然說是傳記，但更像是一本課本或參考書。全書分為八節，每一節內分為六個部份，分別為：

壹、宗旨目標

貳、內容研討

參、活動方式

肆、訓練規條

伍、要求事項

陸、習題

其中除了「內容研討」一項是在講述其生平事蹟之外，其餘的都是教學方法的提示，每一項下又各分為幾點，茲各舉一例以明之：

壹、宗旨目標

指導學生從　　領袖的身世，理解到堅苦卓絕自勵與環境奮鬥的精神，進而效法　　總統，力求上進。

註八 同註六，頁一四三。

註九 馮文質：《蔣總統傳》，（台中：恆學出版社，民國五十一年八月初版）。

參、活動方式

出刊　總統幼年事蹟壁報

肆、訓練規條

總統精神充沛容光煥發，身體健康，象徵國家前途光明。

伍、要求事項

人人瞭解　總統為國家民族的救星。

陸、習題

如何計算　總統的年齡？

其實「宗旨目標」、「訓練規條」、「要求事項」三者並沒有什麼差異，所以有時作者也會漏掉一項不寫。此書是將蔣介石塑造成民族偉人，並在字裡行間如崇拜神明一般地歌頌。

當時也有作家對這樣的傳記感到厭煩，例如阮日宣在其所著的《趙麗蓮傳》後記提到：

說到傳記，西洋人對「傳記文學」的看法，往往認為「不管命運迫使我們進入如何惡劣的境遇，仍能奮力搏鬥而求進，為到達人生終究的目的而排除萬難，這乃是實生活裡首要的事，為此，傳記給予人們最適切的例證。讀達文西傳記而發奮的實例，誠不知凡幾。」不錯，傳記乃生活鼓舞的源泉，此誠非過甚之詞。我們以前人的實例，來作自己努力的借鑑，實在是最好的方法。

但在另一方面，我很欽佩日本文藝批評家木村毅的看法：「因為空虛賞識的愚劣傳記出現得太多，所以被人目為傳記者即廉價的讚賞。」「某某館的書櫥裡充斥著一些名不見經傳的傳記，不外都是千篇一律的『學識淵博，人格高潔』式，了無趣味可言。」「讀到寫得毫無陰影純潔崇高的傳記，難免起一種：『真的有這樣的人嗎』的疑心」。因此木村毅又說：「晚近日本一些實業家政治家之間，時行出版自己乃至父、祖之輩愚不可及的傳記，這種都可稱之為『阿諛的傳記』。」（見木村毅：論傳記與小說的關係）

一片無條件的讚賞，或者把人寫成了「超人」，道德的化身，簡直不是人類份子之一，這種寫法太過注重對讀者「說教」，反而失掉傳記的「真」，實在是毫無價值！註十

他提出傳記應該更接近新聞寫作，跳脫出傳記文學究竟是屬於歷史或文學的傳統爭辯。作者本人也擔任過記者，作者的這篇議論發表得很早，但可惜是附在這樣一本小書之後，因此一直沒有人去注意他對傳記屬性的論點。

當時的傳記大致上都遵守著幾個大方向：第一、反共，這是最最要緊的；其次，宣傳與教育；行有餘力則再寫一些考證。此外，所有的傳主都是外省籍，沒有一位台灣省籍人士。這當然是有意的做法而不是偶然的現象，當時台灣光復未久，民眾對所謂的祖國還很陌生，政府自然要先抓緊宣傳的工具，盡一切力量將已經日本化的台灣人民徹底改造。此外，二二八事件的殷鑑未遠，沒有人敢提台灣本土人士也是很正常的。

在民國四五十年代，胡適的《丁文江的傳記》要算是寫得最好的一本。胡適自己在「校勘後記」上說：

註十　阮日宣：《趙麗蓮傳》，（台北：文會書屋，民國四十六年九月初版），頁一一九。

五年前，中央研究院的同人籌備故總幹事丁文江先生逝世廿週年的紀念刊，這本「丁文江的傳記」是我在國外為紀念刊趕寫成的。我原來只想寫兩三萬字。不料寫成了十萬字的一篇長傳。材料不完全，特別是在君的日記信札我完全沒有得見，是很大的缺陷。我不是學地質的人，所以我不配評量也不配表彰在君的專門學術，這是更大的缺陷。

民國四十四年（一九五五）秋天我開始寫這本傳記，四十五年（一九五六）三月十二日寫完，已在在君逝世二十週年紀念（一九五六，一月五日）之後了。[註十一]

此篇校勘後記寫於民國四十九年。

寫法上，由於胡適重考據，所以在前幾章經常是寫一段敘述，便引一段文件。不過他會有所剪裁，不似有人全文照抄。並且還會詳細考證這件事情的真實與否，有時還會將上自己對某件事情的意見。而在「玄學與科學」的論爭一章中，他花了相當多的篇幅在引述丁文江當年與張君勱的論辯。乍看之下似乎有些離題了，不過胡適自己是說，他要藉此凸顯丁文江的人生觀[註十二]。最後寫過世前患病，眾人搶救的情形。由於已經不需要顧慮傳主本身做了什麼事了，因為丁文江一直躺在床上。所以胡適可以放手去寫，故寫來格外動人。他根據自己的日記，寫的基本上都是當時外在發生的事，因此毫無困難。他寫丁文江因煤氣中毒昏迷，卻不幸遇上庸醫誤診，

註十一 胡適：《丁文江的傳記》，（台北：胡適紀念館，民國六十二年二月增訂版），頁一二二。

註十二 同上註，頁五五。

做人工呼吸又折斷肋骨，竟無人發覺。再加上中風，使情況更為棘手。在長篇敘述眾人想方設法請醫師，分析病因時，他的時間區隔愈來愈短，最後說：

一月五日，上午沒有長沙電報。午飯後，王院長來電話，說他連得兩急電：第一電請協和速派醫生飛去。第二電是十二點廿五分發的，說「丁垂危！」

我趕到協和醫院，與Loucks，Lyman，Dieuaide，及關頌韜五人會商，復一電云：「明早快車來。」

晚上我在王正輔先生家，得王院長電話，說在君下午死了！我趕回家，得電報：「在君昨日轉危，於今日下午五時四十分逝世。經農、韋曼。」

在君真死了！[註十三]

這樣生動的文字在當時是很少見的，可惜胡適雖有這樣一本書出版，但對那時的傳記寫作風氣並沒有造成什麼影響，仍然是朝向教育民眾的方向來寫作。

例如像秦孝儀：《我們的領袖》[註十四]便是，本書較特殊的地方在於，每一章開頭均引古書或偉人的一句話，

註十三 同上註，頁一一九。

註十四 秦孝儀：《我們的領袖》，（台北：幼獅文化事業公司，民國五十六年一月出版）

如第一章開頭引用國父所說「如江河之自適，山嶽之不移」。其實與章節內容沒有太大關係，只是為了歌頌蔣公。每章末尾並有文句要讀者反省思考，如第一章末尾云：

> 想想自己的故鄉田園廬舍究竟怎麼樣了？
> 我們大陸的山川文物，能讓其毀於共匪毛賊之手嗎？

其餘的內容大都是政治教育加上近代史。

在這樣的風氣之中，也有作者很有自己的想法，寫出一些不同於流俗的作品。例如羅光《陸徵祥傳》[註十五]，此書也是寫得較生動可讀的一本，共分為三十一章。作者在〈再版自序〉中說：

> 陸徵祥傳出版已十九年，當時國內沒有這種體裁的著作，有人評為不合中國文史傳統。近十年來國內既有傳記文學雜誌，又有傳記的專集，於是這種由歐美流進來的體裁，已經成為通行的文體了。[註十六]

此書再版於民國五十六年，故可知其初版是在民國三十七年。當時這樣的作品被評為「不合中國文史傳統」，可見社會上對傳記的看法並沒有太大的進步。

傳記文學不是中國以往的行傳和年譜，也不是歷史傳記或傳記小說。這種文體以傳述書中主人的人格為主

註十五　羅光：《陸徵祥傳》，（台北：臺灣商務印書館，民國五十六年八月初版）

註十六　同上註。

，以史事為材料，以文藝為作法。作者要有寫小說者的描寫天才，要有歷史考證者的絲毫不苟；善於選擇史料，長於描寫人格。書中所敘的史事要生動，要確實，使讀者看著傳中所寫的人物，很生動地如見其人。

我寫陸傳，擬按著這種標準去寫。前半部以史事為主，包括陸徵祥從青年讀書到辭退公使職的五十年事蹟；後半部是陸徵祥在隱修院的生活，史事簡短，多寫思想。註十七

陸徵祥本人的生平起伏甚大，在清末出使外國許多年，民元時任北洋政府的外交總長，甚至做到國務總理。但卻急流勇退，隱居於比利時的修道院中直到過世。因此對北洋政府的一些史實，以及修院中的各種規矩，有詳細的記載。羅光運用各種手法，將這樣一位由絢爛歸於平淡的民初人物寫得活靈活現。

類似的宗教界人物傳記尚有范韻詩的《毛振翔傳》，此書出版於民國四十五年。書中第十二頁寫毛振翔曾讀過魯迅的〈阿Q正傳〉，作者連忙在後作註云：

寫阿Q正傳時候的魯迅，思想上還不是一個左派的作家。阿Q正傳是共黨作家所攻擊的一篇寫實小說。註十八

我們姑且不論這段話正不正確，作者會如此緊張，當時的政治氣氛可見一般。魯迅的書在當時被列為禁書，作者只好為這段歷史辯護，生怕被有心人戴上帽子。而書中也時常強調毛振翔是如何地堅決反共。

註十七　同上註。

註十八　范韻詩：《毛振翔傳》，（台北：新聞天地社，民國四十五年十一月出版），頁十三。

在民國五十年代，社會已經較於安定，於是開始出現掌故式的外傳，首先出現的是楊威的《杜月笙外傳》註十九。本書出版於民國五十六年，分為七十九回，內容大致一些關於杜月笙的傳言，非常輕鬆易讀，文筆很好。

第二節 思想控制下的困頓——一九七〇至一九八九年

七〇年代是個十分微妙的時代，楊照曾提出一個看法：

如果說五〇、六〇年代是靠政治意識形態建構神話的時代，七〇年代就是艱苦東挪西湊努力調整、維持神話的時代。註二十

此時的禁忌依然十分森嚴，例如出版於民國六十年，孫彥民所寫的《張伯苓先生傳》，由於張伯苓在大陸過世，遺囑上讚揚共產黨偉大，宣示學生要追隨共產黨。本書作者一口咬定那篇遺囑是共產黨假造的，並且在書中附了一篇據說是「輾轉」獲得的「真正遺囑全文」，文中則是極力讚揚蔣總統，痛罵「朱毛劉彭之流，亦徒增生靈之塗炭而已！」註二十一究竟真相如何？則有待歷史學家去證明。

又如朱敬恆《大樹將軍：陳繼承先生傳》，因此書曾經過國防部的檢查，故作者可能有難言之隱。本書篇

註十九 楊威：《杜月笙外傳》，（台中：金陽出版社，民國五十六年十月初版）。

註二十 楊照：〈發現「中國」——台灣的七〇年代〉，收於楊澤主編：《七〇年代：理想繼續燃燒》，（台北：時報文化，一九九四年出版），頁一三二。

註二十一 孫彥民：《張伯苓先生傳》，（台北：臺灣中華書局，民國六十年九月初版），頁二四。

首〈作者的話〉一文，甚至將國防部的審查意見全文附上，不知用意何在？國防部的審查意見甚長，在結論云：

> 本書立論正確，行文流暢，史實概符，無對上攻訐，對外洩密之顧慮。註二十二

不知道所謂「對上攻訐，對外洩密」是什麼意思？

在當時，市面上的傳記仍然以翻譯作品為主。《傳記文學》的發行人劉紹唐於接受訪問時曾說：

> 不過，從市面上的傳記書看來，一般還是以西洋人的作品為主。這個現象告訴我們：我們在傳記文學方面仍須繼續奮鬥。註二十三

當時是民國六十六年，西元一九七七年，市面上的傳記書仍然以外國傳記為主。

這個時期，歌功頌德的蔣中正傳仍然有人在寫，不過已不再像之前那樣露骨。此時有黎東方的《蔣公介石序傳》註二十四，該書大部分內容是近代史，而且重點置於在大陸上的事蹟，來台之後的歲月著墨甚少。較特殊的地方在於，對許多戰事的細節知之甚詳，若對戰史有興趣者可以一閱。作者似乎是藉著近代史的史料在充篇幅，以逃避對蔣中正作過多正面描寫。

民國六十四年蔣中正過世，蔣經國在不久之後繼位，他的傳記也就在民國六十七年開始出現，分別是劉雍

註二十二　朱敬恆：《大樹將軍：陳繼承先生傳》，（台北：七十年代出版公司，民國六十三年十月初版），頁三。

註二十三　王鴻仁，〈訪劉紹唐先生談傳記文學〉，（台北：《書評書目》，民國六十六年十一月，五十五期）。

註二十四　黎東方：《蔣公介石序傳》，（台北：聯經出版事業公司，民國六十五年十一月二版）。

熙主編《繼往開來的蔣經國先生》[註二十五]與李元平《平凡平淡平實的蔣經國先生》[註二十六]。前一本書的章節雖是編年式，但內容十分駁雜，充滿各種資料例如蔣經國的日記、十項建設的計畫書等等。可見對蔣經國的傳記寫作大家還是第一次嘗試，摸不準方向。第二本就好得多，作者以各種小故事來說明蔣經國的性格，企圖將他塑造成一位個性堅強卻又親民愛民的領袖。

台灣本土的人物傳記也在此時出現，最早的是羅秋昭所著的《羅福星傳》，作者自序寫這本書的原因是為了紀念先祖父殉國六十週年，「並藉以啟迪後進，以先烈作模範，為黨國矢忠貞」[註二十七]，後一句話相信是不得不說的。全書是以抗日為基調，強調民族主義。

既然對傳記的認知仍然停留在愛國教育教材這個層次，那麼與其一本兩本的出版，不如由領導思想的官方主導，選擇傳主及作者，出版一套標準本供青年閱讀，反而更有效率。終於在民國六十六年，近代中國出版社開始了一系列《先烈先賢傳記叢刊》的出版計畫。這個計畫不僅龐大而且漫長，一直延續到民國八十年，前後請了數十位作者，為先烈先賢作傳。根據秦孝儀在〈先烈先賢傳記叢刊序言〉中的說法，此套叢書乃是「邀請當代名家以真摯而生動的歷史小說筆法，分就有關先烈先賢的身世、生活和思想、學術、操持、云為，以及對國家民族的貢獻，加以明確而平正的敘述，集為一部『先賢先烈傳記叢刊』，我們十分希望她是兼具學術、文藝與教育意義的讀物。」又說：「『哲人日已遠，典型在夙昔，風簷展書讀，古道照顏色。』我們僅以和此一

註二十五 劉雍熙主編：《繼往開來的蔣經國先生》，（台北：益友出版社，民國六十七年三月初版）

註二十六 李元平：《平凡平淡平實的蔣經國先生》，（台北：青年戰士報社，民國六十七年五月初版）。

註二十七 羅秋昭：《羅福星傳》，（台北：黎明文化事業公司，民國六十三年二月出版），頁二。

樣的心情，虔誠的希望忠肝、熱血的革命青年，從這一部叢刊裡，獲得您所希望獲得的啟示與鼓舞。」我們由之前的傳記寫作方向來看，這套叢書的出現可以說是必然的。而由當時的政治情勢來看，中華民國在國際上的處境越來越不堪，而國內對於回歸本土的呼聲日益高漲，這套書的出版乃是企圖維繫政府長期以來所建構的所謂法統。從資料的比對中也可以發現，這套書幾乎是獨力支撐了整個神話搖搖欲墜的七〇與八〇年代。最主要的原因是因為既然有官方機構正式發聲，同類型的傳記便沒有再寫的必要。當時對於寫作的規定，丘秀芷在《剖雲行日——丘逢甲傳》一書中略有提及：

> 六十六年元旦剛過，接到通知，要寫二叔祖丘逢甲先生的傳記。規定以歷史小說筆法完成，時限半年。註二十八

同一位作者，在另一本書的序言中又對此做了說明：

> 民國六十六年正月，中國國民黨中央黨史委員會約邀多位文友，商討如何撰寫先烈先賢傳記，預計第一批撰寫十位與台灣歷史有密切關係的先烈先賢。註二十九

可見最早是要先寫「與台灣歷史有密切關係的先烈先賢」，但是在出版了翁俊明及丘逢甲的傳之後，方向就完全改變了，開始寫民國初年在大陸的革命先烈。正如柏右銘在研究過這時期的文學現象後所說：「台灣的外省人

註二十八 丘秀芷：《剖雲行日——丘逢甲傳》，（台北：近代中國出版社，民國七十四年八月再版，《先烈先賢傳記叢刊》），頁二四九。

註二十九 丘秀芷：《民族正氣——蔣渭水傳》，（台北：近代中國出版社，民國七十二年五月初版，《先烈先賢傳記叢刊》），頁一。

以追憶消失的人，來創造他們的過去。」[三十]，這句話應用在傳記上也同樣可行。

在當時這個計畫剛開始實施，因此作者們大多還在埋頭苦寫，數年之後，也就是一九八〇年代，成品一一出現。其數量之多，竟主宰了整個八〇年代的傳記文壇。

到了八〇年代，《先烈先賢傳記叢刊》以大約三個月一本的速度，連續出版十餘年，其書的素質姑且不論，單以這樣大的數量來說，已經對當時的傳記生態產生結構性的改變，任何人要研究這個時期的傳記，都不能對這套叢書視而不見。

在內容上，雖然秦孝儀說要以歷史小說的筆法來寫這套《先烈先賢傳記叢刊》，但是由於作者眾多，人人各有想法。尤其是大部分人均認為寫傳是何等大事，應該力求真實，怎可以小說筆法為之？例如陳紀瀅寫《一代振奇人——李石曾傳》，作者在自敘中便說：

撰寫這本傳記的責任，由黨史會安排，落在我的身上。可能由於黨史會想以文學創作的筆法，完成一系列革命元老的傳記，以便贏得更多讀者。當時未多加考慮，我就貿然答應下來，並且預計七十年五月以前可以交稿。

不料等我翻閱了有關李氏的若干資料後，立刻發現，我決難照秦主任委員的希望，把李氏一生史略，化為

註三十 柏右銘（Yomi Braester）著，黃女玲譯：〈台灣認同與記憶的危機——蔣後的迷態敘述〉，收於《書寫台灣——文學史、後殖民與後現代》，（台北：麥田出版股份有限公司，民國八十九年四月初版），頁四一。

「虛構」或「幻想」，編造一本「傳記」。那樣，不但對不起我的鄉長，也是欺騙讀者，構成不可饒恕的罪過。所以我曾於去年五月專函心波先生，另請高明，以便完成；並請寬恕我的冒失。

後來由於秦先生的善意，仍囑我負責。

我再度奉命，於七十年夏季開始籌劃及預計我要寫的「體裁」。我決定仍以傳統方法編寫這本書，我放棄了「文藝式」的寫法。註三十一

作者不但拒絕遵從秦孝儀定的規矩，而且還認為，那樣寫是在「欺騙讀者」，「構成不可饒恕的罪過」。不過他自己寫的也沒有多高明，大部分都在抄錄李石曾自己的文章，甚至抄李璜與李書華的回憶錄，作者只做了一些剪貼的工作而已。在抄完一大段文字後，加上一些不著邊際的議論，如頁八六、頁一三四、頁一七六。唯一的優點是作者很誠實，文章抄自哪裡均會講清楚出處及頁數。由於胸中自有定見的作者相當多，使得這套書真正以小說形態寫作的少之又少。

另外秦孝儀於序言中也說要找「當代名家」來寫傳，可是實際上並不是每一位作者均是名家。有些人實在不曉得要寫什麼，對傳主又不認識，只好東抄西抄。因此最後的成品是十分複雜的，並沒有一個統一的寫作方式。

註三十一 陳紀瀅：《一代振奇人——李石曾傳》，（台北：近代中國出版社，民國七十一年八月初版，《先烈先賢傳記叢刊》），頁一。

例如寫《淮上英傑——柏文蔚傳》的這位作者便說：

這次承蒙秦孝儀先生的雅愛，囑我撰寫柏文蔚先生傳記，敢不應命。柏文蔚先生是安徽壽縣人，而我是合肥人，應該說是鄰縣的同鄉。我這後輩沒有瞻仰過柏先生生前的丰采，更沒有機緣向他請教。現在我祇能蒐集柏先生遺留下來的或是別人撰寫的資料，在「孫逸仙圖書館」珍藏的文獻中，關於他的僅僅是粗糙的鉛筆畫。

我想從我的朋友或是朋友的朋友裡訪問壽縣人，尋找「活的」資料，但我和他們都沒有壽縣的朋友。我打過幾十個電話，等於零。註三十二

秦孝儀找的這位作者對傳主根本就不熟，也沒有他的任何資料，而且很明顯沒有受過任何找資料的訓練。因此只會守在「孫逸仙圖書館」之中嘆氣，或是打電話給安徽籍的朋友。這樣一位憋腳的作者之所以會被秦先生相中，只因為他是安徽人。

類似的問題不斷出現，作者均強調自己是「受命」為之，寫得十分痛苦，例如朱星鶴的《黨軍師裸——廖仲愷傳》：

更叫我為難的是，無論政府或民間，都找不出一本完整的有關廖仲愷先生的專集資料足供我按圖所驥。譬

註三十二 宣建人：《淮上英傑——柏文蔚傳》，（台北：近代中國出版社，民國七十二年三月初版，《先烈先賢傳記叢刊》），頁一四二。

如胡漢民、朱執信，都有完整的年譜、文存、傳記等等，所以，我非常羨慕受命為胡、朱等撰寫傳記的人，那些完整而豐富的資料垂手可得、取之不盡，而我卻靠著片言隻字「上窮碧落下黃泉」地去沙裡掏金，總之一句話：這本傳記寫得我好苦。註三十三

未動筆之前，我對廖仲愷先生的生平事功也只是從報章雜誌獲得一鱗半爪的認識；既動筆之後，在完全無專書可參考的情形下，我不得不從浩如煙海的近代史檔案資料中，一篇篇、一段段、一句句地尋找。於是，每個周末假日，設立在國父紀念館內的「孫逸仙博士圖書館」便成了我常去的地方。

尤其寫到某些階段，由於資料缺乏而不得不略過去時，心中總有一種「欠缺」感。

資料缺乏和廖仲愷先生的身世如謎（譬如他的父母親是怎樣一個人、兄弟姊妹若干、少年求學經過、家庭環境如何、他回國讀書以至獻身革命後與家人往來的情形、父母親友師長對他的影響和幫助、他婚後的家庭生活等等，完全無從查考），對從事傳記文學寫作者是一大阻礙。註三十四

由於作者查不到資料，因此本書由廖仲愷十七歲回國開始寫起。全書大部分內容是近代史，穿插少許廖的事蹟

註三十三 朱星鶴：《黨軍師褓——廖仲愷傳》，（台北：近代中國出版社，民國七十二年四月初版，《先烈先賢傳記叢刊》），頁一。

註三十四 同上註，頁二。

以及想像的對話。

因為資料不足，作者寫得十分勉強，例如花了許多篇幅寫吳祿貞在間島問題上的貢獻，然後說這一切是廖仲愷的功勞，卻又舉不出證明，令人摸不著頭緒[註三十五]。此書最關鍵的問題是資料，作者寫這本書時，廖仲愷的子女尚在，許多問題其實可以由口頭訪談得到解答。但當時作者不可能有這樣的機會，即使有也不能做，書中直斥其子廖承志為「認賊作父、靦顏事敵」的不肖子[註三十六]。在這樣的政治氣氛與要求下，作者只好放棄現成的資料，死守在台北的國父紀念館內，痛苦萬分地寫一本合乎要求的廖仲愷傳。

又如寫《革命第一烈士——陸皓東傳》的作者，既要正常上班，又要撥空寫傳記，因此也是寫得苦不堪言，在〈後記〉中訴苦道：

> 由於公務繁忙，只能利用晚間十時後至凌晨之間寫作，有時實在困倦，竟有數次伏在稿紙上呼呼入睡，次日閱稿，曾有數行文字不知所云，只好刪除重寫，因此書中難免不如人意。[註三十七]

這套書為了凸顯傳主在歷史事件中處於主導地位，作者常會刻意誇張傳主的重要性。如劉蘋華《筆雄萬夫——葉楚傖傳》[註三十八]，頁六十五說當袁世凱稱帝時，「反帝制的言論，來勢洶洶（其中尤以葉楚傖的民國日報為甚）。」作者特別加了括號註明，這種現象不是只有這本書有。這套書中許多傳主被寫得好像是當時最偉大

註三十五 同註三十四，頁七〇。

註三十六 同上註，頁三。

註三十七 吳東權：《革命第一烈士——陸皓東傳》，（台北：近代中國出版社，民國七十一年五月初版，《先烈先賢傳記叢刊》），頁一七六。

註三十八 劉蘋華：《筆雄萬夫——葉楚傖傳》，（台北：近代中國出版社，民國七十五年六月初版，《先烈先賢傳記叢刊》）。

的先知，事實上連作者在接這個差事前，都不了解這個人做了些什麼事。

由於這套叢書出版的時間長達十數年，這期間政治上出現了很大的變化，而且所要寫的傳主很多，彼此之間難免會有政治主張或行事作為互相抵觸的情形。例如本叢書第八十二部《林獻堂傳》，稱林獻堂為「台灣民族運動倡導者」，晚年因為有人誣指他是匪諜而避居日本。但是邱七七：《集忠誠勇拙於一身——陳誠傳》卻說林獻堂是地主仕紳，為抗議陳誠三七五減租的德政，所以避赴東京不歸。[註三十九]

由於此套叢書的出版時間頗長，我們也可以從中看到傳記跟隨社會及政治情勢發展而變化的痕跡。例如尹雪曼這本《軍學權輿——蔣百里傳》[註四十]，出版於民國七十七年，此書重要關節處均以張宗祥〈蔣方震小傳〉為準，而此文乃是大陸人士在一九六〇年所寫。作者竟然可以公然地參考大陸著作來寫傳，由此也可看出政治開放之後，傳記寫作得到很大的便利。這套叢書若晚幾年推出，相信會更理想，因為他們主要在寫大陸人士，兩岸開放後，作者在資料的取得上會更方便。當然，由政治的角度來說，或許會永遠不能出版，因為本土化呼聲已經出現了。

雖說這套書是民國七十至八十年代傳記市場的主流，但依筆者的看法，這套書實際上是失敗的。一開始的幾本還寫得不錯，但是後來的作品不論在傳主或作者的選擇上都有欠考慮，以致於選出一些從沒有人聽過的革命先烈來當主角，例如田桐、趙聲、甯調元等，或是選一些國民黨的高官如谷正倫、張道藩、馬超俊等。有些人早在民國成立之前就過世了，在歷史上也沒有留下什麼豐功偉業，知道的人也不多。有的人則僅是在國民黨

註三十九 邱七七：《集忠誠勇拙於一身——陳誠傳》，（台北：近代中國出版社，民國七十四年六月初版，《先烈先賢傳記叢刊》），頁二〇。

註四十 尹雪曼：《軍學權輿——蔣百里傳》，（台北：近代中國出版社，民國七十七年六月初版，《先烈先賢傳記叢刊》）。

內擔任要職，在政府機關身居高位而已。

那麼這套動員許多人力物力所完成的傳記叢刊，在當時的市場上究竟反應如何呢？林文月為這套叢書所寫的《青山青史：連雅堂傳》多年以後有再版的機會，據其書前吳東權所撰〈名人小說傳記總序〉云：

> 十餘年前，故宮博物院院長秦孝儀先生，以宏觀的氣魄，邀集了國內數十位知名文學作家，有計畫地編撰民國以來的偉大人物傳記，出版了數十冊先賢先烈傳記叢書，就是一例。
>
> 可惜的是那套叢書的印刷裝幀十分保守、封面設計極為呆板、經銷發行也未能普及，以致功虧一簣，令人扼腕。近年來，閱讀大眾對於傳記文學頗為注意，但是大多偏向於政治與商業人物的傳述，真正具有激濁揚清，振衰起敝的先烈先賢傳記，卻仍未受到重視。[註四十一]

這段話可以說十分貼切地將這套書不受歡迎的情況給表達了出來。作者將失敗的原因歸諸于「印刷裝幀十分保守」、「封面設計極為呆板」、「經銷發行也未能普及」。這三點的確是相當重要的因素，但筆者以為，對傳主與作者的選擇有欠考慮，也必須負擔很大一部份責任才是。

尤其到了民國七十八年《孫運璿傳》出版之後，讀者們的口味立刻被改變，強調親身訪問傳主的回憶錄式傳記[註四十二]躍居主流，於是這些運用中國現代史與國民黨史所編纂的傳記便乏人問津了。

註四十一 林文月：《青山青史：連雅堂傳》，（台北：雨墨文化事業有限公司，一九九四年十月初版，《名人小說傳記六》），頁五。

註四十二 由作傳的方式上來看，民國七十四年丘秀芷寫《民族正氣——蔣渭水傳》時，便已經開始以當面採訪的方式蒐集資料。由序言可知，

這套傳記叢刊雖然整體上來說是失敗的，但由某些方面來說，它卻也獲致了一些成果。對黨政當局來說，它最主要的成就便是在十多年前，即已預見將來大環境的改變，並預先籌劃寫作這套書。而這套書的出版，也確實達到控制傳記出版，以及掌握歷史解釋權的目的。但也由於它的出版，無形中排擠掉同類型的傳記，使得相類似的為黨國矢忠貞的傳記很少再出現。

然而在八〇年代，書籍的寫作與出版已經走上了文化工業的階段，此時的出版與書市的特色乃是宣傳導向與消費導向[註四十三]。大型連鎖書店開始出現，金石堂便於民國七十二年在汀州路開始營業，暢銷書排行榜也開始主導大眾閱讀的內容，於是一個以讀者為導向的產銷體系開始成形。作者及出版社的應變能力必須更快，才能在瞬息萬變的市場中生存。而這套叢書卻仍然掌控在僵硬的國家宣傳機器之下，也註定了它即將淡出市場的命運。

此外，民國七十七年蔣經國逝世，政治尺度逐漸寬鬆，作者們雖然還不敢直接在書中挑戰幾十年來的嚴格規範，但是已經在有意無意之間伸出嘗試的觸角。例如民國七十八年趙正楷編述的《徐永昌傳》，傳主於中原大戰時參加閻錫山一方，因此對民國歷史中較少提及的北方軍隊情況有詳細的描寫。書中並記有閻錫山說的一句話：「介石這個人，輔之不足輔，倒又不足倒。」[註四十四]可見此書出版時言論尺度已經較寬鬆了。雖說如此，但此時反共的思想仍然是主流，例如周開慶《盧作孚傳記》，此書先將傳主定位為愛國的實業

作者當時為了寫書，到處採訪許多故舊耆老，企圖重建當時的歷史情境。之後的傳記寫作，也慢慢朝此方向演進。

註四十三 見林芳玫：《解讀瓊瑤愛情王國》，（台北：時報文化出版企業有限公司，一九九四年八月），頁一八九。

註四十四 趙正楷編述：《徐永昌傳》，（山西文獻社，民國七十八年二月初版），頁一七八。

家，最後一章則是就兩則大陸的剪報，批評大陸上重建民生公司的企圖。到後來成為一篇反共的文章，最後並說：

我們希望中共趕快覺悟，放棄以往錯誤的道路，共同為三民主義統一中國而努力，不要永遠成為民族的罪人！[註四十五]

劉紀蕙在〈台灣文化場域內「中國符號」與「台灣圖像」的展演與變異〉一文中寫道：

這種懷鄉情結，到了八〇年代漸漸無法支撐，原因在於七〇年代末期政治局勢的轉變：從中壢事件、中美斷交、高雄美麗島事件，加上過去白色恐怖時期壓抑住的歷史創傷經驗的逐漸浮現，使得人民對於政府以及國家的懷疑加劇，也相對的開始對於政府與國家所強調的大一統論述不再信任。[註四十六]

這種不再信任的感覺，不僅使得懷鄉之作沒有市場，而且也導致了九〇年代以台灣本土人物為主體的傳記興起。

第三節 內容與形式的改變——一九九〇至一九九九年

進入九〇年代之後，傳記呈現出蓬勃發展的新氣象，台北的中華書局還曾經投入資金，將重慶南路的門市

註四十五 周開慶：《盧作孚傳記》，（台北：川康渝文物館，民國七十六年四月初版），頁九十八。
註四十六 見劉紀蕙：《孤兒・女神・負面書寫：文化符號的徵狀式閱讀》，（台北：立緒文化事業有限公司，民國八十九年五月初版），頁三。

改裝為專賣傳記的書店。此時期由於政治鬆綁，社會消費能力增加，使得傳記寫作不但更自由，也成為一項有利可圖的事情。由於有許多新成立的出版社投入市場，一時之間，傳記文壇忽然由前三十年的枯燥冷清轉變為百花齊放的榮景。此時期大致上有以下幾個明顯可見的趨勢：

一　關心台灣本土的人物

隨著時代的演進，不僅市面上新出版的傳記已經擺脫了懷念大陸的老方向，即使是《先烈先賢傳記叢刊》本身也開始做了改變，例如賴西安所著《台灣民族運動倡導者——林獻堂傳》註四十七，此書出版於民國八十年，書名直寫「台灣民族運動」，其含意就已經十分曖昧。又由書中的某些內容可知，此套叢書的編輯方針已經開始改變。如描寫二二八事變，以及傳主晚年滯留日本不敢歸台，因為國民黨政府有意將他逮捕等事，這在早期出版的同一套叢書內是不可能見到的。

民國八十三年，台灣省文獻委員會也開始出版一系列《台灣先賢先烈專輯》，據該會主任委員簡榮聰於序言所說，已經遴選了「古今賢烈百人」，準備為之立傳，其企圖心甚至比之前的《先烈先賢傳記叢刊》還大。在九〇年代末，也開始出現由台灣省文獻委員會所編印的另一套《台灣歷史名人傳》，與之前的《台灣先賢先烈專輯》、《台灣先賢先烈叢刊》均是選出具有代表性之台灣歷史人物，分別為之立傳。

傳記寫作受到政治干擾的情況，在政治鬆綁之後更加明顯地浮現出來。黃煌雄的《蔣渭水傳》，是一個極

註四十七　賴西安：《台灣民族運動倡導者——林獻堂傳》，（台北：近代中國出版社，民國八十年六月初版，《先烈先賢傳記叢刊》）

難得的例子。該書初版於民國六十五年，於民國八十一年再版，並做了一些修訂。作者於再版序中說：

> 十多年前，當我開始研究一九二〇年代臺灣民族運動歷史的時候，當時的客觀環境是這樣的：
>
> 一、政治上，由於實行戒嚴體制，在威權政治下，國民黨一黨獨大，且視臺灣近代民族運動歷史為禁忌，因此，這段歷史在當時幾乎處於空白階段。
>
> 二、在學術上，有關此期歷史的資料還相當貧乏，已出版的資料之中，由於政治的影響，不免反映出濃厚的政治色彩。
>
> 三、在實際的走訪中，由於國民黨長期的壓抑，臺灣近代民族運動尚存的先覺者，大都年歲已高，不願多談，縱有談論，也由於時間關係，不夠明確與堅定。
>
> 這些正是我在十多年前寫《臺灣的先知先覺者——蔣渭水先生》及《台胞抗日史話》二書的背景，這種背景也影響到我在寫作時的基本態度。[註四十八]

新舊版之間最大的不同在最後，也就是在寫蔣渭水對孫中山的崇敬這一節上。舊版有三十九頁，新版在這部份卻只有十三頁，主要拿掉的是一張非常長的表格，將孫中山與蔣渭水二人言論相似之處作對比，以凸顯他也是孫中山先生的信徒。

事實上，在本土人物的傳記中，除了做政治上的翻案之外，另有一部份已經擺脫早期的悲情訴求，改以記

註四十八　黃煌雄：《蔣渭水傳》，（台北：前衛出版社，一九九五年七月初版），頁九。

敘民國六七十年經濟起飛時共同的「台灣經驗」為主，例如幾位商界人物的傳記便是。

二 記者參與寫傳

我們試翻閱這時期的傳記，會發現大部分的作者都是從事新聞相關行業，傳統上所公認的史學界與文學界出身的作者反而日漸稀少，這種情形在最熱門的政治人物與商界人物的傳記上尤其明顯。為什麼在九〇年代記者忽然成為傳記作者的主流群？其實原因也很簡單，因為新聞媒體都會派遣特定的記者跑固定的新聞路線，久而久之這位記者便會對這位政治人物十分熟悉，一旦要寫傳記，他們的關係又好，文筆也不錯，自然會是雀屏中選的當然作者。吳蕙芬在研究過陳水扁的傳記之後寫到：

就作者而言：除了傳記作家陶五柳為陳水扁所做的一本傳記之外，這些書籍的作者均為主跑政治路線或長期採訪陳水扁的記者。一方面，貼身採訪陳水扁的記者比他人有更多機會去瞭解陳水扁「是怎樣的人」，在與陳水扁的互動過程中也不斷累積可就地取材的小故事；另一方面，長期跟隨在陳水扁左右會形成比較親密的記者與新聞來源的關係，而這樣的關係勢必影響記者的客觀性。[註四十九]

由此可知，記者由於近身採訪之便，因此可以有許多機會觀察傳主，而有許多第一手的消息。並且由於他獲得傳主的信任，有些話可能就會在有意無意之間透露給記者知道。但是記者就一定是客觀的傳記作者嗎？由上面

[註四十九] 吳蕙芬：《候選人形象研究：以八十三年與八十七年台北市長候選人陳水扁為例》，（國立政治大學新聞研究所碩士論文，民國八十八年十月），頁四六。

的引文可知，記者要想採訪新聞，首先必須與傳主建立良好的關係，而這樣良好的關係，在作傳的時候便有可能影響他做客觀的判斷。再加上記者的本業是採訪，若因為出版一本傳記而把多年建立的人際關係搞砸了，實在是很不划算的事。現在的政治人物因為政治立場的關係，不僅會選擇記者，也會選擇記者背後的媒體。林允曾說：「『不論是非，只論立場』幾乎成為多數政治人物看待採訪記者與其背後所屬媒體的慣性反應。」[註五十]如此一來，記者要想把持公正超然的立場就更加困難了。

即使如此，記者寫傳的風氣仍然十分興盛，有些記者幾乎可用「量產」來形容，例如周玉蔻、夏珍等人。這時不免使人懷疑，他們既要上班，又能夠一年寫多本傳記，他們怎麼有時間去蒐集和整理這許多資料？對記者來說，最重要的資料蒐集方法便是當面訪問了。但是由於傳主都很忙，因此採訪的時間不會太長。例如《高清愿傳》的作者莊素玉便說：「這三年間，他與我認真長談二十餘次，每次談話都超過兩小時。」[註五十一]以高清愿這樣日理萬機的集團總裁來說，願意和記者談話超過兩小時，已經是很不容易的了。又如陳怡真寫《人間迦葉 王清峰》，作者曾任中國時報記者。作者自己在後記中說，此書僅花三個星期便寫好，包括十天作訪談及蒐集資料。

> 整本書我分成六篇章節，根據題材跳著寫。本來以為婦援會時期的三章最好寫，因為我曾全程參與，內容最熟悉不過了，結果卻是我花費最多力氣，而最不滿意的部份。原因就因為太熟了，許多細節皆不忍割捨

註五十 林允：〈媒體各擁其主，記者遊走四方——黨政記者處境像夾心餅乾，左右為難〉，（《目擊者》，一九九八年六期），頁八。

註五十一 莊素玉：《無私的開創：高清愿傳》，（台北：天下遠見出版股份有限公司，一九九九年五月一版），頁十四。

，反而造成組織上的困難。本以為，王清峰的監委時代我最不熟悉，可能最難寫；但由於她的調查報告敘事清楚，我們口頭訪談的時候，她的說明淺顯易懂，我也特別緊張，盯得仔細，最後反成為寫來較順的部份。[註五十二]

本書很明顯是為選舉而寫，故傳的部份很少，大部分篇幅在說王清峰所處理的案件。作者曾與她在婦援會共事過，且曾做過訪談，所以寫來較為自然，不會長篇引用文件資料。以上兩本是寫得較好的例子，我們要知道，如此快速的訪談及寫作，很容易會造成傳記欠缺深度，只有內幕消息或文件的總集。景文集團董事長張萬利的傳記就是一個失敗的範例。

記者參與寫傳的另一個重要原因便是，出版社常會為了新聞話題而出版傳記。例如黃嘉瑜編著的《宋耀如傳》[註五十三]，這樣一位過世甚久又不很有名的人，為什麼出版社會出版他的傳記？在〈前言〉中說：「七十七年七月八日國民黨十三全會中，蔣宋美齡女士特別在演講中提及她的父親宋耀如襄助孫中山革命的事蹟，才勾起人們對這位宋氏家族鑄造者的好奇。」（無頁次）又如陳光遠的《劉泰英前傳》也是因為劉泰英當時正是新聞熱門人物而寫。

三 人物職業多樣

註五十二 陳怡真：《人間迦葉 王清峰》，（台北：新新聞文化事業股份有限公司，一九九六年一月初版，「總統大選系列四」），頁二五四。

註五十三 黃嘉瑜編著：《宋耀如傳》，（台北：群倫出版社，民國七十七年八月一版）。

朱介凡早在民國四十三年便為文提倡要為小人物立傳，但是並沒有什麼人響應。之後的幾十年，雖偶有幾本出於紀念性質的傳記問世，但是數量過少，市面上幾乎完全是政治人物的傳記。畢竟政治人物高高在上，每天又若即若離地與大眾接觸，這種人當然會引起大眾好奇。更不要提那些為宣傳目的所寫的傳記了。

近年來，由於商業力量的介入，使得傳記的出版與暢銷有了新的途徑。林芳玫曾指出：

當政府抽身離開文化的領域，讓出來的空間往往是被商業及市場的力量所填補。[註五十四]

在這種情況下，只要是名人，便可能有賣點。再加上出版時機的精確掌握，任何職業的人物傳記都有可能成為暢銷書。於是我們可以看到職棒明星球員的傳記，描述他如何辛苦練球。又可以看到攝影師的傳記，描述他的沙漠攝影歷險。還有影視紅星的傳記，甚至黑道人物都有傳記問世，如白狼張安樂的傳記。這樣的寫作趨勢，主要得歸功於大眾傳播的發達。民眾在電視上看到的名人愈來愈多，出版社只要等待時機，當名人有什麼新聞事件發生，馬上可以寫一本傳記賣錢。

雖說人物的職業較以往為多，不過仍是以政治人物的傳記佔了最大部分。胡衍南曾經分析過其中的原因，他說：「如果不是由於階級地位的差異，造成一般人民與上層人物的隔閡，人類天性的窺視慾不會集中在當前政治人物身上。同時，透過個人付費的商業交易模式，這種閱讀/消費行為也滿足了小生產者的私有欲及所有權意識。」[註五十五]這樣的說法也同時解釋了我們為什麼會對歌功頌德的傳記感到不耐，以及八卦內幕雜誌盛行的原因。

註五十四 前引書，頁一六八。

註五十五 胡衍南：〈歷史?·新聞?·內幕?·隱藏在傳記背後的幾個現象〉，（台北：《文訊雜誌》，民國八十二年十二月，革新五十九期），頁二七。

四 積極介入政治運作

邱貴芬道：

相較與以往歷史傳記文學以記載塵封往事、登錄軼聞為動機的書寫動機，當前的「歷史回憶」不僅積極介入政治運作，企圖影響台灣當前的政治佈局，更在當前台灣不同國家敘述衝突、瓦解、建構的歷史時刻扮演喫重的角色。表面上，回憶歷史似乎只是存載史料，但是這些歷史記憶之間衝突及明顯的權利角力關係卻彰顯了歷史書寫一向潛伏的政治運作：歷史記憶不僅是等待拯救、以免被遺忘的既存往事；歷史是建構現在，掌控將來的資本。[註五十六]

傳記向來就不是孤芳自賞式的文學精品，它一直擔負著介入社會，改變思想的重責大任。事實上，早在民國前九年所出版的國父傳記《大革命家孫逸仙》，便已經將傳記視為宣傳革命思想的工具了。「觀其出版後即被滿清政府查禁，與同年出版的《革命軍》（鄒容著）一起被列為禁書」[註五十七]，就可知其政治目的之明顯。晚近的傳記作者甚至企圖藉由政治批判與傳記的結合而成就社會重建，例如許多選舉傳記便是。

像劉心陽：《踽踽我獨行—王建　》[註五十八]，此系列是一套因應選舉而推出的選舉書，因此著重在候選人參

註五十六 邱貴芬：〈歷史記憶的重組和國家敘述的建構：試探《新興民族》、《迷園》及《暗巷迷夜》的記憶認同政治〉，（台北：《中外文學》，民國八十五年十月，二十五卷五期），頁六。

註五十七 見段宏俊：〈「國父全傳」序〉，收於陳健夫：《國父全傳》，（台北：自由太平洋文化事業公司，民國五十三年九月初版），頁一。

註五十八 劉心陽：《踽踽我獨行—王建　》，（台北：生智出版社，一九九六年一月初版，「真實謊言系列」）。

選理念的表達，嚴格說起來不能算是傳記，只是一些大事紀要與選舉文宣的結合，但可看作是現代傳記的某種變體。

不過為選舉而寫的傳記並不一定會充滿了政見，如黃越宏、顧君美《變與不變——往後跑的黑馬許惠祐》註五十九，此書是為了許惠祐參選南投縣長而寫，前言可說是他的參選文宣。全書大致可分為五個部份：讀書、擔任法官、留學、任職海基會、參選縣長。由於他是在海基會任上為大眾所熟悉，因此海基會的部份佔的篇幅較多。雖說是為了選舉而寫，但是由於小故事甚多，所以讀來不會乏味。不像有的選舉傳記幾乎全書都是政見發表。事實上本書的政見甚少，僅在最後有寥寥數語，但是仍不掩其為選舉造勢的企圖。

九〇年代末期，傳記卻逐漸式微，不再有當初百家爭鳴的氣勢。記者訪談的回憶錄式傳記已經是主流，相對地壓縮了其他種類傳記的生存空間，更嚴重的是，似乎不再有人想要嘗試新的寫作手法。傳記在新聞工作者的手中，已經有了固定的模式。而這些年傳主利用媒體，媒體也利用傳主的共生關係，已經產生了不良的後果。有些讀者對此現象感到十分厭煩，如彭蕙仙發表於《中國時報》的一篇文化評論，題為〈政治人物傳記的弔詭〉，文中提到近年來台灣有愈來愈多的政界人物著書出傳，但

> 問題是，在行銷與市場的考量下，如今的大人物傳記與著作已經逐漸失去份量與重量，出版的原始動機與他們所具有的社經地位經常是不相稱的；落入凡間的精靈只怕濁氣更重，他們利用還存在著的公共地位，進行的往往是更私密、更鬼魅的企圖：因為社會地位烘托出的某種優越性，使他們可以利用出版一本書、

註五十九 黃越宏、顧君美：《變與不變——往後跑的黑馬許惠祐》，（台北：另眼文化事業有限公司，一九九七年十月初版）。

兩本書打擊異己，或者諂媚俗眾；然而，他們可以說話的機會早已夠多了，還接二連三出版為自己辯護、宣揚的著作，只要他們一出書，媒體上又是成篇累牘地報導，真是佔盡行銷傳播「贏家取走一切」的便宜，而他們還經常被解讀為坦誠、率真、平易近人呢。註六十

傳記如此明目張膽地藉由大眾傳播通路與傳主本身的地位介入政治運作，也只有在這個時代才看得到。

五、大陸地區作品數量漸增

此處所指的大陸地區作品乃是國府遷臺後在大陸出版的作品，經由書商重新翻印後在臺出版者。大陸地區與台灣的傳記有著極為顯著的差異，最明顯的自然是他們在政治上的態度，此點姑且不論。在寫作上，大陸地區的傳記也有著自己的一套師承系統。

這一類的作品在九〇年代出現得很多，這當然和國內的政治開放有關。其實書商們翻印這些書是經過挑選的，首先傳主當然是要台灣讀者熟悉的人物。大致上可分為兩類，第一類當然是政治人物，一些當年不敢提的人，如毛澤東、周恩來等，在對岸當然是被大書特書的。此外一些在台灣被吹捧的人物，像是蔣介石，在對岸所寫的傳記中便被無情的批評。這種人物的傳記自然有賣點。

第二類是新文學作家，有許多新文學作家在台灣的資料甚少，根本不大可能由此地來寫他們的傳，因此翻印大陸作品是最快的。

註六十 彭蕙仙：〈政治人物傳記的弔詭〉，（《中國時報》，民國九十年十月六日），第十三版。

在大陸由於資料充足，所寫的傳記一般都比台灣所寫的要詳細，且註明資料出處，類似歷史論文。茲舉數例以明之。

（一）張禹清：《民國梟雄——論蔣介石『功』與『過』》

此書版權頁注明經合法授權，且書中許多地方強調工人、農民的貢獻，並且對共產黨的歷史敘述十分詳盡，因此應該是大陸方面的作品。

例如寫蔣介石東征之所以獲勝，主要是靠軍中的共產黨員及當地工人與農民的協助。書中並有許多大陸用語，如「八一南昌起義」、「海陸豐農民起義」、「蔣介石的反人民內戰」等。

此書比汪榮祖、李敖的書更加醜化蔣介石，可以視為最極端的反方，也就是大陸那一方面對蔣的評價。另外，書中也不能避免的花費大部分的篇幅在說中國近代史，只不過是從共產黨的角度來看的中國近代史，所以有許多中共的黨史。正好與台灣出版的蔣介石傳都是國民黨史相雷同。蔣本身的事情很少，有的話也大多是一些小說場面。

（二）葉永烈：《陳雲全傳——鄧小平時代的第二號人物》[註六十一]，作者是近年來大陸上十分知名的傳記作家。本書以專題報導的手法，訪問了許多當年與陳雲有過接觸的人，並且實地走訪當年陳雲待過的許多地方。重點置於陳雲在政壇上的起落與主張，自然也有中共黨史的敘述，有一點話說前朝的味道。

作者在自序中說：

註六十一 葉永烈：《陳雲全傳——鄧小平時代的第二號人物》，（台北：周知文化事業股份有限公司，一九九五年七月初版）。

我寫人物傳記選擇傳主的兩項原則是：一是知名度高而透明度差；二是沒有人寫過。（無頁次）

（三）豐一吟等著：《豐子愷傳》[註六十二]，由〈後記〉可知，此書由六人合作寫成，按章節分別執筆。[註六十三]雖然有豐子愷的兒女參與寫作，但是書中大部分的篇幅仍然是由其文集內的文章變換而來。可以說是以其文集為底本，照時間順序排列，加入一些補充資料而成書。另外對文革時的遭遇說得不多，或許是當時大陸的政治氣氛還不允許吧。

大陸的作品免不了會受到意識形態的牽絆，例如郁雲《我的父親郁達夫》，大體說來，本書將這位放蕩不羈的作家，寫成了一位「大義凜然的反法西斯戰士」、「堅貞不渝的愛國主義戰士」[註六十四]。此書實際上已成了郁達夫自己所討厭的諛墓文章。若是因為作者與傳主是父子關係，而以為書中有什麼不為人知的祕密的讀者必會大失所望。此書雖為郁達夫次子所寫，但因郁雲出生於一九三一年，而其父於一九三八年即赴新加坡，兩人從此未見過面，故他對郁達夫事實上並沒有太深的印象。所以本書乃是由書面資料整理而成，並且

「由於處在兒子的地位，行文較拘謹，對先人不好作什麼評論，對父母之間所發生的一切，也迴避了細節」（劉海粟序）。

註六十二 豐一吟等著：《豐子愷傳》，（台北：蘭亭書店，民國七十六年三月初版）。

註六十三 同上註，頁二二二。

註六十四 郁雲：《我的父親郁達夫》，（台北：蘭亭書店，民國七十五年三月初版），頁二〇四。

因此對郁達夫的私生活著墨甚少，只寫重大的公開事件。甚至郁達夫與王映霞間「轟動全城」[註六十五]的事，也隻字不提，讀者無從得知到底二人發生了什麼事？

最後必須略提一點，那就是有一種類型是各個時代均有人寫的，亦即為了「紀念」目的而寫的傳記。這種傳記並不是為了賺錢而出版，純粹是為了紀念。傳主的親朋好友為了紀念他而出版。這種事相信將來還是會有，因此這種傳記並不限於在哪一個時代才會出現。

最常見的就是為自己的親人作傳了，例如蔣紹禎《蔣桂琴的真實故事——我對愛女的回憶》[註六十六]，本書是父親為亡女所寫的回憶，可說是父親眼中女兒的一生。因此內容上自然是以父親所見的為主，例如小時候的情景，臥病在床的情景等，至於住校等不在他身邊時的事情則較不清楚。在當時似乎有很多報導與父親所認知的事實不符，因此他要寫書澄清。書中也批評了大鵬劇校的校務與制度。此書與《蔣方良傳》正好相反，那本書主要的資料來源是蔣孝勇，是兒子眼中的母親。

又如潘公展，此人並不是開國元勳，在大陸上辦報及從政。大陸淪陷之後便赴美定居，從此不再回國。雖然是國民大會代表的一員，但從未來台灣開過一次會。像這樣的人，在台灣知道的人並不多，可是市面上卻出版了兩本傳記。完全是因為他的朋友想紀念他而做。

又如吳恭亮《盧次倫傳》，書前〈作者的話〉便說明寫書的動機：

註六十五 同上註，頁一五六。

註六十六 蔣紹禎：《蔣桂琴的真實故事——我對愛女的回憶》，（台中：明光出版社，民國六十二年二月初版）

作者寫這本書的動機，完全在實踐對父親習齊公的諾言，因為作者是茶葉世家，祖父一生喫紅茶飯，父親一生喫紅茶飯，作者也有半輩子喫紅茶飯，對於宜紅的創造者廣東盧月池公，有其世代的淵源。作者之父，在作者離開大陸時，曾耳提面命的叮囑作者說：「你今後無論走到天涯海角，切莫要忘記表揚月池公，為其作傳記的事，使其人其事，不致湮而不彰，藉以報答月池公對我們的好處，以贖我的懶散之過，即使我被共匪迫害而死，也死無遺憾了。」當時作者含淚的說：「您老人家放心好了，我絕對努力完成這件工作，決不使您老人家失望。」註六十七

可見此書也是出於紀念目的而寫。

又如黃守誠《劉真傳》，在「前記」中，引了胡適在一九三七年二月十四日的日記：

伊里鶚校長是哈佛大學再造的大偉人。他死於一九二六年八月二十二日，那時我在巴黎。巴黎有兩種美國英文日報，那時候正值電影明星范倫鐵諾（Valen Tino）病危在醫院裡，報紙的第一版幾乎全是范倫鐵諾病危的消息，那天只有一條短短三行的新聞，記伊里鶚校長死了，我讀了嘆一口冷氣。十年後我在病床上讀這一個大教育家的傳記，想起那個故事，記在這裡。註六十八

作者感嘆電影明星比教育工作者更受社會重視，因此他要為劉真寫傳。當然此書會偏重在劉真公開生活的介紹，

註六十七 吳恭亮：《盧次倫傳》，（台北：協志工業叢書出版股份有限公司，民國五十八年八月再版），頁一。

註六十八 黃守誠：《劉真傳》，（台北：三民書局，民國八十七年十一月初版），頁四。

而且是以崇敬的態度來寫的。

傳記在這幾十年當中，不論是在質或量上，均有驚人的改變。本章試圖做一個全面的鳥瞰，由作品所呈現出來的內容可知，早年傳記的寫作，毫無疑問是受到政治的干擾。關於政治與傳記書寫的關係，也已經有人以此為題做了碩士論文，即許淑夏《政治與傳記書寫：謝雪紅形象的變遷》[註六十九]，可見這個問題是相當受到重視的。

而近年來的傳記作品，則是陷於一個繁密的文化體系之中，其中包含了十分複雜的成份，有商業因素的介入、有傳播工具的使用、有大眾心理的迎合、還有大陸作品的登陸。因此傳記作家們雖說有更自由的寫作空間，但是他們所受到的各種干擾，其實並不會小於當年的政治壓力。

然而傳記作家們在這重重壓力與限制之下，仍然寫出了如此眾多的作品，除了證明我們的作者敢於向艱難挑戰之外，也可以看出傳記實在是一種不斷受到讀者喜愛，永不會消失的文體。

註六十九 見許淑夏：《政治與傳記書寫：謝雪紅形象的變遷》，（東海大學歷史研究所碩士論文，民國八十九年六月）。此書以王明珂先生的集體記憶理論為基礎，首先以一九八〇年為基準，探討之前與之後，謝雪紅的不同面貌，釐清背後意識形態的變遷。接著評論陳芳明《謝雪紅評傳》及謝的自傳《我的半生記》二書，以了解傳記及自傳中人物的主體性建構。

第六章 結論——傳記研究與寫作的三個核心議題

綜合前面關於理論、形式、內容、發展四方面的討論，我們可以發現有三個主要議題，始終縈繞在其中。分別是資料、忌諱及分類。本章將傳記研究與寫作上最常被提到的這三個議題，單獨提出討論。這三個議題對傳記的研究與寫作都有極大的影響，可是卻一直得不到確定的解答。本章將探討其背後的成因，並試圖提出個人對這三個議題的意見。

第一節 資料

一 資料的重要

資料是傳記寫作最大的問題，它能決定傳記的內容，甚至決定傳記的結構。對一位作者來說，這是他首先所要面對的課題，而且也是最重要的課題。因為若一位傳主的資料齊全，作者在形式與內容上自然可以有多種選擇，也較可能將全書作縱向的編年式敘述。資料很少，作者會叫苦連天，如前一章舉的幾個例子。作者被迫只能擷取人生的某個片段，作橫向的描繪。或是以歷史及想像填補自己不知道的部份。但是資料很多，作者也很頭疼。例如丘秀芷於《民族正氣——蔣渭水傳》的作者自序中說：

要看的資料很多，除了一本又一本的書，一套又一套的刊物，還有平日留的報上零星的資料就數百份。要消化那數千萬字，不是一年半載所能閱讀完的。陸續蒐集，陸續閱覽。這次不僅讀白了頭，而且讀花了眼睛。註一

有時候，作者手中所掌握的資料種類，決定了此書整體結構上的安排。因此，傳記與真實人生中的對應關係，經常是對應得零零落落，有的部份對上了，有的部份卻隻字不提。所以我們可以說，要想讓一本傳記真實呈現一個人的一生，那是不大可能達成的理想。不僅是由他人執筆的傳記是如此，即使是一本自傳，作者在下筆時也會有各種考量，不可能完全的真實與完整。

傳記的內容受到資料的影響甚大，它不是一個可以馳騁想像的文體，因此我們時常可以看到傳記作者們在書中為資料缺乏而大吐苦水。

例如楊仲揆在《剛毅木訥的學者革命家——丁惟汾傳》的作者自序云：

鼎丞先生一生木訥謙抑，不做官、少發言、不寫日記、不寫回憶錄、不發表文章，……。坐是之故，鼎丞先生之事蹟，多隱晦不彰。為之作傳、編年譜，極為困難，必須廣事訪談，而其舊交從人，亦多已物化，務求品德周備，僅於浩如煙海之民國史料中，梳杷滔洗，偶得一二，其難可知。兼有親友所撰紀念文章或

註一　丘秀芷：《民族正氣——蔣渭水傳》，（台北：近代中國出版社，民國七十四年三月初版，《先烈先賢傳記叢刊》），頁六。

口述，又往往年月互異，人物參差，勘定為難。[註二]

在第四十二頁，作者又發了一次牢騷：

由於他本人極為謙抑，不肯出風頭，不肯做官，不常對外發言，又不寫自傳、自述、雜記、日記之類。因此，關於他的詳細行蹤、思想、情感、主張、貢獻等等都無具體而確切的記錄，惟有從黨國各方面的記載中，沙裡淘金，尋找他的事蹟。[註三]

在年表之後加上一段「編者附註」，內容還是在訴苦：

鼎丞先生一生木訥謙抑，不做官、少發言、不寫日記、不寫回憶錄、不談往事，故其事蹟多隱而不彰，為編年譜，必須於浩似煙海之史料中梳杷淘洗，其難可知，間有親友口述或回憶，又往往年月互異難於勘定。[註四]

傳記作者自己不斷強調沒有資料，在不同的地方提醒讀者三次，可見他自己對此是非常在意的。沒有資料卻硬要寫，可見是先找好傳主，再來找作者，目的在為這幾位黨國元老留下傳記。

註二 楊仲揆：《剛毅木訥的學者革命家——丁惟汾傳》，（台北：近代中國出版社，民國七十二年十月初版，《先烈先賢傳記叢刊》），頁一。

註三 同上註，頁四二。

註四 同註二，頁二三五。

但是雖然沒有資料，此書竟也寫了十一萬多字！書雖厚卻如同國民黨黨史，丁惟汾本人的事蹟甚少。如頁一七三附有〈中國國民黨中央政治學校歷屆畢業學生服務概況〉表，不知與傳記有何關係？書中有些提到國民黨的地方，直稱「本黨」，不知是否因「梳杷淘洗」未盡所致？

在這樣的情況之下，手中握有的資料，常常就能決定傳記成書之後的面貌。例如許逖《孫立人傳──(百戰軍魂)》，此書大致由兩部份組合而成，一是孫立人自己早年的回憶，進入緬甸之後的事情則轉錄自孫克剛的《緬甸蕩寇志》，因此書中在前面幾章有孫立人個人的事蹟，但進入緬甸之後，由於回憶終止了，於是有極詳細的緬甸作戰經過，但是對孫將軍的事則說得甚少。

若只能找到某一方面的資料，便只能對傳主作某一特定方向的描繪，例如《蔡萬春的奮鬥人生》一書，作者在後記中說：

> 另外還有一件憾事。立意出版這本傳記，最大的希望是做到真實。傳記裡的人物，必有他的過人處與成功處，這是不用說的，既生而為人，則必定也有其缺點與失敗處，都要赤裸裸地記錄下來。成功處固可為後代的借鏡，失敗處與缺點，又何嘗不是鼓舞人心的上乘材料呢？在採訪過程中，我們所聽到的，幾乎全是過人處與成功處，缺點則殊少有人談起。或許，大家多半只能感受到蔡萬春先生的過人處與偉大處吧。[註五]

可見有時不是作者不想寫傳主的缺點，而是傳主的朋友們不願意談，不願意提供資料，沒有資料自然一切都不

註五 編輯部：《蔡萬春的奮鬥人生》，(台北：儂儂出版社，民國八十一年十月二版)，頁二〇〇。

必談了。

有時如果資料未經篩選便冒然引入書中，很容易發生矛盾的事，例如段彩華《協和四方——李烈鈞傳》[六]，此書乃是根據李烈鈞的自傳及其他人對李烈鈞的記述交織而成，全書主旨自然是要將他寫成忠黨愛國的革命先賢。但到了書的末尾，或許是由於參考的書籍不同，出現了批評傳主的文字。如頁一八一寫他不會做人；頁一九二寫他對蔣公不夠禮貌，「頗有老氣橫秋之態」；頁一九五寫他挪用公款。在這套叢書中，如此直接批判傳主是很少見的現象。

林太乙著《林語堂傳》則是親屬作傳的佳作，內容上，由於林語堂本身是作家，所以有許多現成的文章可以引用。而作者是傳主的次女，在他身邊許多年，自然有很多記憶。加上她又曾任《讀者文摘》中文版總編輯，文筆很好。作者在序中說明自己寫作的方法：

> 我在這部傳記中描寫父親的思想時，常借用他自己的文字來表達。除此之外，我參考許多資料，在美國國會圖書館裡找書評及其他剪報，查家庭賬簿，看母親的日記，四面八方打電話寫信給親戚朋友問，「你可記得，你可知道，當時在那裡是什麼情形？」但大部分是靠我的記憶力，往年所見到聽到感受到的，都在我的血脈中循環。[註七]

同時也提到此書所要表達的是林語堂的婚姻故事，以及「他身心所受的磨練，鑽研學問的努力，以及他寫

註六 段彩華：《協和四方——李烈鈞傳》，（台北：近代中國出版社，民國七十七年六月初版，《先烈先賢傳記叢刊》）。

註七 林太乙著：《林語堂傳》，（台北：聯經出版事業公司，民國七十八年十一月初版），頁二。

作的門徑。」[註八]

資料缺乏的作者常會感嘆自己有如巧婦無米之炊，但是資料少就一定寫出壞的作品嗎？其實也不盡然。像是吳淡如《青春小鳥：王洛賓傳奇》，就是寫得很好的一本書，它證明了就算沒有多少資料，也可以依靠作者的編排，將書寫的很動人。字數很少，作者只訪問了一星期，資料其實並不多。較特別的一點是，黑獄風雲一章，講的是他在蘭州坐牢時的故事，而其敘事順序竟是由三毛安排的，因三毛曾經去大陸訪問過他，見附錄三王洛賓對三毛的回憶[註九]。

此書章節的年代與標題只是大概，作者並不是完全依照這個年代順序在寫。有的章節中會有其他時代的事情穿插，作者只求整體印象的完整塑造，因此時間的順序、作者的評論、小說化的場面、歌詞原文的穿插、訪問對話的記錄等，完全都融為一爐。一方面作者的功力不錯；一方面王洛賓的遭遇也很感人，因此雖然書中所記載的事蹟僅限於幾個大的時間點上，省略了許多故事以外的事情，但不會覺得遺憾。好像該知道的都知道了。

進入了九〇年代之後，傳記作者的手法日趨靈活，有些無法突破的問題如資料不足，時間不夠等，已經可以用別的方法來補救。章節與時間順序也不再被嚴格遵守。

由於資料既眾多又雜亂，也常有互相矛盾的情況出現。而作者為了符合作傳時的主旨，也就是人物形象的塑造，常會也必須要刪削資料。

但有趣的是，作者雖然以己意篩選資料，卻仍然認為自己寫的是事實。例如寫《陳濟棠傳》的林華平於前

註八　同上註。
註九　吳淡如：《青春小鳥：王洛賓傳奇》，（台北：麥田出版有限公司，民國八十一年十月），頁一七三。

言中說：「中共有些書刊，對陳伯公治粵，以及他生平的事蹟，頗多好評，專題報道的亦不少。但作者以有色眼光，篡改史實，捏造是非，作惡意批判的也所在多有。」[註十]可見他所謂的事實乃是專指「好評」的部份，至於批評的部份就是「惡意攻訐」了。其實作者既然稱傳主為某某公，怎麼可能寫他的短處呢？但在跋中又說：「我們行文時，只根據事實，就事論事，不攻訐任何人，也不褒貶某一方。我們最主要的祈求是：為國家保留一頁信史。」[註十一]

又如程思遠《白崇禧傳》，作者曾與李宗仁與白崇禧共事，故對蔣介石多所批評。即使本書的政治立場如此明顯，作者仍然以為自己在實事求是，他在後記中說：「本書以實事求是的態度，如實反映白崇禧的畢生經歷，對人論事，作者從不輕下判斷，而寧願請讀者運用自己的智慧去作結論。」[註十二]

早期的黨政要員傳記，經常是重大陸而輕台灣，似乎只寫傳主生活在大陸的歲月，對於來台之後的數十年則以兩三筆帶過。相關的例證已在第四章提過，此處不再贅述。這裡要談的是，究竟是什麼原因造成這個現象？深入分析之後我們會發現，還是和資料有關。這種傳記大致上有兩種情形：

第一種情形是，作者在台灣而傳主在大陸，在海峽兩岸對峙的情形下，只能靠幾本史書來硬湊。

第二種情形是，傳主在台灣，可是作者卻專寫他在大陸的事，對在台灣的生活隻字不提或是數筆帶過。例如李雲漢的《于右任的一生》。其原因可能有三：一，作者不是記者，他不會採訪；二，家屬不願意說；三，確

註十　林華平：《陳濟棠傳》，（台北：聖文書局，一九九六年九月初版），頁三。

註十一　同上註，頁五六八。

註十二　程思遠：《白崇禧傳》，（台北：曉園出版社，一九八九年八月一版），頁三三一。

實沒有事可寫。

早年作傳還有一個迷思，即認為現在若不寫以後就來不及了。可是這應是指口述歷史而言，而非根據圖書館藏書所作的傳記。例如黃中編著的《胡元倓先生傳》便是這種錯誤心態下的產物，此書為劉真主編「近代中國教育史料叢刊」之一部。據劉真在主編者序中說

我們相信：這些先進所樹立的教育家的偉大風範，對目前和將來從事教育工作的人，一定會發生見賢思齊的鼓舞作用。註十三

又作者自序云：

三年前，國立政治大學教育研究所主任劉白如先生，以目前教育史料缺乏，擬就教育制度及教育家傳記，由近及遠，作系統的編輯。在教育家傳記方面，當時擬定先寫五位近代的教育家。其中胡元倓先生是湖南人，因為我也是湖南人，所以白如先生要我寫胡元倓先生傳。對于胡先生的事蹟，我知道得很少，而此時此地，要找有關胡先生的資料，又極不容易。註十四

在作者對傳主不了解，資料又缺乏的情況之下，只因同是湖南人就被抓公差寫傳記，此傳的水準可想而知。此書可說是中國近代教育史與湖南私立明德學校校史的結合，傳主本身的事蹟少之又少，幾乎沒有。當年的主

註十三 黃中編著：《胡元倓先生傳》，（台北：臺灣中華書局，民國六十年八月初版），頁一。
註十四 同上註，頁三。

事者不但完全搞錯了應該抓緊時間努力的方向，而且還有一個奇怪的觀念，即以省籍來找作者。

同樣的情況也發生在另一本書，即孫彥民的《張伯苓先生傳》，這位作者也是被劉真指派，在對傳主毫不瞭解，資料又缺乏的情況下寫傳記。在編著者序中他說：

> 筆者受國立政治大學教育研究所主任劉公白如老師之命，編撰這位教育界偉人的傳記，深感榮幸。唯筆者出世晚，不僅未能列入伯苓先生門牆，且無一面之緣；而有關先生及南開的許多資料，目前無法獲得，撰寫工作甚為困難。[註十五]

頁二十八說：

> 有些人認為遺憾的（也是寫傳記者感到困窘的）是，除了零星的文章以外，先生幾乎沒有專門著作問世。[註十六]

在這樣惡劣的情況之下，作者又不是魔術師，該如何變出資料來寫傳記呢？這也是本書最後會成為南開的校史謄本的最主要原因。這類傳記均先以各種主觀的理由找出若干人，認為他們很重要，青年讀了他們的傳記可以見賢思齊。然後再找若干人來寫，最好是同省籍的人。不管他們對傳主熟不熟悉，也不管傳主有沒有資料傳世，自以為只要有寫便會產生移風易俗的效果。結果當然是很難有好作品出現，大部份都只能照抄當時歷史或文件

註十五 孫彥民：《張伯苓先生傳》，（台北：臺灣中華書局，民國六十年九月初版），頁一。

註十六 同上註，頁二八。

交差了事，更不用提根本不會有讀者想看。對作者來說，這也是不得已的。而對主其事的人來講，他們的本意是希望為傳主留下一些資料，並使大家能見賢思齊。然而通常都達不到目的，首先，整本書都是校史，不知傳主在何處？實在令讀者想見都無從見起。其次正如莫洛亞在《傳記面面觀》一書中所說：「含有標準化頌辭的傳記，並沒有教育價值，因為不再有人相信這種傳記。」[註十七]，當然這並不代表此人無立傳的價值或需要，而是說傳主本身資料的多寡或作者蒐集資料的能力是十分重要的。

所以劉真等人的做法並不正確，如果說擔心時間越久，資料越少，最後傳主的事蹟會淹沒不彰的話，他們要搶時間作的應該是：趕緊為還在世的人做口述歷史的記錄，而不是在兩岸未開放之時就去寫死在大陸的先人事蹟。因為如果傳主已經過世了，而相關的人事時地又在大陸的話，早做晚做都一樣，這時已成為歷史學者的工作了。與其現在靠著幾本史書東抄西抄，不如等將來再寫，資料更容易收集齊全。所幸目前大家也開始注意到這個問題，於是回憶錄式傳記開始流行，重視的是當面採訪。

提到當面採訪，記者可說是這方面的專家了。他們受過專業訓練，又有實務經驗，一般的學者是無法和他們相比的。也因此晚近的傳記多已成為記者的天下。但記者寫書的特性是，他能夠從受訪者口中掏出詳細的資料，可這也是他們受限之處。若受訪者不說，他們文獻檢索的能力是比不上歷史學家的。如周玉蔻的《蔣經國與章亞若》一書，真正在說這兩人的文字其實很少，大部分的篇幅在敘述章亞若在大陸的親人的情況。何以故呢？因為她訪問的就是他們。她不可能去訪問蔣經國或章亞若，甚至不可能訪問蔣經國的親人。若要她像歷史

註十七 安得烈・莫洛亞著，陳蒼多譯：《傳記面面觀》，（台北：台灣商務印書館，民國七十五年初版），頁十八。

學家一般埋首於書堆中，也沒有這個時間。

當然，有時傳主還在世，也接受訪問，可是他只願意提供某年某月某日到某地剪綵之類官樣文章的話，再有經驗的記者也沒有辦法把他的傳寫得引人入勝。最明顯的例子就是景文集團董事長張萬利的傳了註十八，全書十分枯燥乏味，作者所能掌握的訪談資料不夠，大部分是體育總會與景文高中及學院的事蹟，傳主本身的事情甚少，僅在第三章有稍多筆墨提及。就連附錄所謂〈張萬利先生大事年表〉，也是由景文高中校史、景文技術學院校史、全國教育會、體育界大事等四份大事紀要拼湊而成，傳主就像書中所附的那幾十幀千篇一律的頒獎照片一樣死氣沈沈。可是隨著他的違法事蹟一件件在報上被掀出，我們可以發現此人的人生應該是多采多姿，不同凡響的。但是他有可能在事發前將自己違法的事實向記者公開嗎？當然不可能。

而歷史學者寫傳記，則較重視紙本資料，忽略活的訪問。因此只要書上沒寫的，便只好付之闕如。所以，找歷史學者寫傳，就要找年代久遠的題目，才能發揮所長。找記者寫傳，就要選傳主還在世的，或年代較近的，才能寫得出色。

由於資料的難以蒐集，因此有些傳記便只寫某一段人生。如邱定一所著《少年李登輝》，便只描寫李登輝由出生到十五歲這一段時間。而大陸學者施建偉所寫的《林語堂：走向世界的幽默大師》，則由一九三六年林語堂搭船赴美開始敘述，當時林氏已經四十歲了，為什麼由這一年開始？作者並沒有交代。

綜上所述，我們可以瞭解，資料可說是傳記的血肉。由於傳記不可以憑空想像，沒有資料，根本不可能寫

註十八 見陳薇婷：《新山中傳奇——張萬利的奮鬥史》，（台北：正中書局，一九九九年三月台初版）。

得出傳記來。但是資料的蒐集、類別、鑑定、來源、多寡、整理等，每一項都是考驗傳記作者的難題。傳記之所以先附於史學家，再附於新聞記者之手，也不過是因為他們掌握了某一種資料蒐集的方法罷了。因此，我們如果片面地要求文學家寫出好傳記，而不考慮他是否具備蒐集與鑑定、整理資料的能力，無異是緣木求魚，是絕對寫不出什麼好作品的。而史學家及新聞記者，又不一定具有好的文筆，這也是傳記精品總是可遇而不可求的一大原因。

二　考信

對資料的態度，不能以擁有資料為滿足，在傳記的寫作上，有一個重要而嚴肅的要求，那就是「考信」。司馬遷作《史記》之時，並不是隨意取捨，羅列堆積而成書。而是以科學的精神，嚴謹的態度，謹慎仔細地選擇資料。他曾說：

> 夫學者載籍極博，猶考信於六藝，詩書雖缺，然虞夏之文可知也。註十九

又說：

> 學者多稱五帝尚矣。然尚書獨載堯以來，而百家言黃帝，其文不雅馴，薦紳先生難言之。孔子所傳宰予問五帝德及帝繫姓，儒者或不傳。余嘗西至空桐，北過涿鹿，東漸於海，南浮江淮矣。至長老皆各往往稱黃

註十九　日本瀧川龜太郎編著：《史記會注考證》，（台北：洪氏出版社，民國七十五年九月），卷六十一〈伯夷列傳〉，頁八四六。

帝、堯、舜之處，風教固殊焉。總之不離古文者近是。註二十

凡此均可見其思慮之周詳，分析資料之縝密。現今的作者仰望先賢所創的典型，除了讚嘆感佩之外，也必須時時提醒自己，究竟能不能達到當年太史公的水準？

在資料的考信上，除了慎選材料，嚴加鑑別以外，作者還必須小心留意自己對材料的判斷是否正確？畢竟人非聖賢，有些史實或因角度不同，立場不同而有不一樣的解讀。作者當然可以在書中寫出個人的看法與理解，但要注意的是，他必須以對歷史負責的態度來寫。例如當年司馬遷在史記中，以「太史公曰」來表示自己願意面對歷史的擔當。因為他了解，數千年後，他的文章很可能已經成為唯一的資料來源，若在書中輕率地做出判斷，有可能會誤導將來的後學者。而他將判斷的部份獨立並署上自己的官銜，正是一種考信的態度。

傳記不同於小說，沒有資料為根據的事情絕對不能寫。而資料的蒐集雖是個大問題，但是蒐集來之後的鑑別與取捨才是更大的考驗。若作者不具才、學、識、德，他將無法處理這些資料。或者是，浪費了這些寶貴的資料。

考信對傳記作者來說，是個必須時時謹記在心的守則。但是不論對作者或讀者來說，考到什麼程度才算是信？卻是個極難回答的問題。除非是傳主本人，否則很難對每一人生細節詳細求證認定。但是就如筆者在緒論中所提到的批評標準所言，我們雖然不能夠知道每一件事是否合乎史實，但至少我們知道「人性的真實」，也就是說，沒有人是絕對的好人或壞人。這或許是一個最簡單易行的標準了。

二十 同前書，卷一〈五帝本紀〉，頁三九。

第二節 忌諱

自胡適以來，每一位研究傳記的學者只要寫到中國傳記的缺點，必會有這一條：「多忌諱」。這個問題討論了幾十年，可是似乎是個無解的題目。

此部分可由兩方面來看，一是作者面對傳主的家屬或親朋好友的壓力，或是礙於自己與他的交情，有些話不得不隱忍不發，專記一些傳主喜歡聽，或是家屬想要別人看的事。另一方面則是大環境的整體氣氛，有些事情屬於社會上的禁忌，作者若不謹言慎行，恐有出事之虞，因此也不得不將求真求實的要求暫放一邊，寫出一本符合外界要求的傳記。以下即分為這兩方面來看。

一 個人的忌諱

晚近的批評家便指出「傳記與文學的關係並不是原生態或者作品描寫的問題，而是接受的問題。」註二十一讀者若接受，便是好作品；讀者若不接受，即使內容再如何真實，有時連出版都不可能。而對傳記這個特殊的文類而言，親朋好友或是出版檢查機關往往是它的第一批讀者。這也就是為什麼要求現代傳記作者不隱惡揚善的呼籲早已喊了幾十年，但智仁兼備、道德無虧的完人傳記還是一再出現的原因。例如姚崧齡在其所著《陳光甫的一生》中提到，其實早有張公權氏為陳光甫作傳，且多達七八萬字，結果呢？

註二十一 Robert C. Holub 著，董之林譯：《接受美學理論》，（台北：駱駝出版社，民國八十三年六月一版），頁二十二。

引言曰：生前曾託其老友張公權氏為之作傳，張氏不負委託，寫成「陳光甫與上海銀行」十五章，約七八萬言。脫稿後，上海銀行留香港部份同人，對於稿內所記一九四九年事略，頗多意見，全稿迄未付梓。註二十二

竟因為上海銀行的部份同仁對部份內容有意見，全書就因此作廢。

然而忌諱的存在基本上是與讀者的慾望相衝突的，讀者花錢買書，當時是企圖藉由消費的行為來達到窺視的滿足，可是最常見的忌諱正好就是對傳主私生活的描寫了。結果是，讀者有窺視的慾望，而傳主也想保留自己的隱私，二者永遠不可能有交集。

中國自古以來就有所謂「為尊者諱，為賢者諱，為長者諱」的作傳慣例，在某方面來說也是有它的道理的，因為人都有隱私權，不可能為了有人想看，就把自己的私生活一五一十的說給別人知道。所以這方面的分寸該如何拿捏，正考驗著傳記作者的智慧。如果隱瞞得太多，傳主會像是行屍走肉的活死人，每天從早上起床到晚上入睡，腦中只想著國家，毫無個人的一點私慾。而若是暴露得太多，又會成為新聞界所謂的「扒糞文學」，以揭發別人的隱私來為自己賺錢。這樣的傳記與坊間針孔偷拍的三流雜誌又有何區別？因此我們可以知道，忌諱過多，自然不是好事。而毫無顧忌的大書特書，其實也不能夠增加傳記的價值。

正因為讀者都有偷窺的慾望，如今這樣的忌諱竟被拿來反向操作，據路寶君於〈限制與突破〉一文中所說，大陸自從四九年以後，

註二十二 姚崧齡：《陳光甫的一生》，（台北：傳記文學出版社，民國七十三年十月初版），頁一。

政治運動曾經頻頻發生，出現了這樣一種慣例，只要這個「名人」在政治上倒台了，他（或她）的私生活就可以暴露在光天化日之下了。不過，在傳記裡所描述的這一切，無論是婚變，還是豔遇、情慾，都是從「獸性」的角度加以揭露的。私生活對於「惡人」才是個暴露的開放區，而對於「善人」卻成了一個禁區。註二十三

這樣有意地將之前的忌諱當作現在的主要內容，以獸性的角度來看待傳主的私生活，其實是十分惡劣的心態。但令人難過的是，它卻往往能披著糾正歷史錯誤的外衣，堂而皇之地公開亮相。

二 社會的禁忌

傳記和歷史是相連在一起的，談到某人的一生時，不可能不談當時的社會狀況，或是提到某一段史實。此時若這段史實乃是傳記寫作時的社會禁忌時，作者為避免惹禍上身，也只有避而不談，間接地也把傳主的這一段人生給抹去了。若是傳主本身的問題太多，牽涉的禁忌難以輕描淡寫的帶過，那也只好放棄不寫，等待政治狀況改變再說了。例如當年主張台獨的人士便是一個明顯的例子。

陳三井談到中國近代史上的禁忌問題時，分析其產生的原因大略有三：

一個社會愈原始，愈封閉，禁忌可能就愈多；反之，一個比較文明、開放的社會，禁忌自然會減少。同樣

註二十三 路寶君：〈限制與突破〉，（北京：《傳記文學》，一九九七年十二期），頁九二。

> 的，一個君主專制的社會，它的神秘感與較濃，多半比民主國家的社會禁忌多。一部近代中國史，正是一段由君主專制政體邁向共和民主政體的奮鬥過程，雖然共和政體是建立了，但民主制度剛剛學步，民主素養也非一蹴可及，因此大家的思想模式和觀念作法，很難一下超越，擺脫過去的影響，這是禁忌仍然存在的一個原因。
>
> 其次，一部近代中國史，也是一段中華民族抵抗列強侵略，爭獨立自主的奮鬥過程，在外抗強權的折衝樽俎過程中，難免有一些忍辱負重的外交秘辛，鑒於當前處境，暫時不宜公開，因此也形成不可接近的「禁忌」。
>
> 最後，中華民國自締造以來，特別多災多難，除了外患迭乘外，內有南北的混戰、軍系的殺伐、黨派的紛爭、地域的對抗、主義的鬥爭，加上人物的恩怨，林林總總，十分錯綜複雜，成則為王，敗則為寇，翻雲覆雨，變幻莫測，不但真相難明，而且撲朔迷離，這更是禁忌所以形成的重要原因。[註二十四]

禁忌之駭人，不是同時代的人很難想像。例如吳濁流不過在其自傳中提到一些二二八事變的情況，竟遺命要在他死後十年方能出版，其恐懼至此。亦可想見二二八在當時是多麼難以碰觸的禁忌。

禁忌久了，竟給人造成一種誤解，認為中國人不喜歡翻案。例如劉紹唐在談論傳記文學的寫作風氣不盛時，提到三點原因，其中第一點便是：

註二十四 陳三井：〈傳記文學與中國近代史上的「禁忌」問題〉，（台北：《傳記文學》，民國七十一年八月 四十一卷二期），頁五二。

第一、中國人不喜翻案。凡是社會上已有公論的人物，即使有新材料或新學說出現，也沒有人敢輕易提出新的見解或解釋。註二十五

但實際上，中國人只是不敢，而不是不想。在當年思想管制的時代，有誰敢拿腦袋開玩笑，亂翻什麼案？但是到了政治開放的年代，許多為了翻案而寫的傳記便一一出現。幾位眾所周知的為蔣中正所不喜的人物，例如孫立人、葉公超、吳國楨等，紛紛有人替其著書立傳，為他們突遭解職，冷凍不用而抱憾終生的遭遇叫屈。

例如符兆祥的《葉公超傳》便是一例註二十六，此書出版者頗為特別，叫做「懋聯文化基金」，其代表人黃富雄先生在書的封底有一小段話，題為「為什麼出版這本書」：

懋聯文化基金成立之初就有心願：文寫葉公超，武寫孫立人。

與台灣有關的中國近代史上，他們兩位一文一武，都曾經差一點就改變了台灣的命運。他們兩位有些共同特點：

一、他們都是中國人當中真正世界級的人物。二、他們都曾被當道重用，而最終都「不敢用」。三、他們兩位每隔一段時間，就會被國人再提及，懷念的方式大概屬於：如果當年能聽他們的話，台灣今天就……

個人平生愛讀傳記，一直覺得不該在書架上找不到兩位的傳記。幸好，「孫立人傳」及時在老將軍逝世前親手奉呈，「葉公超傳」也在一片回到聯合國聲中出版。這也算是一個小商人，稍洗銅臭，為社會小小的交代

註二十五 王鴻仁：〈訪劉紹唐先生談傳記文學〉，（台北：《書評書目》，民國六十六年十一月，五十五期）。

註二十六 符兆祥：《葉公超傳》，（台北：懋聯文化基金，民國八十二年十二月）。

一下吧！

此段話足以證明，許多人對歷史事件的真相早已心知肚明，只不過時機未到，暫時隱忍不發而已。

當作者面對無法下筆的忌諱之時，除了裝作不知道而跳過之外，另一個方法就是「用晦」[註二十七]，即以委婉的方式點出來。如第四章所舉的幾個曲筆的例子，如此傳主的親人或檢查機關也較易接受，不過要如何微微透露出真相而又能通過檢查，讀者也不會忽視，這就考驗著作者的智慧了。

更深一層來看，我們在做一篇文章總要先認清題意，不能離題。而所謂忌諱，實際上是一個很簡單的不能離題的要求。我們常批評某人的傳記只是千篇一律的歌功頌德，因此其傳主的人格描述並不完整，只是個單方面的，二度空間的平面人物。但換個角度想，作者若真的正反兩面均寫，反而是在人物塑造上出現漏洞，使讀者誤會作者筆力不夠，或是思想有問題。我們只要看海峽兩岸對蔣中正的描述，便會立刻出現混淆。兩岸各有忌諱，所以會各自寫出避開忌諱的蔣中正傳。因此必須對照著看，才能夠了解真實的情況。雖說傳記的主旨必須是忠實呈現傳主性格，但是在特殊政治環境或親友的壓力下，那樣的堅持反而會被誤認為是沒有主旨，讀者不知道作者想要表達什麼。對一般受託為人作傳的作者來說，他能寫出一本沒有主旨的書嗎?只有在一個自由開放且資訊發達的社會中，這個問題才能因發言管道的暢通而獲得解答。討論至此，我們必須開啟另一個論題，也就是關於「分類」的觀念。

註二十七 邵東方，〈歷史傳記的寫作〉，（北京：《傳記文學》，一九九七年七期），頁八九。

第三節 分類

一 傳記寫作的分流

任何學術均起源於分類，而傳記學在企圖獨立之時，也曾有過分類的想法。在第二章對傳記理論發展的介紹中，我們也看到了一些學者的嘗試。不過多半只是簡單地區分為大傳、小傳、合傳、自傳等。而這些外表上顯而易見的分類，乃是基於宏觀的角度來區分。這方面的工作很早就已經完成，在學術上也有一定的價值。比如說，它們已經成了圖書館編目的標準。

另外一種就是將「傳記」與「傳記文學」分開，認為專門的史學論文稱為傳記，其餘的叫做傳記文學。例如邵東方將傳記分為兩類，一是文學傳記；一是歷史傳記。

兩者的不同之處在於：文學傳記多採取形象化的寫法，文筆生動，以虛構情節為主；歷史傳記著重敘事的連貫性，雖然行文平鋪直敘，但卻以史實為根據，準確可信。[註二十八]

此段話乍看之下似乎解決了問題，其實根本沒有。我們由第三章的分類以及本論文所附的傳記提要可知，真正符合要求的史學傳記只佔全體傳記作品的一小部份，而且數量增加地十分緩慢。那麼其餘一大部份都是邵氏所

註二十八 同上註，頁八五。

謂的「傳記文學」嗎？而且由前兩節的討論也可知道，作者們寫書雖然常有資料不足、任意刪削、諸多忌諱等問題，但仍然堅持自己是經過多方查證、秉筆直書的。我們說他們的作品是「傳記文學」，他們願意接受嗎？此外，「傳記文學」這個名詞既然包含如此之廣之雜，那麼與未分類之前又有什麼兩樣呢？更何況正如筆者在第一章所言，這樣的看法完全誤解了文學的意義，忽略了文學豐富的內涵，僅以虛構想像來替代。這是史學界所經常犯的錯誤。

其次，「傳記」與「文學」二者根本是互相衝突的，它們彼此都有各自的屬性。將兩個互相矛盾的術語結合在一起，並企圖描述某種特殊的文類，其實是極困難的。這兩個互相矛盾的術語的結合，正可以表示其中必有極複雜的內涵，絕非一句「帶有文學的想像」等話所能一筆帶過的。

也因為如此，傳記文學這個名詞，經過史學系學者的刻意誤導，以及大家不求甚解的使用下，現在已經帶有幻想與虛構的意味。換言之，我們如果說「《史記》是傳記文學」，這句話在史學系學者如張玉法的眼裡，乃是帶有貶低的意味。它代表了《史記》是虛構的，想像的。然而實際上並不是如此，可是時至今日，傳記文學這個術語確實已有這樣的解讀。它會使任何被形容的傳記作品沾染上想像的含意，這是本論文所要極力澄清。

另外，也有人將傳記文學的範圍無限放大，例如北京《傳記文學》雜誌對傳記文學的定義是：

> 傳記文學，是「傳」與「記」的文學。「傳」的品種很多，包括正傳、外傳、略傳、自傳、小傳、評傳等；「記」的形式廣泛，包括日記、書信、速寫、特寫、報告文學、記事散文等；「文學」，則體現在講究藝術

構思、形象刻畫、文學語言和思想深度上。註二十九這樣有氣魄的看法，只是為了雜誌徵稿方便而已，並沒有什麼實際用處。因為任誰都看得出來，這樣的分類等於沒有分類，他們將任何與「人」有關的文字都可以當作是傳記文學，其中有許多充其量只能當作是傳記的材料罷了。

筆者以為，目前若要對傳記作新的分類，必須回到作品之中，以實際閱讀為基礎，分析其中的形式與內容，方能找到一條新路。本書第三章與第四章對形式與內容的區分，就是一個嘗試性的示範。藉由這樣的分析，我們才會發現以下這個事實。

近年來，傳記寫作逐漸有分流的趨勢，也就是說，不同體式的傳記，它們的區隔已經愈來愈明顯。不同種類的傳記會以各自的面貌繼續出現，而其根本原因，就在於當初寫作的目的不同。比如說，紀念文集式的傳記，擺明了是以歌功頌德懷念先人為目的。它和以評論為主的評論式傳記，就有明顯的不同，因為這二者的立足點根本不平等。又如當民國七十年代的《先賢先烈傳記叢刊》走入歷史後，社會上又接著出現了《台灣先賢先烈專輯》，其寫作手法，找尋作者的方式十分相似。可見相同目的的傳記一直有人在寫。即使二者背後的意識形態不同，但是基本的目的是相同的。而在市場上也漸漸形成各自的區隔，擁有想要看的讀者。這些體式在傳記文學上的評價，已在第三章予以提出，此處不再贅述。

此外，若依寫作對象來分，大略可分為兩種：一是寫當代尚在世的人物，這種工作自然要交給記者來執行。

註二十九 〈刊前絮語〉，（北京：《傳記文學》，一九九二年二期），頁四。

因為他們受過專業的採訪訓練，懂得如何由言語的技巧來挖掘受訪者的隱私，並滿足一般大眾的需要。另一種則是專門的歷史傳記，需要的是蒐羅整理資料的能力，有時甚至需要很強的外語能力方能勝任。這類傳記多半寫民國初年的人物，這時就需要專業的歷史學家，所寫的就是極專門的歷史著作，有詳細的註腳和參考書目。這樣的著作對一般讀者來說有時是難以閱讀的。這種依對象來選擇作者的情形，乃是確實存在的寫作現況，因為他們各自掌握了不同的搜尋資料的能力。

筆者以為，對傳記作品的研究除了可以用傳記文學，或傳記史學的觀點一以貫之地來評價之外，將來勢必會走向分門別類的道路。由其寫作目的、寫作手法的不同，自會產生不同的類別。不同的類別當然會有不同的要求，也就會有不同的批評標準。本論文雖嘗試性地做了一些分類，但還未及深化，不過畢竟已走出了第一步。

二 多元面向的趨勢

樂黛雲於《比較文學原理》一書中，曾經以文化歷史與文化接觸面二者的交集，來解釋讀者對作品的接受[註三十]。我們可將其理論圖表化，如【圖一】所示。

【圖一】

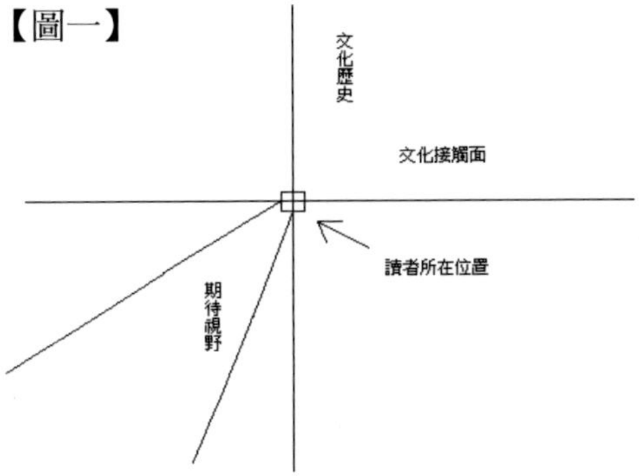

此圖也可以應用在傳記之上，早期的傳記是由政府決定民眾的文化接觸面及

註三十 樂黛雲：《比較文學原理》，（中華書局香港分局，一九八九年二月初版），頁四六。

文化歷史，讀者被迫站在某一特殊的位置上，他的「期待視野」或者稱之為「接受屏幕」便只有固定的範圍，於是我們可以看到許多思想內容大同小異的革命反共傳記。而一本寫得不怎麼樣的于右任傳，卻在民國四十七年造成搶購的熱潮。因為讀者沒有選擇，他只能看這樣的傳記。到了政治鬆綁的現在，讀者的所在位置是自由的，他可以有不同的接受視野。同樣地，作者會寫不同的傳記來滿足不同的讀者。而民眾的記憶一旦被釋放開來，便會開始爭相述說自己所認知到的歷史，逐漸將國家所建構的正史淡化。

面對這樣的現象，學者們早期的解釋是將官吏與民間集體意識對立。邱貴芬道：「傳統史家相信，相對於由國家機器操縱、扭曲的史傳，民間存在著被壓抑卻無法完全抹拭的人民集體記憶。透過挖掘、呈現被壓抑的民間記憶，『歷史真正面目』將得以重見。基本上，這是偏向反對勢力的歷史學者在處理歷史時通常採用的史學姿態。」註三十一

不過，既然是一個開放的社會，就不會只有官方及民間這樣明顯兩極化的雙方。現代社會所呈現出的多元面向，已經使得任何人都有可能在某方面和他人產生對立，所謂的「民間集體意識」已經無法包含這樣複雜的現實。因此

> 在這個人人都是民間史家，人人都有歷史記憶可以書寫並與他人呈現的歷史記憶對抗衝突的時代，民間所呈現的歷史記憶風貌亦詭譎多變；民間集體記憶對抗官方歷史的說法已不足以涵蓋歷史記憶複雜的政

註三十一 邱貴芬：〈歷史記憶的重組和國家敘述的建構：試探《新興民族》、《迷園》及《暗巷迷夜》的記憶認同政治〉，（台北：《中外文學》，民國八十五年十月，二十五卷五期），頁六。

治面向。註三十二

在這個「史述私人化」的時代，「透過重組歷史來重新界定個人及族群的認同已蔚為風潮。」傳主或作者對特定的歷史時刻往往有不同的記憶，而造成了批評標準的不統一。現今若有人想評斷九○年代的傳記作品，他馬上會發現自己有如踩在色彩斑爛的碎片上，各種並存的主題交織出人生與社會實際的複雜面貌，卻也使得批評更加困難。

在民國五六十年代，要評斷蔣中正的傳記寫得好或不好是很容易的，只要符合國策，並看有無「對上攻詰」即可。也就是說，那時的標準較嚴厲，卻也必較簡單。可是現在，就市場而言，我們卻找不到共同的標準來評斷所有的傳記。因為每個人都有自己認知的歷史。

白話傳記的研究之所以受到長期的忽視，與以上三個問題難以突破有著絕對的關係。以前二者來說，早期的學者只是不斷呼籲與強調要有資料，要沒有忌諱，殊不知這根本是一項不可能的任務。我們在單方面要求作者時，有沒有替作者想過這項要求是否作得到？若是作不到，又該如何尋求突破？相信這是比要求作者完全沒有忌諱更為務實的做法。

至於第三點，乃是傳記能否獨立成為「傳記學」的重要關鍵。只要研究者能打破憑空想像，僅以書名或書本厚薄來分類的區分方式。而真正一本本去翻閱現有的傳記作品，從中歸納出新的分類。相信「傳記學」的建立，必會在不遠的將來。

註三十二 同上註。

正如本論文在緒論中所提，以白話文寫作的傳記不僅是歷史上既存的事實，更是現今傳記寫作的主流，但卻一直得不到中文學界應有的重視。經由以上的論述，相信更能確定它們乃是文學史上不容忽略的重要環節。

參考書目（以姓氏筆畫為序）

一、專書

王元《傳記學》台北市：牧童出版社 民國六十六年二月二十八日初版

周英雄 劉紀蕙編《書寫台灣——文學史、後殖民與後現代》民國八十九年四月初版

陳麗芬《現代文學與文化想像》台北市：書林出版有限公司 民國八十九年五月一版

廖卓成《傳記、敘事與兒童文學》台北市：大安出版社 民國八十九年第一版

劉紹唐編《什麼是傳記文學》台北市：傳記文學出版社 民國五十六年一月一日初版

馮光廉主編《中國近百年文學體式流變史》北京：人民文學出版社 一九九九年十月

顧一樵主編，孫毓棠編著《傳記與文學》重慶：正中書局 民國三十二年

安德烈・莫洛亞著 陳蒼多譯《傳記面面觀》台北市：台灣商務印書館 民國七十五年初版

Robert C. Holub 著 董之林譯《接受美學理論》台北縣板橋市：駱駝出版社 民國八十三年六月一版

Ira Bruce Nadel, "Biography : Fiction,Fact and Form" The Macmillan Press Ltd. 1984

John A. Garraty, "The nature of biography" London: Jonathan cape. 1958

二、學位論文

廖卓成《梁啟超的傳記學》國立台灣大學中國文學研究所碩士論文 民國七十六年七月

陳玉玲《現代中國女性自傳的主體性研究》香港大學中文研究所博士論文 民國八十五年

黃明賞《從新聞寫作到傳記寫作：記者角色的一個時代性觀察》國立台灣大學新聞研究所碩士論文 民國八十八年六月

張慈莉《生命主題的敘說與理解》國立台灣師範大學教育心理與輔導研究所碩士論文 民國八十八年七月

吳蕙芬《候選人形象研究：以八十三年與八十七年台北市長候選人陳水扁為例》國立政治大學新聞研究所碩士論文 民國八十八年十月

許淑夏《政治與傳記書寫：謝雪紅形象的變遷》東海大學歷史研究所碩士論文 民國八十九年六月

三、單篇論文

王明珂〈誰的歷史：自傳、傳記與口述歷史的社會記憶本質〉《思與言》一九九六年九月 第三十四卷第三期

王克文〈人物傳記與近代史研究〉《近代史學會通訊》民國八十六年六月第五期

王鴻仁〈訪劉紹唐先生談傳記文學〉《書評書目》民國六十六年十一月 第五十五期

王成軍〈他用傳記藝術為領袖畫像——權延赤傳記文學漫談〉北京《傳記文學》一九九二年第四期

王國安、葉盼云〈朱東潤教授與傳記文學〉上海《復旦學報（社會科學版）》一九八〇年第三期
方祖燊〈傳記的產生與演變〉《中國語文》十六卷六期 民國五十四年六月
〈怎樣蒐集處理傳記的材料〉《中國語文》十七卷一期 民國五十四年七月
〈軼事的寫法〉《中國語文》十七卷四期 民國五十四年十月
朱東潤〈論傳記文學〉上海《復旦學報（社會科學版）》一九八〇年第三期
朱介凡〈談人物傳記〉《晨光月刊》民國四十三年八至九月 第二卷第六至七期
朱崇儀〈女性自傳：透過性別來重讀/重塑文類？〉《中外文學》一九九七年九月 第二十六卷第四期
余英時〈年譜學與現代的傳記觀念〉台北《傳記文學》民國七十二年五月 第四十二卷第五期
杜維運〈傳記學〉香港九龍《大學生活》民國四十七年十月 第四卷第六期
〈傳記的特質和撰寫方法〉台北《傳記文學》民國七十三年十一月 第四十五卷第五期
〈傳記歷史乎？文學乎？〉台北《東方雜誌》民國五十七年三月一日 復刊第一卷第九期
〈傳記的敘述方法〉台北《東方雜誌》民國五十七年六月一日 復刊第一卷第十二期
〈談中國的傳記〉台北《大華晚報》民國五十八年一月二十日第八版
李家祺〈論傳記學的過去與展望〉《現代學苑》民國五十八年四月，第六卷第四期
〈梁啟超與中國傳記學〉台北《東方雜誌》民國五十八年八月 復刊第三卷第二期
〈胡適之論傳記與避諱〉台北《東方雜誌》民國五十八年九月復刊第三卷第三期
〈新傳記學的特點：婚姻與健康〉台北《大華晚報》民國五十九年二月二十三日 第八版

李有成〈論自傳〉《當代》一九九〇年十一月 第五十五期

李奭學〈文學上的「傳記」〉《當代》一九九〇年十一月 第五十五期

李祥年〈論傳記文學與心理學的關係〉上海《復旦學報（社會科學版）》一九九四年一月

〈略論傳記文學的理論建設〉上海《學術月刊》一九九四年九月

李令儀〈前傳經驗交鋒，政治書選前強強滾〉台北《新新聞》一九九八年七月十二至十八日 五九二期

李　相〈應該怎樣對待傳主的敘述——以楊絳與肖風的筆戰探討傳記文學的創作〉北京《傳記文學》二〇〇〇年第四期

何懷碩〈傳記、勸學、風義〉《聯合報》民國六十六年十一月六日 第十二版

汪亞明、陳順宣〈郁達夫對中國現代傳記文學的獨特貢獻〉金華《浙江師大學報：社科版》一九九七年五月

（美國）邵東方、狄鋒著，李銀波、蘇暉編譯〈中國建國以來傳記寫作通論及評介〉北京《傳記文學》一九九六年第九期

邵東方〈歷史傳記的寫作〉北京《傳記文學》一九九七年第七期

〈當代人物傳記寫作狀況述評〉石家莊《河北學刊》一九九七年一月

林君雄〈傳記文學的真實性與藝術性〉上海《文匯報》一九八九年六月二十七日 第四版

周憶孚〈談傳記文學〉《自立晚報》民國六十一年一月二十三日 星期文藝版

吳　橋〈人性與同情—與林文月教授談「傳記文學」〉《書評書目》民國六十六年十一月出版 第五十五期

吳秀明〈論近年領袖傳記文學的創作〉北京《文藝研究》一九九三年六月

胡　適〈傳記文學〉《胡適演講集（一）》台北市：遠流出版事業股份有限公司 一九八六年十月二十五日遠流二版

胡衍南〈歷史？新聞？內幕？隱藏在傳記背後的幾個現象〉台北《文訊雜誌》民國八十二年十二月 革新第五十九期

邱貴芬〈歷史記憶的重組和國家敘述的建構：試探《新興民族》、《迷園》及《暗巷迷夜》的記憶認同政治〉台北《中外文學》民國八十五年十月 第二十五卷第五期

唐德剛〈傳記・史學・行為科學——回憶胡適之先生與口述歷史之六〉台北《傳記文學》民國六十八年一月 第三十二卷第一期

徐　訏〈文學與口述歷史〉台北《傳記文學》民國七十三年十月 第四十五卷第四期

徐　訏〈談現代傳記文學之素質〉《自立晚報》民國六十一年三月五日星期文藝版。

徐梅屏〈傳記文學的歸屬：究竟是文學還是史學？〉台北《中央日報》民國六十四年十月二日 第四版

孫小寧〈世紀風雨中的尋覓與追蹤〉北京《傳記文學》一九九八年一月

耿雲志〈略評胡適的傳記文學理論與實踐〉北京《中國社會科學院研究生院學報》一九九八年三月

許　群〈論傳記文學〉《東方雜誌》民國三十二年三月 第三十九卷第三號

陳紀瀅〈論傳記文學〉《聯合報》民國四十三年一月十四日 第六版

陳蒼多〈談傳記文學的翻譯出版〉《中央日報》民國六十七年十一月二十三日 第十一版

陳玉燕〈略談傳記文學〉《自立晚報》民國六十八年五月十一日 第三版
陳三井〈傳記文學與中國近代史上的「禁忌」問題〉台北《傳記文學》民國七十一年八月 第四十一卷第二期
陳蘭村〈二十世紀中國傳記文學的歷史位置及其基本走向〉南寧《學術論壇》一九九九年三月
張瑞德〈心理學理論應用於中國傳記研究的一些問題〉《國立台灣師範大學歷史學報》第九期
張玉法〈從傳記文學到傳記史學—評介李雲漢先生近著三種〉《歷史學的新領域》台北市：聯經出版事業公司 民國六十七年十二月初版
張漢良〈傳記的幾個詮釋問題〉《當代》一九九〇年十一月 第五十五期
張民權、萬直純〈現代文學研究中的一項重要學術建設——評新時期現代作家評傳的寫作〉北京《文學評論》一九九一年五月
彭　歌〈花崗岩與彩虹：傳記寫作面面觀〉台北《中央日報》民國六十五年三月十六至十九日 第十版
溫金海〈傳記文學：現象與思考〉北京《文藝報》一九九五年五月十三日
葉志良〈論中國現代傳記文學創作〉哈爾濱《黑龍江社會科學》一九九七年六月
黃西玲〈由傳記類書籍的勃興談建立書評人制度的重要〉《新聞鏡週刊》三六六期
湯鍾琰〈論傳記文學〉《東方雜誌》民國三十七年八月 第四十四卷第八號
路寶君〈人物傳記的寫作〉北京《傳記文學》一九九六年二至三月
〈限制與突破〉北京《傳記文學》一九九七年第十二期

萬直純〈從評傳看現代—作家作品研究方法〉巢湖《居巢學刊：社科版》一九九一年一月

蔡信發〈傳記文學的三準則：真、精、深〉台北《文訊雜誌》民國八十二年十二月 革新第五十九期

墨 人〈談傳記書籍——兼介英國劍橋國際傳記中心〉《中央日報》民國六十七年十一月二十三日 第十一版

黎活仁〈東西方的傳記文學與自傳文學——日本學者的觀點〉台北《文訊雜誌》民國八十二年十二月 革新第五十九期

廖卓成〈論傳記文的雙重文本：故事中的言談舉隅〉台北《中外文學》一九九四年七月 第二十三卷第二期

劉紹唐〈漫談傳記文學〉《史學論集》台北市：中華學術院印行 民國六十六年四月出版

劉 遠〈論世紀之交的傳記文學〉哈爾濱《文藝評論》一九九六年四月

簡瑛瑛〈性別、記憶與認同：台灣女性歷史書寫與口述藝術〉淡江大學中文系主編《中國女性書寫——國際學術研討會論文集》民國八十八年九月

藍如瑛〈九〇年代台灣人物傳記出版生態初探〉《新聞鏡週刊》三六三至三六五期

Allan Nevins 著 戴靜華譯〈歷史與傳記〉《史苑》民國五十八年六月 第十二期

Denis Twichett 作〈中國傳記的幾個問題〉《中國歷史人物論集》台北市：正中書局印行 民國六十二年四月台初版

John A. Garraty 作 易德明譯〈傳記的性質〉《史苑》民國六十二年五月 第二十期

約瑟夫・愛潑斯坦著，武慶雲譯〈傳記文學的興起〉鄭州《名人傳記》一九八五年八月
〈傳記文學面對機遇與挑戰——《傳記文學》98春季筆會綜述〉北京《傳記文學》一九九八年五月

國家圖書館出版品預行編目

臺灣當代傳記文學研究/鄭尊仁著.--一版
臺北市：秀威資訊科技,2003[民 92]
面； 公分.-- 參考書目:8 面
ISBN 978-986-7614-06-3(平裝)
1. 文學 - 寫作法

811.39 92017970

語言文學類 AG0007

台灣當代傳記文學研究

作　　者 / 鄭尊仁
發 行 人 / 宋政坤
執行編輯 / 林秉慧
圖文排版 / 張慧雯
封面設計 / 黃偉志
數位轉譯 / 徐真玉　沈裕閔
圖書銷售 / 林怡君
網路服務 / 徐國晉
出版印製 / 秀威資訊科技股份有限公司
台北市內湖區瑞光路 583 巷 25 號 1 樓
電話：02-2657-9211　傳真：02-2657-9106
E-mail：service@showwe.com.tw
經 銷 商 / 紅螞蟻圖書有限公司
台北市內湖區舊宗路二段 121 巷 28、32 號 4 樓
電話：02-2795-3656　傳真：02-2795-4100
http://www.e-redant.com

2006 年 7 月 BOD 再刷
定價：300 元

讀　者　回　函　卡

感謝您購買本書，為提升服務品質，煩請填寫以下問卷，收到您的寶貴意見後，我們會仔細收藏記錄並回贈紀念品，謝謝！

1.您購買的書名：＿＿＿＿＿＿＿＿＿＿＿＿＿＿＿＿

2.您從何得知本書的消息？

□網路書店　□部落格　□資料庫搜尋　□書訊　□電子報　□書店

□平面媒體　□ 朋友推薦　□網站推薦　□其他＿＿＿＿＿

3.您對本書的評價：(請填代號　1.非常滿意 2.滿意 3.尚可 4.再改進)

封面設計＿＿　版面編排＿＿　內容＿＿　文/譯筆＿＿　價格＿＿

4.讀完書後您覺得：

□很有收獲　□有收獲　□收獲不多　□沒收獲

5.您會推薦本書給朋友嗎？

□會　□不會，為什麼？＿＿＿＿＿＿＿＿＿＿＿＿＿＿＿＿＿＿

6.其他寶貴的意見：＿＿＿＿＿＿＿＿＿＿＿＿＿＿＿＿＿＿＿＿

＿＿＿＿＿＿＿＿＿＿＿＿＿＿＿＿＿＿＿＿＿＿＿＿＿＿＿＿

＿＿＿＿＿＿＿＿＿＿＿＿＿＿＿＿＿＿＿＿＿＿＿＿＿＿＿＿

＿＿＿＿＿＿＿＿＿＿＿＿＿＿＿＿＿＿＿＿＿＿＿＿＿＿＿＿

讀者基本資料

姓名：＿＿＿＿＿＿＿＿＿＿　年齡：＿＿＿　性別：□女 □男

聯絡電話：＿＿＿＿＿＿＿＿　E-mail：＿＿＿＿＿＿＿＿＿＿

地址：＿＿＿＿＿＿＿＿＿＿＿＿＿＿＿＿＿＿＿＿＿＿＿＿

學歷：□高中(含)以下　□高中　□專科學校　□大學

□研究所(含)以上 □其他＿＿＿＿＿＿＿＿

職業：□製造業 □金融業 □資訊業 □軍警 □傳播業 □自由業

□服務業 □公務員 □教職　□學生 □其他＿＿＿＿＿

請貼
郵票

To：114

台北市內湖區瑞光路 583 巷 25 號 1 樓

秀威資訊科技股份有限公司　　收

寄件人姓名：

寄件人地址：□□□

(請沿線對摺寄回,謝謝!)

秀威與 BOD

BOD（Books On Demand）是數位出版的大趨勢，秀威資訊率先運用 POD 數位印刷設備來生產書籍，並提供作者全程數位出版服務，致使書籍產銷零庫存，知識傳承不絕版，目前已開闢以下書系：

一、BOD 學術著作—專業論述的閱讀延伸
二、BOD 個人著作—分享生命的心路歷程
三、BOD 旅遊著作—個人深度旅遊文學創作
四、BOD 大陸學者—大陸專業學者學術出版
五、POD 獨家經銷—數位產製的代發行書籍

BOD 秀威網路書店：www.showwe.com.tw
政府出版品網路書店：www.*gov*books.com.tw

永不絕版的故事・自己寫・永不休止的音符・自己唱